ullstein

Das Buch

Nathan und Shaé sind die Erben uralter Familien, die sich mit ihren ungewöhnlichen geistigen und körperlichen Fähigkeiten einst um das Wohl der Menschheit sorgten. Zur Zeit der Assyrer setzten sie ihren größten Feind, den »Anderen«, gefangen und sperrten ihn in einen schwarzen Kubus. Doch nun sind die Familien fast ausgestorben, das Wissen um die Gefahr ist verlorengegangen und der Andere ist frei – seine drei mächtigen Verkörperungen, die Kraft Jaalab, das Herz Onjü und der Geist Eqkter, drohen die Menschheit zu versklaven und zu vernichten.

Nathan und Shaé ist es mit Hilfe des alten Berbers Rafi gelungen, Jaalab zu zerstören. Nun gilt es, Onjü aufzuspüren und ihn mit seinen eigenen Waffen zu schlagen. Doch Nathan und Shaé sitzen fest im Haus im Irgendwo und finden den Weg nach draußen nicht, während die Welt in Stürmen, Seuchen und Katastrophen unterzugehen droht.

»Pierre Bottero präsentiert erfrischend neue Themen und interessante Figuren, die einfach Lust auf mehr von dieser Art Fantasy machen.« *SpaceView*

Der Autor

Pierre Bottero, 1964 geboren, war lange Grundschullehrer und hat zahlreiche Jugendbücher und Fantasyromane geschrieben. Sein größter Erfolg waren die beiden Kinder-Fantasy-Trilogien um die junge Heldin Ewilan, von denen in Frankreich eine halbe Million Bücher verkauft wurden. Er lebt mit seiner Familie in der Provence.

Von Pierre Bottero ist in unserem Hause außerdem erschienen:
Das achte Tor

Pierre Bottero

Meister der Stürme

Roman

Aus dem Französischen
von Wolfgang Rentz

Ullstein

Besuchen Sie uns im Internet:
www.ullstein-taschenbuch.de

Umwelthinweis:
Dieses Buch wurde auf chlor- und säurefreiem Papier gedruckt.

Deutsche Erstausgabe im Ullstein Taschenbuch
1. Auflage Januar 2009

Titel der französischen Originalausgabe:
L'Autre – Le maître des tempêtes (Rageot-Éditeur, Paris)
Umschlaggestaltung: HildenDesign, München
Titelabbildung: Illustration Frau: © Iacopo Bruno
Satz: Pinkuin Satz und Datentechnik, Berlin
Gesetzt aus der Berling
Druck und Bindearbeiten: CPI – Ebner & Spiegel, Ulm
Printed in Germany
ISBN 978-3-548-26775-3

Und da es immer noch um Liebe geht und
um die Familie …
Für all die Jungs, die zwar nicht mit mir verwandt,
aber dennoch meine Brüder sind
und die sich wiedererkennen werden.

Der Mann hatte es sich in einem dunklen Ledersessel bequem gemacht und führte sein Glas zum Mund. Er nahm einen Schluck Bourbon und richtete seine Aufmerksamkeit dann wieder auf den Flachbildschirm an der Wand. Der Bericht zeigte die dramatischen Folgen der Sturmflut, die über die japanische Insel Kiushu hereingebrochen war. Tausende von Toten, Zigtausende von Vermissten, und die Stadt Miyazaki war von der Karte verschwunden.

Der Mann drückte erneut einen Knopf der Fernbedienung.

Die Cholera-Epidemie, die in Bolivien ihren Ursprung hatte, war mittlerweile zur Pandemie geworden und wütete in halb Südamerika. Der Bazillus, der für die Krankheit verantwortlich war, erwies sich bis heute sämtlichen getesteten Antibiotika gegenüber resistent, und die Anzahl der Opfer war bereits auf mehrere tausend angestiegen.

Der Mann drückte auf die Fernbedienung.

Die Überschwemmungen in Osteuropa nahmen katastrophale Ausmaße an. Deiche brachen, ganze Städte wurden evakuiert, und die wolkenbruchartigen Regenfälle hörten nicht auf. Die Meteorologen fragten sich, ob diese Niederschläge von nie gekanntem Ausmaß mit dem Sturmtief zusammenhingen, das seit einigen Tagen über der Iberischen Halbinsel und dem Südosten Frankreichs tobte.

Der Mann schaltete den Fernseher aus.

Geschmeidig stand er auf und trat an das große Fenster,

das ihm eine prächtige Aussicht auf Florenz, den Palazzo Pitti und die Boboli-Gärten bot. Der Tag neigte sich seinem Ende zu. Das blaugrüne Wasser des Arno rauschte unter einem Gewitterhimmel dahin und führte ungewöhnlich viel Abfälle mit sich, in einer Stadt, die ihr Ansehen als internationale Kulturstadt sorgfältig pflegte. Der Mann lächelte, als er eine Wolke aus Fliegen über dem Ponte Vecchio kreisen sah.

Er rückte seine schwarze Brille zurecht und strich mit der flachen Hand über das makellose Revers seines Sakkos. Alles lief nach Plan. Es lief sogar so gut, dass Jaalabs Niederlage überhaupt keine Rolle mehr spielte.

Jaalab war nur die Kraft gewesen, der gröbste Teil des Anderen, der schwächste, der unnützeste. Sein Verschwinden würde den Erfolg ihres Unternehmens nicht beeinträchtigen.

Eqkter hatte bereits damit begonnen, sein Tuch zu weben, ethnische und religiöse Konflikte anzuheizen und internationale Spannungen zu erzeugen, die zu blutigen Auseinandersetzungen führen würden. Er spielte mit den einfachen Seelen und den lächerlichen menschlichen Wesen und brachte sie dazu, sich gegenseitig zu bekriegen. Ihr Sklaventum zu akzeptieren.

Er, Onjü, würde sich zwischen zwei Stürmen um die Jungen kümmern.

Geschickt und elegant.

SCHNEE

1

Okay, ich probier's.«

»Bist du sicher?«

»Ganz sicher. Ich bin oft genug Gleitschirm geflogen, und ich sage dir: Der Wind ist ideal.«

Shaé guckte skeptisch.

»Das Ding, das du dir da gebastelt hast, ähnelt nur ganz entfernt einem Gleitschirm.«

Nathan warf einen Blick auf das sorgfältig hinter ihm ausgebreitete Tuch. Er hatte es in einem der Räume des Hauses im Irgendwo gefunden, wo es zusammengefaltet auf einem Schrank lag. Der feingewebte, reißfeste Stoff hatte ihn sofort interessiert. Die Leinen stammten aus einem Seilknäuel, das in einem anderen Raum lag, und der Sitz war aus dem Leder eines Sessels gefertigt. Stundenlang hatte er alles zusammengefügt, doch er musste zugeben, dass das Ergebnis wenig vertrauenerweckend schien.

»Keine Angst, das funktioniert schon. Ich steige nur ein bisschen auf und drehe eine Runde ums Haus. Ich gehe kein Risiko ein.«

Shaé warf ihm einen düsteren Blick zu. Seine lächerliche Konstruktion aus Tuch und Schnüren konnte jeden Moment auseinanderreißen, und er besaß offensichtlich keinen Rettungsfallschirm. Außerdem – vorausgesetzt, das, was er Gleitschirm nannte, würde halten – war es keineswegs sicher, dass er an seinen

Ausgangspunkt zurückkehrte. Wenn er im *Pratum Vorax* landete …

Sie wandte ihren Blick von ihm ab und betrachtete das Panorama, das sich ihr von hier oben bot.

Sie befanden sich auf der Spitze eines der höchsten Türme des Hauses im Irgendwo, eines Hauses mit verrückter Architektur, eines riesigen Hauses mit unzähligen, miteinander verbundenen Flügeln, überhängenden Dächern, kühnen Balkonen, schwindelerregend hohen oder von Auskragungen erdrückten Mauern, wuchtigen Pfeilern und schlanken Bögen, breiten Spitzbogenfenstern und winzigen Luken, aus Stein gehauenen Strebebögen und glasgepflasterten Terrassen. Ein unglaubliches Haus, der blühenden Phantasie von Architekten entsprungen, die ihre Inspiration aus den Werken der verrücktesten Baumeister schöpften. Ein außergewöhnliches, ein traumhaftes Haus, und rundherum nichts als Prärie.

Eine unendlich weite Prärie.

Ihre samaragdfarbenen Wellen wogten bis zum Horizont, wo sich der Blick verlor.

Das *Pratum Vorax*.

Eine alles verschlingende Prärie.

Das Gras, das dort wuchs, warf seine fetten Halme und scharfen Ranken nach allen Fremdkörpern aus, die sich in seine Reichweite begaben. Stein, Holz, Metall, Fleisch – nichts widerstand ihm. Gefräßig und unersättlich verschlang es alles innerhalb weniger Sekunden.

»Okay, ich probier's.«

Shaé heftete ihren Blick wieder fest auf Nathan. Der Flug, den er jetzt unternehmen wollte, war völlig sinnlos. Sinnlos und gefährlich. Er würde nicht mehr als sie in Erfahrung bringen.

Auch wenn sie wusste, dass er ihn nur unternahm, um sich eine Illusion von Freiheit zu verschaffen, und nicht, um unnütze Informationen zu sammeln, so wusste sie auch, dass er törichterweise sein Leben riskierte.

Sie hatte ein komisches Gefühl im Bauch. Am liebsten hätte sie sich ihm in die Arme geworfen und ihn davon überzeugt, hierzubleiben, bei ihr. »Nathan, wenn du mich verlässt, bin ich nichts mehr. Ich liebe dich, Nathan, mehr, als ein Mensch jemals geliebt hat.«

Doch ihre Worte blieben unausgesprochen.

Stumm wich sie einen Schritt zurück. Da ergriff er ihre Hand.

Ein trauriges Lächeln umspielte Nathans Lippen. Seit zehn Tagen waren sie Gefangene des Hauses. Niemand hinderte sie daran, es zu verlassen, aber sollten sie es versuchen, würden die Milizionäre, die die Tore bewachten, sie erschießen. Zehn Tage, in denen die Flamme seiner Liebe zu Shaé zu einer verzehrenden Feuersglut geworden war. Zehn Tage, in denen er schmachtete und ihre Haut nicht streichelte, ihre Lippen nicht küsste, das Zittern ihres Körpers nicht fühlte. Er wünschte es sich so sehr. Einen Moment schloss er die Augen, um seine Gefühle zu kontrollieren und sein Verlangen zu unterdrücken. Shaé ertrug keine Berührung. Noch nicht mal von ihm.

Doch er hatte Vertrauen. Früher oder später würde er diese letzte Barriere zwischen ihnen aus dem Weg räumen.

Die Terrasse, auf der sie standen, war durch einen Dachvorsprung verlängert, der mit bunten Ziegeln gedeckt war. Nathan holte tief Luft und sprang.

Das Blut der Kogisten, das in seinen Adern floss, verhalf ihm zu absoluter Körperbeherrschung und ermöglichte ihm physische Anstrengungen, die die größten Athleten hätten erbleichen lassen. Jeder andere, der sich in diesem komischen Paragleiter angeschirrt hätte, wäre sofort zwanzig Meter tiefer zerschellt.

Nathan jedoch erlangte in Sekundenbruchteilen eine beeindruckende Geschwindigkeit und schoss in den Himmel. Doch dann setzte die Schwerkraft ein, und er fiel wie ein Stein nach unten. Jetzt zog er kräftig an den Leinen. Das Tuch entfaltete sich über seinem Kopf und bremste seinen Fall. Er verweilte einen Moment auf halber Höhe des Hauses, bevor er einen Aufwind erwischte und zu steigen begann.

»Es klappt«, rief er Shaé zu, »ich fliege.«

Shaé lächelte. Das nannte er fliegen!

An einem unförmigen, kaum steuerbaren Stück Stoff aufgehängt sein hatte mit Fliegen ebenso wenig zu tun wie Tretbootfahren mit einer Hochseeregatta. Kapierte er das nicht?

Der Geschwindigkeitsrausch, die Feinheit, kleinste Luftströmungen auszunutzen, atemberaubende Richtungsänderungen, wilde Sturzflüge und die Gedanken des einsamen Gleiters würden ihm für immer versagt bleiben.

Sie antwortete ihm mit einer Handbewegung und setzte sich dann auf die Brüstung.

Fliegen.

Sie breitete ihre Arme weit aus, schloss die Augen und hielt einen Moment inne.

Fliegen.

Die Arme immer noch ausgestreckt, sprang sie ins Leere.

Und verwandelte sich.

Ihre riesigen Flügel spürten die Magie des Windes. Ohne eine Bewegung erhob sie sich der Sonne entgegen.

2

Aus der Luft sah das Haus im Irgendwo noch großartiger aus, doch es war das *Pratum Vorax,* das Nathans Aufmerksamkeit auf sich zog. Ein unendlicher grüner Ozean erstreckte sich vor ihm, so weit das Auge reichte. War es möglich, dass die seltsame Welt, in der sie sich befanden, vollständig mit Gras bewachsen war? Nathan war besessen von den Naturwissenschaften und hielt das für unbegreiflich. Die Pflanzen brauchten für ihr Wachstum Wasser, einen kompletten Kreislauf. Regen und Wolken, für deren Entstehung die pflanzliche Transpiration nicht genügte, um das Phänomen der Verdunstung zu ersetzen.

Wasser. Es musste hier Wasser geben. Es gab jedoch bis zum Horizont nichts als Gras!

Aber das hatte Shaé ihm schon vorhergesagt. Als Adler war sie viel höher als er aufgestiegen und stundenlang geflogen. Sie hatte nichts entdeckt, das die Eintönigkeit des *Pratum Vorax* unterbrochen hätte.

Allerdings hatte sie ein paar Tage zuvor geglaubt, kurz vor dem Ziel zu sein. Mit ihren ausgezeichneten Augen konnte sie weit im Westen eine Gruppe Vögel im Formationsflug ausmachen. Also musste es Orte geben, wo sie sich niederlassen, ernähren und Nester bauen konnten. Sie war wütend geworden. Die warmen Strömungen, die es ihr erlaubten zu gleiten, waren über dem *Pratum Vorax* praktisch nicht vorhanden, und sie schlug schon seit Stunden die Flügel. Sie war erschöpft. Und sie benötigte noch ausreichend Energiereserven, um wieder zum Haus zurückzugelangen. Sie konnte ihren Erkundungsflug nicht fortsetzen.

Unterdessen war sie weitergeflogen, noch höher als die großen Vögel, die ähnlich wie Gänse aussahen. Dann legte sie die Flügel an und stürzte hinab.

Die Wildgans war auf der Stelle tot, als sich ihre Klauen um sie schlossen. Ihre Artgenossen waren auseinandergestoben, und Shaé flog zurück in Richtung Osten, beschwert mit einer zusätzlichen Last. Sie hätte sie sich gerne erspart, aber Nathan und sie starben fast vor Hunger.

Sie war auf der Terrasse gelandet und hatte wieder ihre menschliche Form angenommen. Dann brach sie zusammen und war zu keiner Bewegung mehr fähig, so sehr hatte sie sich überanstrengt.

***

Die Szene kam Nathan in den Sinn, als er sie über sich fliegen sah, freier und leichter, als er es jemals sein würde. Die Gans, die Shaé erbeutet hatte, hatte ihnen das Leben gerettet. Seit ihrer Ankunft im Haus ernährten sie sich von Pilzen, die sie in einem Keller in der Nähe der einzigen Wasserquelle pflückten, die sie entdeckt hatten. Das reichte nur knapp, um sie zu ernähren, und sie spürten, wie ihre Kräfte schwanden. Lange durfte diese Situation nicht mehr dauern. Wenn sie keine Möglichkeit fanden, sich ausreichend zu ernähren, mussten sie versuchen, einen Ausgang zu nehmen. Mit allen Risiken, die das mit sich brachte.

Einen Ausgang …

Im Haus gab es eintausend Türen aus Holz. Jede dieser Türen führte zu einem anderen Ort, irgendwo auf der Welt. Und auch wenn man durch sie in Sekundenschnelle auf irgendeinen der sechs Kontinente gelangen konnte – man konnte das Haus nur durch eine Tür verlassen, die man mindestens einmal durchschritten haben musste, um hineinzugelangen.

Nathan und Shaé konnten nur zwei Türen benutzen. Die eine führte in Barthélemys Villa in Marseille, die andere zu den Kellern der Bibliothek von Valenciennes. Nathans Familie, davon überzeugt, dass sie beide für den Tod von mehreren Familienmitgliedern verantwortlich waren, hatte beschlossen, sie zu töten. Sie hatten mit knapper Not ihr Leben retten und sich ins Haus flüchten können, dessen Eingänge Shaé mit ohrenbetäubendem Lärm verriegelt hatte.

Sie lebten zwar, aber als Gefangene.

Ihre Situation brachte Nathan zur Verzweiflung. Die Vorstellung, dass es Hunderte von Türen gab, durch die man nicht gehen konnte, war für ihn unerträglich. Aus diesem Grund hatte er seinen Paragleiter gebaut. Um für ein paar Minuten das Gefühl zu haben, wieder frei zu sein. Natürlich weniger frei als Shaé, aber immerhin frei.

Shaé war ein wunderbarer Adler. Ihre schwarzen Flügel hatten ausgebreitet über zwei Meter Spannweite, ihr Flug war perfekt ausbalanciert. Die scharfen Klauen, die goldgelben Augen, die einen faszinierenden Ausdruck von Macht und Gelassenheit ausstrahlten. Wäre Nathan nicht so verliebt in sie gewesen, dann hätte er Eifersucht gespürt.

Sie schwebte noch einen Moment über ihm, schwang sich dann mühelos auf und steuerte Richtung Westen.

»Warte!«, rief er. »Du …«

Er verstummte. Sie war schon weit weg, und er wusste, dass sie nicht wieder umdrehen würde.

Shaé machte, was sie wollte. Immer.

Dann packte ihn ein Anflug von Übermut, der jedoch fast in einer Katastrophe geendet hätte, als sich das Segel auf der linken Seite löste. Mit einer schnellen Handbewegung gelang es ihm, es wieder zu befestigen und in den Wind zu steuern. Er atmete erleichtert auf. Shaé war nur noch ein Punkt am Horizont.

Für einen Sekundenbruchteil überlegte er, ob er ihr folgen sollte, wurde sich dann aber seiner Situation bewusst. Sich vom Haus zu entfernen bedeutete glatten Selbstmord.

Widerwillig setzte er zur Landung an.

***

Shaé tauchte erst viele Stunden später wieder auf. Nathan, der auf der langen Mauer saß und auf sie wartete, fiel ein Stein vom Herzen. Sie hielt keinerlei Beute in ihren Fängen, aber als sie wieder ihre menschliche Form angenommen hatte, leuchtete ein neues Feuer in ihren schwarzen Augen.

»Ich habe etwas gesehen, Nat!«

3

Ich habe etwas gesehen, Nat!«
Nathan konnte seinen Blick nicht von ihr abwenden.

Ein graziler und gelenkiger Körper, lange schwarze Haare, die ihr blasses Gesicht einrahmten, und zwei Augen wie Lava. Jenseits der klassischen Maßstäbe war sie von einer wilden Schönheit, die ihr weicher Gang und ihre grazilen Handbewegungen bezaubernd betonten.

Seit der ersten Begegnung war Nathan ihrem Charme verfallen. Da sie unfähig war, ihre Liebe – die sie ihm gestanden hatte – auch nur durch den kleinsten Körperkontakt zu zeigen, hatte sie schließlich, ohne ihn zurückzuweisen, einen Zauber gesponnen, dem er wehrlos wie ein kleines Kind ausgesetzt war.

»Hörst du mir zu, Nathan?«

Er schüttelte den Kopf.

»Ich habe mir Sorgen gemacht. Du warst sehr lange weg.«

»Ich habe etwas gesehen!«

Nun wollte er doch wissen, was sie ihm zu sagen hatte.

»Was denn? Wo?«

Sie deutete in Richtung Westen.

»Dort hinten. Viel weiter, als ich fliegen könnte, am Ende des Horizonts. Segel. Weiße Segel.«

»Segel!«, rief Nathan erstaunt. »Dann gibt es dort Wasser! Ist es ein Meer? Ein Fluss? Ein See?«

»Nein.«

»Was heißt nein?«

»Die Schiffe schwimmen im Grün. Keine Spur von Wasser.«

Nathan hielt einen Moment inne, sein Gehirn lief auf Hochtouren, um die Bedeutung von Shaés Worten zu erfassen.

»Segelwagen«, murmelte er schließlich. »Diese Welt ist bewohnt, und die – möglicherweise seltsamen – Wesen, die dort leben, haben eine Art der Fortbewegung gefunden, durch die sie nicht vom *Pratum Vorax* verschlungen werden. Segelwagen!«

»Sie waren unheimlich groß«, warf Shaé ein, »ich hätte nicht dorthin fliegen können, aber ich habe sie trotzdem deutlich erkannt.«

»Wie groß?«

»Schiffe. Richtige Schiffe, die auf riesigen Rädern rollten. Und die Wesen, die sich auf ihnen befinden, sind keineswegs seltsam. Es sind Menschen.«

***

Sie saßen in den tiefen Sesseln des großen Saals und redeten über ihre Entdeckung, bis Shaé die Pilze, die vor ihr standen, beiseiteschob und aufstand.

»Ist dir diese schmackhafte Mahlzeit zu viel?«, fragte Nathan in verwundertem Tonfall.

»Ich schwöre dir, wenn wir hier erst einmal raus sind, rühre ich zwanzig Jahre keinen Pilz mehr an.«

»Und ich dreißig. Wohin gehst du?«

»Einen Blick auf Barthélemys Tür riskieren.«

»Ich komme mit.«

Sie liefen durch das Haus. Shaé strich mit der Hand über jede Tür, an der sie vorbeikamen. Wenn sie eine berührte, wurde für sie sichtbar, was sich auf der anderen Seite befand, als sei die Tür aus Glas.

»Was siehst du?«, fragte Nathan, als sie vor einer hölzernen Tür stehen blieb.

»Willst du das wirklich wissen?«

»Ja, natürlich.«

»Diese Tür führt auf einen Platz in Asien, ich denke, in Japan. Weniger als zwei Meter von uns entfernt sitzen Familien am Tisch, essen zusammen und amüsieren sich. Soll ich dir sagen, was auf ihren Tellern ist?«

»Nein, schon in Ordnung«, seufzte er und ging weiter.

Shaé spürte, schon bevor sie Barthélemys Tür berührte, dass es ein Problem gab. Als sie das Holz streifte, wurde es ihr klar. Im Untergeschoss der Marseiller Villa gab es keinen einzigen Milizionär und auch nicht das geringste Alarmsystem.

Das war logisch.

Denn es stand bis zur Decke unter Wasser.

***

»Das verstehe ich nicht«, hakte Nathan nach. »Bist du sicher, dass du das gesehen hast?«

»Ja.«

Sie waren wieder in den großen Saal zurückgekehrt und hatten ihre Lieblingsplätze in den Ledersesseln eingenommen, mit Blick auf das *Pratum Vorax*.

Nathan runzelte die Augenbrauen.

»Dann müsste der Meeresspiegel des Mittelmeers um mehrere Meter gestiegen sein. Das ist unmöglich!«

»Ich habe nicht gesagt, dass es Meerwasser war.«

»Die Gewölbe unter der Villa haben eine Verbindung zum Meer, nichts anderes könnte sie überschwemmen.«

Sie schwiegen einen Moment, dann dachte Nathan laut nach:

»Wir haben uns in das Haus geflüchtet, und du hast die Türen verriegelt, damit uns niemand verfolgen kann. Eine dieser Türen kannst du wieder entriegeln, nicht wahr?«

»Ja.«

»Also kannst du Barthélemys Tür wieder öffnen, ohne dass die Milizionäre, die uns in Valenciennes auflauern, ins Haus gelangen können. Nutzen wir die Situation aus, dass niemand mehr in Marseille ist. Es wird nicht einfach, aber ich bin sicher, dass wir an den Ort kommen, an dem sich die Tauchausrüstungen befinden, die wir schon einmal benutzt haben.«

»Ich werde diese Tür nicht öffnen«, entgegnete Shaé.

»Weshalb nicht?«, fragte Nathan verwundert.

»Weil das Wasser ins Haus eindringen und es beschädigen, wenn nicht sogar zerstören würde. Es kommt nicht in Frage, dieses Risiko einzugehen.«

Ihr Ton war scharf und entschieden. Nathan hob die Hände und ergab sich.

»Wie du willst. Wenn ich's mir genau überlege, war das auch keine gute Idee. Wir hätten den eindringenden Wassermassen nicht standhalten können. Aber wenn wir unser Leben nicht als Alptraum in einem Haus im Nirgendwo verbringen und uns nur von Pilzen ernähren wollen, müssen wir eine andere Lösung finden.«

»Dein Leben hier alleine mit mir zu verbringen wäre ein Alptraum?«

Nathan lächelte.

»Nein, natürlich nicht. Wenn ich dich in die Arme nehmen könnte, dann wäre das sogar der schönste meiner Träume.«

Shaé errötete. Sie wandte sich ab und tat, als betrachtete sie das *Pratum Vorax*, bis sie ihre Fassung wiedererlangt hatte.

»Na gut«, sagte sie mit unsicherer Stimme, »da Barthélemys Tür nicht in Frage kommt, sehe ich nur zwei Möglichkeiten: Wir versuchen, mehr über die Schiffe auf Rädern herauszukriegen, und suchen das Haus weiter nach Rafis Tür ab.«

»Ich sehe noch eine dritte«, sagte Nathan lächelnd.

»Welche?«

»Mach die Augen zu.«

»Wozu?«

»Mach die Augen zu, dann sag ich's dir.«

Sie blickte misstrauisch, gehorchte aber.

»Und nun?«, fragte sie.

»Hör auf zu zittern. Ich verspreche dir, dass ich dich nicht aufesse. Zumindest nicht ohne deine Einwilligung. Ich möchte nur, dass dein Körper versteht, was dein Verstand weiß.«

Er redete weiter und kam ihr dabei immer näher, bis er sie berührte.

»Ich werde dir niemals weh tun«, flüsterte er, »niemals. Ich liebe dich, Shaé, und ich kann nicht mit Worten ausdrücken, was ich fühle.«

Shaé hechelte jetzt. Nur durch eine enorme Kraftanstrengung gelang es ihr, ruhig zu bleiben, obwohl alles in ihr danach schrie, zu fliehen. Sie hielt die Augen geschlossen und wollte, dass er sie berührte, sie wollte es.

Nathans Finger streichelten ihre Wange.

»Nein!«

Sie schrie und warf sich dabei nach hinten.

»Nein«, wiederholte sie, »lass mich.«

Ihre Stimme klang brüchig.

»Oh, Nat, es … es tut mir so leid. Ich schaffe es nicht.«

Nathan war zusammengezuckt und so erschrocken über ihre Reaktion, als hätte er sie geohrfeigt. Er wäre beinahe aufgebraust, doch es gelang ihm, sich wieder zu kontrollieren. Allerdings schaffte er es nicht, ihr, wie sonst, ein beruhigendes Lächeln zu schenken.

»Mir tut es auch leid, Shaé.«

An seinem Tonfall und dem ungewohnten Blick merkte sie, dass er nicht die Wahrheit sprach. Shaé irrte sich nicht.

»Nat, ich …«

»Vergiss es«, schnitt er ihr das Wort ab und schüttelte den Kopf.

***

Als Nathan in den Schlaf taumelte, wurde er durch ein kleines Geräusch wieder wach. Es war kaum wahrnehmbar.

Der Mond strahlte hell und klar durchs Fenster, und so konnte er die vertrauten Umrisse einer Wildkatze erkennen, die auf ihn zukam, sanft und mächtig.

Wie jeden Abend richteten sich zwei gelbe Pantheraugen auf ihn. Wie jeden Abend setzte sie sich mit einer einzigen fließenden Bewegung in seinen Sessel. Wie jeden Abend rollte sie sich an seiner Brust zusammen.

»Ich liebe dich«, sagte Nathan, als sie zu schnurren begann.

Dann schob er sie weg.

***

In dieser Nacht schlief Nathan nicht.

Shaé auch nicht.

4

In den drei folgenden Tagen widmete sich Shaé der Suche nach den Schiffen. Auch wenn sie dabei die Grenzen ihrer Widerstandskraft überschritt und länger in der Luft blieb, als sie sollte, entdeckte sie nicht einmal den Schatten eines Segels. Das *Pratum Vorax* blieb hoffnungslos leer.

»Man könnte glauben, ich hätte geträumt«, gestand sie Nathan am dritten Abend und ließ sich in einen Sessel fallen. »Es gibt nicht das kleinste Anzeichen von einem Boot.«

»Auch keine Vögel?«, erkundigte er sich mit einem Fünkchen Hoffnung in der Stimme. »Eine schöne dicke Gans für zwei hungrige Mägen?«

»Nichts als Gras, Gras und nochmals Gras.«

»Vielleicht erfahren wir eines Tages, dass es in der Prärie, genau wie in der Wüste, Fata Morganas gibt.«

Shaé schloss die Augen und zog die Knie an die Brust.

»Vielleicht«, hauchte sie. »Jedenfalls, wenn es eine Fata Morgana war, dann war sie mehr als realistisch.«

Sie war erschöpft, ihre Züge waren matt, ihre Muskeln steif. Nathan dachte, dass ihr jetzt eine Massage guttun würde, wenn …

Er unterdrückte einen Seufzer. Sie hatten nicht mehr darüber gesprochen, weshalb sie vor drei Tagen aneinandergeraten waren. Und auch wenn Shaés Abneigung gegen jeglichen Körperkontakt ihre gemeinsame Zukunft bedrohte, so war jetzt nicht der Augenblick, um darüber zu reden.

»Wirst du morgen noch einen Versuch unternehmen?«, fragte er sie. »Dann drehe ich durch. Ich kann nichts anderes tun, als hier im Haus herumzulaufen, während du dort oben deine Runden drehst.«

»Nein, ich lasse es sein. Morgen mache ich mich wieder auf die Suche nach Rafis Tür.«

Nathan unterdrückte einen zweiten Seufzer. Das war kaum besser, aber immerhin würden sie zusammen sein.

***

Während sie in den Schlaf dämmerte, sinnierte er noch einmal über die Umstände, die sie bis hierher geführt hatte. Eine Verkettung, die er sich als Zahlenfolge vorstellte.

Sieben.

Am Beginn der Menschheit standen sieben Familien, und jede war mit einer besonderen Fähigkeit ausgestattet, die ihnen zu einer erdrückenden Überlegenheit gegenüber den anderen Menschen verhalf. Die Baumeister hatten die Pforten geschaffen und das Haus im Irgendwo geschaffen. Die Metamorphen besaßen die Fähigkeit, sich in Tiere zu verwandeln. Die Mnemiker verfügten über ein althergebrachtes Gedächtnis, das ihnen als unerschöpflicher Wissensquell diente. Die Scholiasten konnten sich durch Mimikry jede Bewegung oder jedes Verhalten aneignen. Die Kogisten besaßen außergewöhnliche physische und intellektuelle

Begabungen. Die Heiler verfügten über die Fähigkeit der Zellregeneration, wodurch sie zahlreiche Verletzungen überleben konnten. Und die Führer lernten so viel aus der Realität, dass es ihnen gelang, die Zukunft vorauszusehen.

Vier.

Diese sieben Familien hatten lange Zeit harmonisch zusammengelebt. Dann schufen die Baumeister vier Eisentore, die zu anderen Universen führten. Aus einer dieser Welten, Malarkadien, war dann eine teuflische Einheit aufgetaucht: der Andere. Unglaublich mächtig und assistiert von blutrünstigen Kreaturen, die er nach Belieben herbeirufen konnte, hatte er mit der Zerstörung der Welt begonnen.

Drei.

Durch Bündelung ihrer Kräfte war es den sieben Familien gelungen, den Anderen in drei Teile aufzuspalten.

In die Kraft, das Herz und die Seele.

Diese drei Teile waren in unterschiedlichen Weltblasen eingeschlossen, zu denen man durch drei neue Eisentore gelangte, die sich in dem Haus befanden.

Acht.

Ein achtes Tor – man nannte es so, um darauf aufmerksam zu machen, dass es noch gefährlicher war als die anderen sieben Eisentore – ein achtes Tor wurde an einem geheimen Ort errichtet. So wurde der Andere als Ganzes geschwächt, und man wartete auf den Tag, an dem die Familien stark genug sein würden, um ihn vollkommen zu zerstören.

Dieser Tag war nie gekommen.

Trotz des Friedensaufrufs der Führer hatten sich die

anderen sechs Familien aus Gründen der Vorherrschaft zerstritten und sich dann in einen blutigen Krieg gestürzt, der jahrhundertelang andauerte. Jahrhunderte, in denen der Andere, der einzig wahre Feind, in Vergessenheit geraten war. In vollkommene Vergessenheit.

Eins.

Eine einzige Familie war übrig geblieben und seitdem allmächtig, die der Kogisten. Die anderen hatten sich gegenseitig ausgelöscht, oder ihre Mitglieder hatten sich verkrochen und lebten in der Furcht, von den Kogisten entdeckt und vernichtet zu werden.

Zwei.

Zwei. Nathans Lieblingszahl. Shaé und er. Zwei. Fast eins.

Bald eins.

Wie eine Erinnerung an eine friedlichere Epoche floss in Nathans Adern das Blut aus drei Familien und das der anderen drei in denen von Shaé. Dennoch wäre es ihnen ihr Leben lang nicht bewusst geworden, wenn das achte Tor nicht aus unbekannten Gründen geöffnet worden wäre. Der Andere war frei.

Seine erste Handlung war die Jagd auf Nathan und Shaé. Doch selbst wenn die Kogisten die Möglichkeit haben, ihm Schaden zuzufügen, könnten ihn doch nur die Familien vereint vernichten. Die beiden Jugendlichen waren die einzigen Erben der sechs antiken Kräfte.

Nathan und Shaé war es gelungen, Jaalab, die Kraft des Anderen, zu zerstören. Doch seitdem wurden sie von den Kogisten verfolgt. Obwohl diese Familie Nathans Verwandte waren, ahnten sie nicht, was sich da zusammenbraute.

Onjü, das Herz, und Eqkter, die Seele, waren nun

dabei, die Welt zu erobern. Nathan und Shaé mussten sie aufhalten.

***

Nathan zwängte sich in seinen Sessel.

Die Nacht war über das Irgendwo hereingebrochen. Der Mond ließ sich Zeit. Er hatte es nicht eilig, sein klares Licht zu spenden. Als wüsste er, dass er die einzig verfügbare Lichtquelle am Horizont wäre, bereitete es ihm eine diebische Freude, auf sich warten zu lassen.

Ein paar Meter von Nathan entfernt war Shaés Atem zu hören, sanft und regelmäßig.

Shaé.

Sie war eine Metamorphe, eine Baumeisterin und eine Heilerin.

Sie hatte die eintausendsiebenhundert Holztüren des Hauses in der Hoffnung ausprobiert, hinter einer von ihnen Rafi zu entdecken. Vergebens.

Nathan lächelte im Dunkeln, als er an den alten Berber dachte. Rafi Hâdy Mamnoun Abdul-Salâm. Einer der letzten lebenden Führer. Vielleicht der letzte. Er hatte sie, so gut er konnte, in ihrem Kampf gegen Jaalab unterstützt, und er war der Einzige, der ihnen helfen konnte, das Haus zu verlassen.

Als zwischen den Familien noch Frieden herrschte, hatten die Baumeister Türen für jede von ihnen geschaffen. So hatte auch Barthélemy, Nathans Onkel, seine Tür geerbt, die von Anfang an den Kogisten gehört hatte.

Der Zugang zu den meisten Türen war über die Jahrhunderte verlorengegangen, nur wenige wurden immer noch benutzt. Shaé und Nathan hofften, dass Rafi eine Tür besaß. Wenn das der Fall war, wenn sie die Tür fanden und wenn der alte Berber sie für Nathan und Shaé öffnete, könnten sie das Haus verlassen.

Zu viel »wenn« für Nathans Geschmack. Langsam, aber sicher kam ihm das Haus vor wie ein Sarg. In der Nacht fuhr Nathan im Schlaf hoch, aufgeweckt durch einen wiederkehrenden Alptraum. Ein Alptraum, in dem sie aus Mangel an Wasser und Nahrung in Agonie verfielen und sich ins *Pratum Vorax* stürzten.

Shaé hatte keine Zweifel. Dass sie beim ersten Mal, als sie die Türen ausprobierte, nichts entdeckt hatte, beunruhigte sie nicht sonderlich.

»Ich bleibe nur ein paar Sekunden vor einer Tür«, hatte sie Nathan erklärt, »aber um erkennen zu können, was auf der anderen Seite ist, muss es Tag sein. Und es muss ein Moment sein, in dem Rafi uns beobachtet. Das klappt wahrscheinlich nicht beim ersten Mal, aber irgendwann schon.«

Nathan wusste nicht, ob dieser erstaunliche Optimismus echt oder gespielt war. Er liebte Shaé, jeden Tag mehr, doch er verstand sie nicht wirklich.

5

Mit Hilfe eines Knochensplitters und ein wenig Blut der vor einigen Tagen von Shaé erlegten Wildgans hatte Nathan auf einem Stück Stoff den Plan des Hauses, den sie in den Inkunabeln von Valenciennes gefunden hatten, wieder neu gezeichnet. Sorgfältig kreuzte er die Türen durch, die Shaé bereits überprüft hatte, und zeigte ihr die Gänge auf, die es noch zu erforschen galt.

Daher waren sie zusammen, als sie Rafi entdeckte. Shaé hatte sich angewöhnt, die Szenerie auf der anderen Seite zu ignorieren, wenn sie eine Tür berührte. Ob belebte Städte, verlassene Tempel, dunkle Kellergewölbe oder totale Finsternis – was sich auf der anderen Seite auftat, schien nur durch wenige Zentimeter Holz von ihnen getrennt zu sein, befand sich aber in einer anderen Realität. Unerreichbar. Sie konzentrierte sich auf Personen und suchte nach den Umrissen des alten Berbers, sonst nichts. Um ein Haar hätte Shaé ihn eines Nachmittags übersehen, beim soundsovielten Blick durch eine Tür.

Zwischen riesigen, runden Felsbrocken konnte man eine karge und steinige Landschaft in intensivem Ocker ausmachen, die sich bis zum Horizont erstreckte. Durch das felsige Labyrinth schlängelte sich ein Pfad. Das gleißende Licht aus dem tiefblauen Himmel verstärkte dabei noch den Kontrast zwischen Licht- und Schattenzonen. Daher erkannte Shaé nicht sofort den

Mann, der im Schneidersitz im Schatten eines Felsens saß. Nur eine Ahnung hielt sie zurück, zur nächsten Tür zu wechseln. Sie hielt inne.

»Da ist er«, verkündete sie Nathan. Ihre Stimme war so ruhig, dabei schneidend und emotionsgeladen, dass es ihm die Kehle zuschnürte.

Rafi trug eine weiße Dschellaba und einen ebenfalls weißen Burnus, den er um die Stirn gewickelt hatte. Er hielt einen Lederschlauch, und neben ihm stand ein Korb Datteln.

»Wie können wir ihn auf uns aufmerksam machen?«, fragte Nathan plötzlich nervös.

»Ich weiß es nicht«, erwiderte Shaé, »auch wenn ich die Tür entriegeln kann, kann doch nur Rafi sie öffnen.«

Sie legte beide Hände flach auf die Holztür und konzentrierte sich. Sie hätte niemals erklären können, wie sie vorging, aber sie zweifelte nicht einen Augenblick. Sie war Baumeisterin, und die Türen gehorchten ihr.

Ein metallisches Klirren hallte durch das Haus.

»Das war's«, sagte sie.

»Was macht Rafi?«, fragte Nathan beunruhigt. Ihr blieb keine Zeit zu antworten. Der alte Berber war aufgestanden und kam auf sie zu. Die Tür ging auf, ein lebhaftes Licht drang ins Haus, während sich ein erstaunlicher Duft aus warmen Felsen und Gewürzen ausbreitete.

»Herzlich willkommen, meine Freunde«, verkündete Rafi mit ausgebreiteten Armen.

Nathan stieß einen Freudenschrei aus und drückte ihn an die Brust, während Shaé – weniger überschwänglich – sich damit begnügte, tief einzuatmen.

Sie hatte sich im Haus wohl gefühlt und der Aufenthalt dort hat ihr weniger zugesetzt als Nathan, doch sie war froh, wieder in der richtigen Welt zu sein. Froh und dankbar.

Während Nathan und Rafi sich fest umarmten, berührte sie den alten Berber nur kurz an der Schulter. Eine seltene und intensive Geste, die er zu verstehen schien und für die er sich mit einem tiefen azurblauen Blick bedankte.

»Ein paar Datteln?«, bot Rafi an. »Wasser?«

Nathan und Shaé nahmen gierig an. Selten hatten Früchte so gut geschmeckt, sie leerten den Korb im Nu. Anschließend tranken sie mehrere Gläser frisches Wasser, dann zeigte ihnen Rafi den Weg.

»Ich schlage vor, ihr folgt mir.«

»Wo sind wir?«, fragte Nathan.

»Im Hohen Atlas«, antwortete Rafi, »im Land der Berber! Bei mir zu Hause.«

***

Ein Dorf duckte sich im Schatten eines Palmenhains, neben einer Wasserstelle, die von einem Wasserfall aus den nahe gelegenen Bergen genährt wurde. Als Erstes sahen sie eine Gruppe Kinder, die eine Ziegenherde hütete, die die dürre Vegetation abgraste. Dann entdeckten sie die Dächer der ersten Häuser. Es war keine Straße zu sehen und auch nicht der kleinste Strommast.

»Ouirzat«, verkündete Rafi, »mein Dorf.«

Das intensive Grün der Palmen, das Hellgrün der Mandelbäume, die silbernen Blätter der Olivenbäume und die blassgrünen Arganbäume bildeten eine beeindruckende Palette im Kontrast zum kargen Ocker der Hügel und dem Tiefblau des Himmels.

Die Häuser waren niedrig und aus Lehm und Steinen errichtet. Orangefarbener Putz rundete die Ecken ab, während Türen und Fensterläden in lebhaften Farben bemalt waren.

Männer und Frauen gingen ihrer Beschäftigung nach, führten ihr Vieh auf eine Weide, pflügten ein Stück Land um oder reparierten einen Stuhl unter dem Blätterdach einer Akazie. Alle winkten den Neuankömmlingen freundlich zu.

»Ich bin oft unterwegs«, erklärte Rafi Nathan und Shaé, »aber ich kehre so schnell wie möglich wieder zurück. Nur hier bin ich wirklich glücklich, abseits vom Wahnsinn, der sich in der Welt ausgebreitet hat. In Ouirzat ist nichts wichtiger als das Glas, das man einem Freund anbietet, oder die Mahlzeit, die man mit ihm teilt.«

Sie liefen fast eine Stunde, bis sie das Dorf erreicht hatten. Auf dem Weg berichtete Nathan Rafi, was geschehen war, seit sie sich auf der Île du Frioul getrennt hatten. Er hielt nur einmal in seiner Erzählung inne, als er verwundert eine kleine Ziege sah, die im Wipfel eines Arganbaumes saß.

Rafi hatte aufmerksam zugehört und zeigte sich nicht die Spur überrascht, selbst dann nicht, als Nathan ihm von Jaalabs Tod erzählte.

»Ihr habt eine lange und schwierige Reise hinter euch«, stellte er nur fest, »aber vor euch liegt noch ein weiter Weg. Jaalab ist erst dann endgültig tot, wenn die beiden anderen Teile des Anderen, das Herz Onjü und vor allem die Seele Eqkter, vernichtet sind.«

Mehr wollte er ihnen nicht verraten, und das letzte Stück des Weges legten sie schweigend zurück.

***

»Kommt herein«, sagte er und trat vor einer Tür, die er soeben geöffnet hatte, beiseite. »Mein Anwesen ist bescheiden, aber es steht zu eurer Verfügung.«

Nathan und Shaé betraten einen Raum mit niedriger Decke, weiß gekalkten und mit bunten Stoffen bespannten Wänden und Vorhängen aus Perlenschnüren. Auf dem Boden lagen dicke Teppiche, sie zogen die Schuhe aus und ließen sich genußvoll nieder.

Wie das Dorf, so verströmte auch Rafis Haus eine beruhigende Heiterkeit. Das Licht drang durch schmale Öffnungen und färbte das dunkle Holz des spärlichen Mobiliars kastanienbraun. Hier drinnen war es angenehm frisch.

Shaé stieß einen zufriedenen Seufzer aus und lächelte Nathan an. Trotz der Datteln, die sie verschlungen hatten, starben sie fast vor Hunger. Dennoch wagte keiner von beiden, dies ihrem Gastgeber zu gestehen.

Rafi war jetzt nicht mehr der alte Mann mit unvorhersehbaren Verhaltensweisen, die sie bei den vorigen Begegnungen ebenso verblüffend wie hilfreich fanden. Er war ein edler Berber mit Gesichtszügen voller Weisheit. Ein Herr.

»Hat dein Name eine besondere Bedeutung?«, erkundigte sich Nathan. »Du hast es uns nie gesagt.«

»Wahrscheinlich weil ihr mich nie danach gefragt habt«, antwortete der alte Berber. »Rafi Hâdy Mamnoun Abdul-Salâm. Ja, dieser Name hat eine Bedeutung: Rafi, der vertrauenswürdige Führer, Diener des Friedens.«

»Das ist ein schöner Name.«

»Danke, Shaé.«

»Rafi«, fragte Nathan, »weißt du, was in Marseille los ist? Der Flur, der zu Barthélemys Tür führt, steht unter Wasser. Gab es eine Katastrophe?«

»Katastrophe ist ein ziemlich schwacher Begriff für das, was sich gerade über der Welt ausbreitet. Ich werde euch berichten, was ich weiß, aber erweist mir zuerst die Ehre, meine Mahlzeit mit euch zu teilen. Mit vollem Magen kann man besser nachdenken, und wir müssen über sehr vieles reden und nachdenken.«

6

Ist Onjü, das Herz des Anderen, für die Erdbeben, Überschwemmungen, Stürme und Epidemien, von denen du uns erzählt hast, verantwortlich?«

Nathan konnte seine Skepsis nicht verbergen. Rafi hatte ihnen ein düsteres Bild der Weltsituation aufgezeichnet: Zehntausende von Toten und Verletzten, denen niemand helfen konnte, Kranke ohne Pflege, ganze Städte, die zerstört, und Länder, die ins Verderben geraten waren. All dies soll das Werk eines Einzigen sein?

»Lange vor der Befreiung des Anderen haben Wissenschaftler Alarm geschlagen«, fuhr Nathan fort. »Treibhauseffekt, Gletscherschmelze, Luftverschmutzung, chaotische Besiedlung an Küsten und großen Flusstälern. Die Mehrzahl der Katastrophen, von denen du sprichst, sind von Menschen verschuldet, ausgelöst durch Gier oder fehlende Vernunft.«

»Du hast recht«, erwiderte Rafi ruhig. »Die Menschen schaffen es ganz gut alleine, ihre Welt zu zerstören, und Onjü hätte unmöglich diese Katastrophen hervorbringen können, wenn ihre Keime nicht seit langer Zeit gelegt worden wären.«

»Aber …«

»Jaalab war die Kraft des Anderen, eine brutale, tödliche, aber dumme Kraft. Onjü ist viel gefährlicher. Er spielt mit den Herzen der Menschen, der Kraft der Elemente und träufelt ihnen sein Gift ein. Er verwandelt den Wind in einen Sturm und den Sturm in einen Orkan. Über Marseille ist eine Sturmflut hereingebrochen. Das Meer hat sich in die Kellergewölbe von Barthélemys Villa ergossen, zig Unglückliche sind ertrunken. Aber verglichen mit dem, was sonst noch passiert, ist das nur eine Lappalie.«

»Was will Onjü?«, warf Shaé ein.

»Das Chaos säen. Der Andere ernährt sich vom Leid und Unglück derjenigen, die er zerstört. Während wir hier miteinander reden, beschwört Onjü Sturm herauf und bereitet die Welt vor für Eqkter.«

»Ich bin mir nicht sicher, ob ich das verstehe.«

»Eqkter ist der mächtigste Teil des Anderen. Er verursacht Kriege, die zusammen mit Onjüs Stürmen die Menschheit destabilisieren sollen. Doch seine wahre Rolle zeigt sich erst hinterher. Wenn die Erde von Epidemien, Konflikten und Erdbeben erschüttert ist, wird seine Macht so groß sein, dass sich ihr nichts widersetzen kann. Er wird die Menschen unterjochen.«

»Und welche Rolle spielen wir dabei?«

»Der Andere sucht euch. Nur ihr seid in der Lage, ihn aufzuhalten. Doch zu behaupten, dass euch dies sicher gelingen wird, wäre gelogen.«

Shaé ließ ihren Blick durch den ruhigen Raum schweifen, in dem sie saßen. Das gedämpfte Licht färbte ihre Haut und den flachen Tisch, an dem sie saßen, golden. Durch das Fenster drangen die Stimmen von Kindern herein, die draußen spielten. Es duftete nach Harz und Gewürzen. Shaé fühlte sich wohl. Warum von hier fortgehen?

Rafi erahnte die unausgesprochene Frage.

»Die Zeit läuft für ihn«, sagte er mit Nachdruck, »seine

Macht wächst von Tag zu Tag. Wenn ihr hierbleibt, wird er lange Zeit brauchen, um euch zu finden, vielleicht sehr lange. Dennoch wird er euch finden, und dann wird es zu spät sein, ihn noch zu besiegen.«

»Was rätst du uns?«, fragte Nathan.

»Du musst Kontakt zu deiner Familie aufnehmen und sie um Hilfe bitten.«

»Die Kogisten?«, fragte Nathan bestürzt. »Sie wollen uns töten!«

»Ihr müsst sie davon überzeugen, dass ihr für das, was passiert ist, nichts könnt. Die Kogisten können den Anderen nicht aufhalten, aber sie können sein Tun stören, die Schäden, die er der Welt zufügt, begrenzen, einen Aufschub erreichen. Und deshalb müssen sie zugeben, dass das achte Tor geöffnet und der Andere befreit wurde.«

»Müssten wir nicht zuerst die beiden verbleibenden Teile des Anderen ausfindig machen und sie zerstören?«, bemerkte Shaé.

»Der Andere wird euch ausfindig machen, darauf könnt ihr euch verlassen. Da Jaalab gescheitert ist, wird aller Wahrscheinlichkeit nach Onjü versuchen, euch zu töten.«

»Wie sieht er aus?«

»Ich weiß es nicht. Die frühere Form des Anderen wurde vor Jahrhunderten zerstört. Für seine Reinkarnation hat er drei menschliche Körper gewählt, zweifelsohne jene, die das achte Tor geöffnet haben, aber ihre Identität kenne ich nicht. Wer auch immer sie sind, heute sind sie nur noch einfache Befehlsempfänger des Anderen, Marionetten in seinen Händen.«

Nathan war besorgt, er hörte gar nicht mehr zu.

»Denkst du, die Kogisten werden uns glauben, wenn wir mit ihnen Kontakt aufnehmen?«, erkundigte er sich.

»Deine Familie ist mächtig, Nathan, und manche ihrer Mitglieder sind vertrauenswürdig.«

»Manche?«, warf Shaé ein.

»Jawohl.«

»Und die anderen?«

Rafi antwortete nicht sofort. Gedankenverloren trieb er auf einem seltsamen Fluss, dessen Biegungen nur die Führer kennen. Schließlich schüttelte er sich und sah die jungen Leute mit seinen blauen Augen an.

»Ich würde euch gerne sagen, dass die Kogisten, denen ihr nicht trauen könnt, eine vernachlässigbare Minderheit sind, aber die Führer hüten sich vor der Lüge. Zwei störende Klippen müsst ihr überwinden.«

»Welche?«

»Zunächst solltet ihr wissen, dass unter den Mächten der sieben Familien diejenige der Führer am wenigsten greifbar und am fehlbarsten ist. Wenn ich ein paar Geheimnisse erspähe, die in der Vergangenheit vergraben waren, und einige Wege entdecke, die in unserer Gegenwart beginnen, bin ich deshalb längst nicht in der Lage, die Zukunft zu lesen. Wenn ich es versuche, irre ich mich häufig. Viel zu oft für meinen Geschmack.«

»Du hast von Klippen gesprochen«, rief Shaé ihm in Erinnerung.

»Ja. Die erste ist Antons Haltung. Dein Großvater, Nathan, handelt seltsam. Vergangene Woche ist Barthélemy wieder aus dem Koma aufgewacht. Er berichtete seinen Angehörigen von seiner Auseinandersetzung mit Jaalab, aber Anton achtet nicht auf das, was Barthélemy sagt. Er hält daran fest, die Familie der Metamorphen – obgleich sie dezimiert ist und sich passiv verhält – versuche, die Kogisten zu verdrängen. Seiner Meinung nach hat sie den Angriff auf die Villa angezettelt. Sie soll Barthélemy niedergestreckt haben beziehungsweise jemand, der den Auftrag hatte, ihn auszulöschen.«

»Du glaubst, es gibt Zwistigkeiten unter den Kogisten?«

»Das scheint mir ganz offensichtlich.«

»Mein Großvater ist ein Dickkopf«, versuchte Nathan zu erklären.

»Gewiss, aber vor allem ist er ehrgeizig und sehr intelligent«, entgegnete Rafi. »Dass er sich weigert, Barthélemy anzuhören, ist höchst ungewöhnlich.«

»Und die zweite Klippe?«, fragte Shaé.

»Ich weiß nicht genau, wo sich das achte Tor befindet. Ich weiß nur, dass es irgendwo in Südamerika liegt und dass es geöffnet wurde, denn Eqkter, Onjü und Jaalab sind hindurchgegangen. Während Onjü und Eqkter ihr zerstörerisches Werk begannen, machte sich Jaalab auf nach Marseille, um euch zu töten. Dort ist er jedoch auf Barthélemy getroffen, der ihn so schwer verletzt hat, dass er in seine Weltblase zurückkehren musste, um sich dort zu kurieren, bevor er sich mit euch anlegte.«

»Das alles wissen wir«, sagte Nathan.

»Wie ist Jaalab wieder in seine Weltblase gelangt?«

»Wie bitte?«

»Die Weltblasen sind Gefängnisse, die die Baumeister erschaffen haben. Man betritt sie durch das achte Tor oder durch die Eisentüren, die sich im Innern des Hauses im Irgendwo befinden. Jaalab war zu schwer verletzt, um mit dem Flugzeug zurück nach Südamerika zu reisen. Also ist er ...«

»... durch das Haus dorthin gelangt«, warf Nathan ein. »Ich weiß nicht, worauf du hinauswillst.«

Er verstummte und begriff schließlich, was der alte Berber ihm zu erklären versuchte. Shaé vollendete seinen Gedanken:

»Jemand hat ihm Barthélemys Tür geöffnet.«

»Und dieser Jemand ist notwendigerweise ein Kogist«, schloss Nathan mit düsterer Miene.

Eine erdrückende Stille folgte. Eine Stille, die Rafi mit sorgenvollem Blick unterbrach:

»Das ist die größte Klippe. Das Gift des Anderen entfaltet bereits seine Wirkung. Es gibt einen Verräter in deiner Familie, Nathan.«

Er hielt einen Moment inne und fuhr dann leise fort:

»Einen Verräter oder mehrere.«

7

Langsam erwachte Nathan aus dem Schlaf. Er streckte sich und gähnte mit weit aufgerissenem Mund. Er konnte sich nicht erinnern, wann er das letzte Mal so gut geschlafen hatte.

Seine Kleider lagen sorgfältig zusammengelegt auf einem Hocker. Über Nacht waren sie gewaschen worden, was mehr als nötig gewesen war, und verströmten jetzt einen leichten Mandelduft. Er zog sich an und verließ den Raum, nicht ohne vorher das Schwert umzuschnallen, das ihm Sensei Kamata geschenkt hatte.

Nathan nahm zwar nicht an, dass er das Katana in diesem Dorf, das verloren mitten im Hohen Atlas lag, benötigen würde, aber sein Leben war so durcheinandergeraten, dass er nicht das kleinste Risiko eingehen wollte. Ohne sein Schwert fühlte er sich viel zu verwundbar.

Die Sonne stand schon hoch am Himmel, und beim Verlassen des Hauses traf ihn die Hitze wie ein Keulenschlag. Von der Schwelle eines Nachbarhauses grüßte ihn ein kleiner, dürrer Mann mit einem traditionellen weißen Fes auf dem Kopf auf Arabisch. Als Nathan mit einer Handbewegung zurückgrüßte, legte sich ein breites Lächeln über sein braungebranntes Gesicht.

Nathan machte sich auf die Suche nach seinen Freunden. Stimmengewirr und Gelächter führten ihn zu einem Bassin im Dorfzentrum.

Dort stand Shaé bis zu den Knien im Wasser, über und

über mit Schlamm bedeckt. Zusammen mit einer Schar Kinder, die wild gestikulierend um sie herumsprangen und dabei fröhlich lachten und schrien, war sie damit beschäftigt, das Becken zu reinigen.

Jedes Kind war mit einem Lederkorb ausgerüstet, den es ein wenig weiter weg ausleerte, ohne dabei zu vergessen, seine Nachbarn ordentlich vollzuspritzen. Nathan blieb stehen. Nicht der Anblick von Shaé, wie sie den Dorfbewohnern half, erstaunte ihn, sondern das strahlende Lächeln, das ihr Gesicht erhellte.

Ein Lächeln, von dem er nie geglaubt hätte, dass es sich eines Tages auf ihren Lippen entfalten würde.

Sie war schmutzig, ihr Haar zerzaust, sie trug einen zerfetzten Umhang mit hochgekrempelten Ärmeln – noch nie hatte sie schöner ausgesehen.

Sie rief den Kindern etwas auf Französisch zu, und diese antworteten ihr auf Arabisch. Die Dialoge klangen so natürlich, dass ein aufmerksamer Beobachter hätte meinen können, sie verstünden sich.

Nathan lehnte sich gegen den Stamm eines Arganbaumes. Shaé lachte, so strahlend und befreit, dass er einen kleinen Stich in seinem Herzen verspürte. Wenn sie *ihn* liebte, wieso konnte sie dann *ohne ihn* so glücklich sein? Nein, mehr noch, wieso konnte sie ohne ihn glücklicher sein als mit ihm?

»Die Hindernisse, die dir im Weg stehen, sind zahlreich und haben nicht alle mit dem Anderen zu tun.«

Nathan musste sich nicht umdrehen, um zu wissen, dass Rafi dicht bei ihm stand. Er rührte sich nicht und schwieg, sog Shaés Schönheit auf und versuchte, seine Verwirrung zu unterdrücken.

Ein kleines Mädchen stolperte über den Beckenrand.

Sie fiel auf die Knie, und obwohl sie sich nur leicht aufgeschürft hatte, fing sie an zu weinen. Shaé beugte sich hinab, um sie in den Arm zu nehmen. Sie drückte sie an sich und flüsterte ihr tröstende Worte ins Ohr. Nicht im Geringsten gezögert hatte sie, und ihre Geste war alles andere als widerwillig. Abneigung zeigte sie nur bei der Vorstellung, ihn, Nathan, zu berühren.

Der spitze Schmerz bohrte sich ein wenig tiefer in sein Herz.

»Zweifle nicht an ihr«, flüsterte ihm Rafi zu. »Egal, was passiert, zweifle nicht an ihr.«

Nathan lief ein Schauer über den Rücken.

»Was ist …«

Er verstummte. Der alte Berber entfernte sich ruhigen Schrittes, als …

»Nat!«

Shaé rief ihn. Ein wenig ratlos drehte er sich zu ihr um. Sie streckte ihm das Mädchen entgegen.

»Kannst du dich um sie kümmern?«

»Ich komme schon«, antwortete er, glücklich darüber, dass seine Stimme nicht zitterte, »bin schon da!«

Shaé lächelte ihn an, und Nathans Ängste verflogen. Wie durch einen Zauber. Es war nicht das gleiche Lächeln wie kurz zuvor, als sie mit den Kindern spielte. Es war geheimnisvoller, weniger leuchtend und tiefer. Es war das Lächeln, das für ihn bestimmt war. Nur für ihn allein.

Als er das Mädchen in die Arme nahm, berührten sich ihre Finger.

Er ließ sich nicht anmerken, dass er spürte, wie sie schnell wieder ihre Hand zurückzog.

8

Nathan und Shaé blieben drei Tage lang in Ouirzat. Drei Tage, in denen sie ihre Kräfte wiedererlangten, die sie während ihres Aufenthalts im Haus verloren hatten. Drei Tage, in denen sie die einfachen Freuden des Lebens abseits der Welt genossen. Drei friedliche Tage.

Am dritten Tag nach dem Abendessen unterbrach Rafi Nathan, der gerade seine Pläne für den nächsten Tag erläuterte:

»Ich fürchte, Sayef muss auf deine Hilfe beim Bau seines neuen Geheges verzichten.«

»Was soll das heißen?«, erkundigte sich Nathan.

»Die Zeit drängt«, erklärte Rafi, »Ouirzat ist von den Katastrophen, die sich über die Welt ziehen, verschont geblieben, aber das wird nicht so bleiben. Ihr müsst aufbrechen.«

»Jetzt?«, fragte Shaé.

»Jawohl.«

»Bist du sicher, dass das nicht bis morgen warten kann?«, fragte Nathan verwundert. »Dann könnten wir tagsüber reisen.«

»Ihr geht durch das Haus«, erklärte Rafi bestimmt. »Auch wenn die Kogisten den Fähigkeiten der Führer misstrauen, so wie es die anderen Familien getan haben, so haben wir uns dennoch die Erinnerung an die Türen bewahrt.«

»Wir?«, warf Shaé ein. »Sind alle Bewohner Ouirzats Führer?«

»Nein.«

Rafis Stimme klang traurig.

»Nein«, wiederholte er, »ich bin das letzte Mitglied meiner Linie, und sollte es weitere Führer in der Welt geben, so sind sie mir nicht bekannt. Jahrhundertelang haben wir für Frieden zwischen den Familien gesorgt. Dann haben uns offensichtlich diejenigen, die von Macht und Herrschaft träumten, als schwach und feige abgestempelt und als Verschwörer angesehen. Die Familien haben uns nicht mit Samthandschuhen angefasst, und wir mussten einen hohen Preis für unsere Überzeugungen bezahlen.«

Er zwinkerte ihnen zu.

»Gut, ich muss aufhören zu schwatzen, sonst erratet ihr am Ende noch mein Alter. Ihr werdet durchs Haus gehen. Ich kenne eine Tür, die zu einer kleinen Straße in Paris führt. Wenn Shaé sie entriegelt, könnt ihr durch sie hindurch. Aber es ist besser bei Nacht. Jetzt.«

Nathan und Shaé tauschten lange Blicke. Sosehr sie auch wünschten, in Ouirzat zu bleiben, sie mussten sich wieder auf den Weg machen. Den Kampf wieder aufnehmen.

»Einverstanden«, sagte Nathan schließlich. »Gehen wir.«

***

Im Irgendwo war helllichter Tag, und die Sonne schien durch sämtliche Fenster des Hauses. Nathan warf einen Blick nach draußen und zeigte Rafi das *Pratum Vorax*.

»Shaé hat Segel entdeckt, weit im Westen, und eine Gruppe Zugvögel, die wie Gänse aussahen.«

Der alte Berber erstarrte.

»Segel? In der Prärie?«

Er, den nichts aus der Fassung zu bringen schien, war überrascht.

»Bist du sicher?«, fragte er Shaé. »War das auch keine Illusion?«

»Ich habe sie in großer Entfernung gesehen, aber ich bin mir ganz sicher«, antwortete sie. »Das waren sehr wohl Segel, sie zogen riesige Boote auf Rädern.«

Rafi blieb eine Weile nachdenklich stehen, dann erschien ein fröhliches Lächeln auf seinen Lippen.

»Seit die erste Tür zum Irgendwo geöffnet wurde, hat dort niemals jemand etwas anderes gesehen als das fleischfressende Gras der Prärie. Segel und Vögel! Das ist ein Zeichen, aber mich soll der Teufel holen, wenn ich verstehe, was es bedeutet. Und wisst ihr was? Ich bin entzückt! Das Universum vollzieht sich in einer Komplexität, die wir armen Menschen uns nicht vorstellen können!«

Er wandte sich vom Fenster ab, rieb sich die Hände und betrat einen neuen Flur. Shaé und Nathan folgten ihm ein wenig verdutzt.

Die Tür, die Rafi suchte, befand sich in der dritten Etage des Hauses. Bevor er sie erreichte, bat der alte Berber jedoch Shaé inständig, fünf andere zu entriegeln.

»Niemand außer mir weiß, dass sie existieren«, erklärte er angesichts Nathans überraschtem Blick. »Ihr könnt also beruhigt sein, weder Onjü noch die Milizionäre der Kogisten werden sie benutzen.«

»Ich bin nicht beunruhigt«, erwiderte Nathan. »Ich würde nur gerne wissen, wohin diese Türen führen, für den Fall, dass wir sie benötigen, um uns ins Haus zurückzuziehen.«

»Ich nehme stark an, dass es so kommen wird. Sie führen an Orte, die über tausend Kilometer von Paris entfernt sind. Diese Tür, zum Beispiel, führt in die Ruine einer Kapelle im Wald, etwa fünfzig Kilometer vor Bukarest. Wenn du jetzt hindurchgehen würdest, gäbe es keine Möglichkeit, sie später wiederzufinden. Es ist außerdem wahrscheinlich, dass ich sie auch nicht benutzen werde.«

»Weshalb sollen wir sie dann alle entriegeln?«

»Weil sie eine Rolle in künftigen Zeiten spielen können, die ich vor mir sehe. Es handelt sich um unwahrscheinliche Entwicklungen in der Zukunft, ähnlich wie Skizzen, die vielleicht morgen verschwunden sein werden, doch ich will nicht das kleinste Risiko eingehen. Vertraut mir.«

Shaé beobachtete aufmerksam ihren Führer. Er sagte ihnen nicht alles, das war klar. War der Grund dafür, dass ihnen für ausführliche Erklärungen die Zeit fehlte, oder … nein! Rafi hatte ihnen mehrere Male das Leben gerettet. Es stand außer Frage, seine Loyalität in Zweifel zu ziehen!

»Gehen wir?«, fragte Nathan.

»Gehen wir«, antwortete Shaé.

Im Vorübergehen streifte sie die Tür mit den Fingerspitzen. Und sogleich wurde das, was sich auf der anderen Seite befand, für sie sichtbar. Ein Stück eingestürzte Mauer schimmerte im klaren Mondlicht, ein Kreuz aus morschem Holz, die Überreste eines Querschiffs und weiter hinten der Saum eines dunklen Waldes. Sie seufzte erleichtert.

***

Als Shaé die Tür entriegelt hatte, legte Rafi die Hand auf die Pariser Türklinke.

»Auf Wiedersehen, meine Freunde. Ich würde euch gerne erzählen, was euch erwartet, aber ich weiß es nicht. Es sind zu viele unbekannte Parameter, so dass es unmöglich ist, die Zukunft vorherzusehen. Vielleicht ist das auch ein Zeichen dafür, dass meine Sicht schlechter wird. Versucht, die Kogisten zu überzeugen! Wenn sie es auch nicht schaffen, den Anderen aufzuhalten, so können sie doch seine Gewalt bremsen. Hütet euch vor Onjü, haltet euch fern von Eqkter und bewahrt euch ein Lächeln für das Leben! Meine Gedanken begleiten euch.«

Er umarmte Nathan, verbeugte sich vor Shaé und öffnete die Tür. Der Geruch von Regen und Nebel drang in das Haus, während sie von einer Windbö erfasst wurden.

Nathan und Shaé traten über die Schwelle.

Die Tür schloss sich hinter ihnen und verschwand sofort, sie hinterließ nur einen bläulichen Schimmer. Ein Licht, das nur die Mitglieder der sieben Familien wahrnehmen konnten.

Sie fanden sich wieder in einer kleinen Straße, die mit Kartons und Müllsäcken vollgestellt war. Ein dichter kalter Regen fiel schräg vom Himmel, von heftigen Windstößen gepeitscht. Das Licht der Straßenlaternen war nur ein blasser Schein, der kaum den Boden erreichte.

Shaé fröstelte, hielt aber plötzlich inne.

»Hörst du das?«

Nathan schüttelte den Kopf. Er besaß nicht das feine Gehör seiner Freundin, sondern vernahm nur den Verkehrslärm des nahen Boulevards und die Geräusche, die der herabfallende Regen auf den Dächern der Autos erzeugte, die entlang der Straße parkten. Doch er wusste, dass Shaé nicht diese Geräusche gemeint hatte.

»Nein. Was ist das für …«

»Sei still!«

Sie deutete auf den dunklen Schacht, der den Eingang zu einem verlassenen Hof bildete.

»Hör mal«, flüsterte sie.

In diesem Moment war ein Gebell zu hören. Ein starkes, wildes Gebell. Unter Tausenden wiederzuerkennen.

»Grœne!«, rief Nathan. »Todeshunde!«

Sie warfen sich besorgte Blicke zu, als mitten im Gebell ein Schrei zu ihnen drang. Jemand schrie um Hilfe.

9

Ohne zu überlegen, stürzten Nathan und Shaé los. Sie rannten quer über die Straße und hasteten unter den Vorbau. Dort musste Nathan das Tempo verlangsamen, damit sich seine Augen an die Dunkelheit gewöhnten.

Shaé hingegen wurde schneller.

Ihre Augen hatten sich verändert. Sie waren gelb, und ihre Pupillen waren perfekt für die nächtliche Jagd angepasst. Sie erlaubten ihr, ohne Schwierigkeiten kleinste Details der Umgebung wahrzunehmen.

Ein Mann stand mit dem Rücken an eine Wand gepresst. Seine einzige, lächerliche Waffe war ein Stock, den er schwenkte, um sich gegen fünf Grœne zu verteidigen. Fünf hundeartige Kreaturen, ungefähr einen Meter hoch, mit rötlichem Fell und entsetzlichen Reißzähnen. In wenigen Sekunden würden sie den Mann in Fetzen reißen.

Shaé stieß ein Fauchen aus, sprang und verwandelte sich noch im Sprung.

Als Panther landete sie auf dem Rücken eines Grœns, brach ihm das Genick mit einem schrecklichen Prankenhieb, sprang ein zweites Mal und stand vor dem Mann, um ihn mit ihrem Körper vor dem Angriff des nächsten Grœns zu schützen. Das wilde Knurren des Höllenhundes verwandelte sich in ein Todesröcheln, als Shaés Krallen seine Brust aufschlitzten. Er taumelte noch, als sie ein weiteres Mal zuschlug. Ein dritter Grœn ging zu Boden, dabei spritzte eine Blutfontäne aus seinem aufgerissenen Hals. Shaé spannte ihre wunderbare Muskulatur an, um den Kampf fortzusetzen … und entspannte sich wieder.

Es gab keinen Grœn mehr. Das Masamune hatte gesungen. Nathan wischte die Klinge seines Schwerts am Fell eines der beiden Grœne ab, die er erschlagen hatte, und steckte es wieder in die Scheide.

Die Umrisse des Panthers verschwammen plötzlich, dann erschien wieder Shaé. Sie wandte sich dem Mann zu, der auf die Erde gerutscht war, aber immer noch seinen Stock vor sich hielt. Er schien unverletzt, war aber sichtlich schockiert von der Gewalt, die ihm widerfahren war.

»Was … was … ist passiert?«, stammelte er.

Nathan trat näher.

»Sie sind außer Gefahr.«

»Sind … sind sie weg?«

»Nein, sie sind tot.«

»Tot? Ich danke Ihnen. Ohne Ihr Eingreifen hätten diese Tiere mich getötet.«

Nach einer kurzen Pause fuhr er in gepresstem Ton fort:

»Können Sie mir sagen, welche Farbe ihr Fell hatte?«

Nathan und Shaé schüttelten den Kopf. Weshalb interessierte sich dieser Mann für die Farbe der Todeshunde? Warum stellte er sie nicht selbst fest, und vor allem: Weshalb zeigte er sich nicht mehr überrascht über Shaés Verwandlung?

Sie verstanden, als sie seine schwarze Brille und seinen Stock sahen. Der junge Unbekannte war blind.

»Ihr Fell!«, insistierte er. »Welche Farbe hatte ihr Fell?«

»Warum diese Frage?«, fragte Nathan vorsichtig.

Die Züge des Mannes verkrampften sich.

»Ich bitte Sie! Es ist wichtig.«

»Rot«, sagte Shaé.

»O nein!«

Das Stöhnen, das über die Lippen des Unbekannten kam, war von schrecklicher Angst erfüllt.

»Wir sollten hier nicht bleiben«, mahnte Nathan, »sonst kommen noch weitere Hunde. Benötigen Sie Hilfe?«

»Nein, ich danke Ihnen. Mein Sehvermögen ist schwach, aber es gelingt mir, feste oder sich nur langsam bewegende Formen zu erkennen.«

»Kommen Sie mit.«

Ohne Shaés warnenden Blick zu beachten, steuerte Nathan auf den Vorbau zu.

Als sie die Straße und das fahle Licht der Laternen erreichten, hörte der Regen, der während der Auseinandersetzung doppelt so stark geworden war, plötzlich auf. Eine kleine Flocke tanzte vor ihren Augen. Sie schmolz, als sie den nassen Boden berührte, aber bereits in der Nacht würde ein dünner weißer Schleier die Stadt überziehen.

Schnee.

Nathan spürte, wie ihm ein langer Schauer des Glücks über den Rücken lief.

Obwohl der Schnee ihn unweigerlich an den Tod seiner Eltern erinnerte, empfand er noch immer eine große Liebe dafür. Während seiner Kindheit hatte Schnee die Wunden geheilt, die durch die Einsamkeit entstanden waren. Der Schnee hatte seiner Phantasie Nahrung gegeben und ihm Wohlgefühl und Seelenfrieden gebracht. Er war mit dem Schnee durch eine Kraft verbunden, deren Ursprung er nicht kannte, doch er wusste, dass sie real war. Und mächtig.

Er warf einen Blick hinüber zu dem Mann, der neben ihm lief und dabei den Gehsteig mit der Stockspitze abtastete. Obwohl er blind war, kam er gut voran. Er hielt den Kopf vorgebeugt, als wollte er dadurch seine Hörfähigkeit steigern.

Auch Shaé hörte. Mit allen Sinnen. Seit sie die Fähigkeit zur Metamorphose, die sie jahrelang gequält hatte, kontrollieren konnte, überstieg ihre Wahrnehmungsfähigkeit die gewöhnlicher Menschen bei weitem. Ein Teil dieser außergewöhnlichen Gaben war seitdem fest in ihr verwurzelt und nicht mehr von der Form abhängig, die sie durch ihre Verwandlung annahm.

Shaé lauschte also. Sie lauerte auf ein mögliches Auftauchen weiterer Grœne, aber sie versuchte auch, die Wellen zu analysieren, die der Mann, den sie soeben gerettet hatten, aussandte.

Und ihr animalischer Instinkt riet ihr, misstrauisch zu sein.

Der Schnee fiel dicht, und die Gehsteige wurden langsam weiß. Shaé fröstelte. Nathan schritt schnell voran. Wo zum Teufel wollte er hin? Gerade wollte sie ihn fragen, als er vor dem erleuchteten Schaufenster eines Cafés stehen blieb.

»Gehen wir hinein«, schlug er vor, »wir haben uns ein warmes Getränk verdient.«

Der Unbekannte schien zu zögern.

»Und ich muss Ihnen ein paar Fragen stellen«, fügte Nathan hinzu.

***

Nachdem sie ihre nassen Jacken an die Garderobe gehängt hatten, setzten sie sich an einen freien Tisch. Nathan ordnete seine Gedanken, doch als er zu sprechen begann, kam ihm der Unbekannte zuvor:

»Auf die Gefahr hin, dass ich indiskret erscheine, würde ich gern Ihre Vornamen wissen.«

Nathan hielt inne.

»Weshalb?«

Der Mann zögerte keine Sekunde.

»Weil ich einen bestimmten Jungen und ein bestimmtes Mädchen suche. Wahrscheinlich seid ihr es, aber ich muss dennoch sichergehen.«

»Wie können Sie …«, begann Nathan.

Shaé unterbrach ihn mit einer Handbewegung. Sie hatte den Mann nicht aus den Augen gelassen. Beim Licht der Lampen wirkte er viel jünger als draußen, nicht älter als fünfundzwanzig Jahre. Er war blasshäutig, hatte schwarzes, lockiges Haar und versprühte einen eigenartigen Charme, den der dunkle Schein seiner Brille noch verstärkte. Shaé war plötzlich davon überzeugt, dass nichts Gefährliches von ihm ausging.

»Nathan und Shaé.«

Der Mann dankte ihr mit einem Lächeln, das seine perfekt strahlenden Zähne zum Vorschein brachte.

»Ich habe euch erwartet«, sagte er. »Ich heiße Emiliano. Ich bin ein Führer.«

10

»Kennen Sie Rafi?«

Die Frage war gleichzeitig über Shaés und Nathans Lippen gekommen. Emiliano blickte erstaunt.

»Rafi? Nein, ich glaube nicht. Wer ist er?«

»Ein Führer«, erklärte Nathan, »wie Sie.«

»Das ist eine gute Nachricht«, verkündete Emiliano, nachdem er kurz überlegt hatte. »Es gibt nur noch sehr wenige von uns.«

»Rafi dachte, er sei der letzte.«

»Da irrt er sich. Ich kenne vier Führer und werde bald drei weitere treffen. Wo lebt denn Rafi, wenn ich schon so schlecht informiert bin?«

»Was wollten Sie uns mitteilen?«, fuhr Shaé dazwischen, noch bevor Nathan antworten konnte.

»Die Macht des Anderen wächst von Tag zu Tag an. Euch ist es gelungen, Jaalab, seine Kraft, zu vernichten, aber Onjü und Eqkter sind hundertmal mächtiger als er. Alleine habt ihr keine Chance. Ihr müsst die Kogisten davon überzeugen, euch zu helfen.«

Nathan und Shaé signalisierten durch Blicke ihr heimliches Einverständnis. Rafi hatte ihnen dasselbe gesagt.

»Woher wissen Sie das alles?«, erkundigte sich Nathan.

»Woher ich *was* weiß?«

»Woher wissen Sie, dass wir Jaalab besiegt haben?«

Ein trauriges Lächeln zeichnete sich auf Emilianos

Lippen ab, während er über das Glas seiner dunklen Brille fuhr.

»Die Führer sehen, was die anderen nicht wahrnehmen, aber es wäre dumm zu glauben, sie sähen mit den Augen. Ich habe vor langer Zeit mein Augenlicht verloren, doch das hat, entgegen jeder Erwartung, meine Gabe verstärkt. Ich erfuhr von dem, was ihr tatet, in dem Moment, als ihr es tatet, so wie ich wusste, wann und wo ihr ankommen werdet.«

»Und die Grœne?«

»Ich hatte euch gesagt, dass die Macht des Anderen wächst. Auch er spürt euch, er hat euch immer gespürt, und seitdem sind eure Tage gezählt. Die Grœne waren ebenso für euch wie für mich bestimmt. Ihr müsst euch beeilen. Warnt die Kogisten.«

»Das hat Rafi auch gesagt«, merkte Nathan an.

»Er hat recht. Wo ist er in diesem Augenblick?«

»Die Kogisten haben beschlossen, uns zu töten«, lenkte Shaé ab. »Wie soll man sie davon überzeugen, dass die Gefahr vom Anderen ausgeht?«

»Anton ist Nathans Großvater. Er wird euch anhören.«

Shaé und Nathan sahen sich an. Emiliano würde ihnen kaum helfen, wenn … Der junge Führer hielt inne. Er war eher feingliedrig und unauffällig gekleidet. Er könnte unbemerkt bleiben, doch er strahlte eine undefinierbare Kraft aus, die Aufmerksamkeit erweckte.

»Ihr werdet denken, dass ich euch nicht besonders nützlich bin«, fuhr er fort, als hätte er den Inhalt ihres stummen Austauschs erraten, »und es stimmt auch, dass euch die Aufgabe zufällt, den Kampf mit dem Anderen zu führen. Ich kann euch allerdings beistehen.«

Er zog eine Brieftasche aus der Tasche und legte sie vor sich auf den Tisch.

»Hier ist Geld. Das werdet ihr brauchen. Als ich von eurer Ankunft erfuhr, habe ich euch gleich ein Hotelzimmer reserviert. Die Adresse ist auf einer Karte in der Brieftasche notiert. Das Zimmer ist bereits für eine Woche bezahlt, und ihr heißt Colin und Lisa Brali. Ihr seid Geschwister.«

»Eine Woche?«, fragte Nathan verwundert. »So lange?«

»Es könnte länger dauern, Anton zu überzeugen, und vergesst nicht, dass die Kogisten im Augenblick eure Feinde sind. Es wäre außerdem vernünftig, wenn ihr den ersten Kontakt übers Telefon aufnehmen würdet. Antons Privatnummer befindet sich ebenfalls in der Brieftasche.«

Ein Ober kam herbei, um die Bestellung aufzunehmen. Emiliano wartete, bis er wieder weg war, und fuhr dann fort:

»Wo ist die Tür, die ihr benutzt habt, um nach Paris zu gelangen?«

»Kennen Sie sie nicht?«, wunderte sich Shaé.

»Nein, diese nicht.«

»Aber woher wussten Sie dann, wo Sie uns erwarten konnten?«

Emiliano wandte sich Shaé zu. Wenn er bis zu diesem Zeitpunkt, während er sprach, auf einen unbestimmten Punkt zwischen seinen beiden Gesprächspartnern blickte, so hatte sie plötzlich den Eindruck, als fixierte er sie und als würden seine hinter den Brillengläsern unsichtbaren Augen bis auf den Grund ihrer Seelen blicken.

»Du misstraust mir, nicht wahr?«

In Wahrheit war es viel komplizierter, aber Shaé hatte weder Zeit noch Lust, das zu analysieren oder ihm zu erklären.

»Ja.«

Nathan zuckte zusammen. Konnte Shaé denn kein bisschen diplomatisch sein?

»Das ist ganz normal«, stimmte Emiliano zu, »und beruhigend, was eure Sicherheit betrifft. Du solltest trotzdem wissen, dass ich auf deiner Seite stehe. Onjü und Eqkter sind grausam. Sie besitzen die Macht, Menschen zu hintergehen, bringen sie dazu, Meineide zu schwören und ihre Nächsten zu verraten. Aber diese Form der Beeinflussung zeigt bei den Führern keine Wirkung.«

Mit einer sicheren Handbewegung nahm er die Tasse, die ihm der Kellner soeben hingestellt hatte, trank seinen Kaffee in einem Zug aus und stand auf.

»Was auch immer ihr denken mögt, ihr seid nicht allein. Meine Gedanken sind bei euch. Ich hoffe, ihr erreicht euer Ziel.«

Mühelos schlängelte er sich zwischen den Tischen hindurch bis zur Garderobe. Dort zögerte er einen Moment und tastete die Kleidungsstücke ab, um seines zu identifizieren. Nathan schickte sich an, ihm zu helfen, aber schon hatte Emiliano seinen Mantel gefunden und angezogen.

Er verließ das Café, ohne sich noch einmal umzudrehen.

***

Nathan pfiff erstaunt, als er die Geldsumme in der Brieftasche entdeckte, dann wandte er sich zu Shaé.

»Du misstraust ihm tatsächlich?«

»Ich weiß nicht. Dass er sich genau an diesem Ort befand, als wir ankamen, exakt zum richtigen Zeitpunkt, bereits von den Grœnen angegriffen wurde, aber noch unversehrt war … erstaunlich.«

»Auch Rafi war öfter zur richtigen Zeit am richtigen Ort.«

»Das ist etwas anderes. Rafi ist ein Mann des Friedens. Seine Gesten, seine Worte, seine Entscheidungen beweisen es. Emiliano …«

»Was ist mit Emiliano?«

»Ich fühle, dass er gefährlich ist.«

Nathan berührte mit den Fingerspitzen die Scheide seines Schwerts, das diskret an seinem Stuhl lehnte.

»Das sind wir auch, Shaé. Mit Sicherheit gefährlicher als Emiliano. Und es werden nicht alle Führer so sein wie Rafi.«

Shaé nickte.

»Du hast recht. Was sollen wir jetzt machen?«

»Wir gehen in das Hotel, das uns Emiliano genannt hat, und dann werde ich meinen Großvater anrufen.«

»Und Onjü? Sind wir nicht verpflichtet, uns um ihn zu kümmern?«

»Mir scheint, Rafi hat sich in diesem Punkt klar und deutlich ausgedrückt: Er ist es, der uns finden wird.«

11

Als sie aus dem Café kamen, stellten sie überrascht fest, dass eine dicke Schneeschicht die Autos, die Gehsteige und die Straße bedeckte. Die Fahrzeuge fuhren im Schritttempo in bereits tiefen Spuren, und der Verkehr drohte zum Erliegen zu kommen.

Die Temperatur war weiter gefallen, und Nathan hatte, als er die beißende Kälte im Gesicht spürte, für einen kurzen Moment das Gefühl, wieder zurück in Montreal zu sein.

»Ich habe noch nie einen so starken Schneefall erlebt, nicht einmal in Kanada«, sagte er verwundert.

»Rafi hat gesagt, Onjü sei der Meister der Stürme. Glaubst du, dass er dafür verantwortlich ist?«

Sie deutete auf den Boulevard, der bald durch die Schneeverwehungen blockiert sein würde. Nathan nickte zustimmend.

»Wenn er Erdbeben auslösen, Flüsse über die Ufer treten lassen oder Sturmfluten verursachen kann, wird so etwas nicht allzu schwierig für ihn sein.«

Sie liefen knöcheltief im Schnee bis zu einem Metroeingang, wo ein Pariser Stadtplan hing.

»Wo befindet sich unser Hotel?«, fragte Shaé, während Nathan sich zu orientieren versuchte.

»Nicht sehr weit weg. Wir könnten zu Fuß dorthin laufen, aber wir sind nicht warm genug angezogen. Nehmen wir die Metro.«

Das war ein Fehler.

Es war achtzehn Uhr. Die Gänge der Metro waren normalerweise um diese Zeit schon übervoll, aber jetzt waren sie auch noch dem Ansturm der Pariser, die ihre Fahrzeuge stehenlassen mussten, ausgesetzt. Obwohl die Sperren geöffnet waren, drängten sich die Leute in ein elendes und erstickendes Gewühl.

Shaé fühlte sich sehr schnell unwohl.

Sie ertrug es nicht, wenn man sie berührte. Sie ertrug es nicht, wenn sie eingeschlossen war. Die Situation, die für alle unbequem war, war für sie ein Alptraum.

»Ich muss hier raus«, hechelte sie.

Nathan blickte um sich. Der Strom der Fahrgäste, der sie mitriss, war eine Einbahnstraße. In die entgegengesetzte Richtung zu laufen war unmöglich.

»Halte durch«, sagte er ermutigend und verfluchte sich dabei, dass er dieses Problem nicht vorhergesehen hatte. »Wir steigen bei der nächsten Gelegenheit aus.«

Die Menge quetschte sich auf den Bahnsteig, so dicht, dass man sich unmöglich bewegen konnte. Die Luft war stickig und der Gestank entsetzlich. Shaé war aschfahl, sie musste eine unglaubliche Energie aufwenden, um ihre panische Angst zu unterdrücken. Sie wusste, wenn sie losschreien würde, könnte sie nichts mehr aufhalten.

Als die Metro mit einem Donnergrollen einfuhr, war Shaé kurz davor, umzukippen. Die Türen gingen auf, und eine Menschenflut drängte in die Wagen. Nathan musste hart kämpfen, um in Shaés Nähe zu bleiben, und als der Zug anfuhr, wusste er, dass das Schlimmste noch bevorstand.

Es gab nicht einen Zentimeter mehr Platz. Schulter an Schulter, die Gesichter gegen die Haare von Unbekannten gedrückt, trat man sich auf die Füße, stieß einander in die Rippen. Die Fahrgäste waren verzweifelt, fühlten sich wie eingepferchtes Vieh und hielten den Atem an.

Shaé stand mit dem Rücken an eine Wand gepresst und hielt die Augen geschlossen. Ihr Atem pfiff, und kalter Schweiß perlte ihr über die Stirn. Nathan musste all seine Kraft aufwenden, um links und rechts neben ihrem Kopf eine Hand zu stemmen und sie mit seinem Körper zu beschützen.

»Halte durch«, wiederholte er und beobachtete genau ihre Reaktionen. »Halte durch.«

Verloren im rötlichen Nebel, der sich über die Realität gelegt hatte, suchte Shaé krampfhaft Halt in seinen Worten.

Die Metro fuhr nun sehr schnell. Ein winziger Ruck in einer Kurve übertrug sich heftig auf die zusammengepferchten Fahrgäste. Schmerz- und Angstschreie ertönten. Der Mann, der direkt neben Shaé und gegen Nathan gequetscht stand, schob seinen Arm zwischen sie, um einen Haltegriff zu ergattern. Seine Finger berührten Shaés Brust.

»Fass mich nicht an!«, schrie sie.

Mit Entsetzen bemerkte Nathan, wie sich bedrohliche Reißzähne auf ihren Lippen abzeichneten. Ihre Augen wurden zu Schlitzen und färbten sich gelb, die Pupillen weiteten sich, und auf ihren Händen bildete sich ein dunkler Flaum …

Nathan drückte sich gegen sie und umklammerte sie so fest, dass sie sich nicht bewegen konnte.

»Ich flehe dich an, Shaé«, flüsterte er ihr ins Ohr, »halte durch!«

»Fass mich nicht an!«, fauchte sie.

Nathan spürte, wie sich ihre zu Krallen gewordenen Finger durch seine Kleider bohrten, als wären sie aus Papier, und eine brennende Spur über seine Rippen zogen.

»Hör auf«, presste er hervor, »hör auf, du tust mir weh!«

Shaés Gesicht, das vor Wut und Angst verzerrt war, beruhigte sich flüchtig. Ihre Reißzähne verschwanden, die Augen wurden wieder schwarz. Sie hob den Kopf, um ein wenig nach Luft zu schnappen.

Nathan spannte seine Muskeln an, und es gelang ihm, die Menschenmasse um sich ein wenig wegzuschieben und so ein bisschen Platz für Shaé zu schaffen. Ein winziges bisschen, aber es reichte aus, dass sie ihre Gefühle wieder unter Kontrolle bekam. Sie blickte Nathan in die Augen.

»Ich muss aussteigen«, stammelte sie.

In diesem Augenblick wurde die Metro langsamer und hielt schließlich an.

Die Türen gingen auf.

Nathan stürzte hinaus.

Ohne Rücksicht auf die Leute zu nehmen, die er anrempelte, bahnte er für Shaé eine Gasse bis zum Bahnsteig. Dort stand eine Menschenmenge, ebenso dichtgedrängt wie in der Metro.

»Bleib ganz nah bei mir«, schärfte er ihr ein. »Wir gehen jetzt raus.«

Nathan war Kogist. Während seiner gesamten Kindheit und Jugend hatte er immer darauf geachtet, dass er mit seinen physischen Fähigkeiten kein Aufsehen erregte, aber das war jetzt unwichtig.

Er fuhr durch das Gewühl wie ein Glasschneider, benutzte seinen Ellbogen, manchmal seine Fäuste, um voranzukommen. Er bahnte sich einen Weg und räumte erbarmungslos alles beiseite, was Widerstand leistete.

Mehrfach hörte man Schmerzensschreie oder Flüche, aber er schenkte ihnen keinerlei Beachtung. Schließlich erreichte er eine Rolltreppe, die nach draußen führte. Shaé war keinen Millimeter von ihm gewichen.

Im Freien angekommen, wankte sie einen Moment, dann blickte sie hinauf in die Nacht und in den Schnee, der in großen Flocken vom Himmel fiel. Eine Weile lang blieb sie so stehen, bevor sie sich zu Nathan umdrehte.

»Das tut mir leid«, sagte sie und deutete auf seine zerfetzte Jacke. »Hab ich … hab ich dich verletzt?«

»Ist nur ein Kratzer«, beruhigte er sie. »Wir gehen zu Fuß weiter, okay?«

»Einverstanden«, antwortete sie und entspannte sich.

Nathan orientierte sich anhand des Plans, der am Metroausgang hing, und sie machten sich auf den Weg, Seite an Seite.

Ohne einander zu berühren.

12

Durchgeweicht und halb erfroren, erreichten sie das Hotel.

»Ein eigenartiges Wetter, nicht wahr?«, bemerkte der Mann an der Rezeption. »Im Fernsehen haben sie gesagt, das letzte Mal, dass es so geschneit hat, war 1947!«

»Das ist wirklich erstaunlich«, antwortete Nathan. »Für uns müsste ein Zimmer reserviert sein, auf die Namen Colin und Lisa Brali.«

Nachdem er es auf dem Bildschirm seines Computers überprüft hatte, nickte der Mann.

»Jawohl. Die 511, ein besonderes, aber charmantes Zimmer. Und bereits im Voraus bezahlt, wie ich sehe.«

»Ein besonderes Zimmer«, wiederholte Nathan, »was soll das heißen?«

Der Mann an der Rezeption musste lachen.

»Keine Sorge, nichts Beunruhigendes. Das Hotel ist sehr alt. Im Laufe der Jahre wurde es ein wenig ungewöhnlich erweitert. Das Zimmer 511 befindet sich in der letzten Etage. Von dort hat man eine phantastische Aussicht über die Dächer von Paris, und Sie haben es dort bemerkenswert ruhig. Das ist das Besondere an ihm. Das und der Fahrstuhl, der nicht bis ganz nach oben fährt. Haben Sie kein Gepäck?«

»Das wurde am Flughafen fehlgeleitet«, log Nathan. »Wir werden versuchen, es morgen abzuholen.«

Nach einem belanglosen Wortwechsel über die Unzuverlässigkeit der öffentlichen Transportmittel händigte ihnen der Rezeptionist die Schlüssel aus. Er hatte recht gehabt. Um in ihr Zimmer zu gelangen, mussten sie eine Reihe seltsamer Treppen erklimmen und anschließend einen gewundenen Gang entlanglaufen.

»Das ist das zweite Mal, dass wir uns ein Hotelzimmer teilen«, bemerkte Nathan und öffnete die Tür. »Irgendwann sind wir wie ein altes Ehepaar.«

Shaé wurde verlegen, aber ihre Scham verflog sofort wieder, als sie sein komplizenhaftes Lächeln sah.

***

Das Zimmer war klein und komfortabel und bot die versprochene wunderbare Aussicht über Paris. Durch zwei Fenster sah man über die Dächer, durch das dritte gelangte man auf eine schneebedeckte Terrasse. Nathan und Shaé entledigten sich ihrer Jacken, Pullis und Schuhe und legten sie zum Trocknen an einen Heizkörper. Nach kurzem Zögern zogen sie auch ihre Hosen aus.

»Willst du jetzt deinen Großvater anrufen?«, fragte Shaé.

Nathan verzog das Gesicht.

»Es klingt komisch, aber ich warte lieber, bis die Kleider trocken sind. Ich mag nicht in Unterhosen mit ihm telefonieren. Ich hätte dann das Gefühl, dass er mich sieht, und würde alleine bei dem Gedanken an seine Reaktion aus der Fassung geraten.«

Shaé schüttelte lächelnd den Kopf.

»Da kann man ja froh sein, dass du dir keinen Smoking anziehst, bevor du mit ihm redest! Okay, bis dich dein Großvater nicht mehr quält, gehe ich unter die Dusche.«

Sie verschwand im Bad, und Nathan seufzte. Es war ihm vollkommen gleichgültig, ob er angezogen war oder nicht, wenn er mit seinem Großvater telefonierte. Aber er wusste, dass Shaé gerne bei dem Gespräch dabei sein wollte, und es überstieg seine Kräfte, wenn er dabei neben einer halbnackten Shaé saß.

Als sie aus dem Bad kam, ging er hinein, und als er fertig war, waren ihre Kleider trocken genug, um sie wieder anzuziehen.

Mit leicht zittriger Hand wählte Nathan die Nummer, die ihm Emiliano gegeben hatte. Er ließ es zwanzigmal läuten.

Niemand hob ab.

»Er muss weggegangen sein«, nahm Shaé an.

»Ja, vielleicht. Gehen wir etwas essen«, schlug er vor. »Ich werde es nachher wieder versuchen, und wenn er nicht antwortet, probier ich's morgen weiter.«

Nathan hatte vorgehabt, mit Shaé durch die Straßen von Paris zu ziehen und ein Restaurant zu suchen. Das wäre seiner Ansicht nach ein gutes Mittel gewesen, um die Spannung, die sich seit ihrer Ankunft angestaut hatte, abzubauen. Doch die Schneemassen, die sich inzwischen verdoppelt hatten, brachten ihn von dieser Idee ab. Es fuhr kein Auto mehr, und die Schneedecke auf den Gehsteigen war über zwanzig Zentimeter hoch.

»Man könnte meinen, wir sind in Sibirien!«, rief der Rezeptionist. »Fehlen nur noch die Wölfe. Und das Schlimmste ist, dass die Wettervorhersage in den nächsten Tagen keine Besserung verspricht.«

Shaé und Nathan mussten mit dem Hotelrestaurant vorliebnehmen.

Zu ihrer großen Verwunderung war die Pizza Calzone köstlich, fast so gut, wie Nathan sie in Italien kennengelernt hatte, als er dort lebte.

»Und wenn alles erledigt ist?«, fragte er und schenkte Shaé ein Glas Montepulciano ein.

»Die Pizzas?«

Er lächelte.

»Nein, diese ganzen Geschichten mit dem Anderen, den Kogisten. Den Familien …«

»Und?«

»Was wirst du dann machen?«

Sie überlegte einen Augenblick.

»Überhaupt keine Idee. Mein Leben ist wie eine Achterbahn. Manchmal geht alles so schnell. Ich kann es dir nicht sagen.«

»Versuch es.«

»Okay. Wenn du mir diese Frage vor einem Monat gestellt hättest, hätte ich dir geantwortet, dass ich keine Ahnung habe. Nein, das stimmt nicht.«

Sie musste lachen, bevor sie fortfuhr:

»Ich hätte dich rausgeworfen und dir gesagt, du sollst dich um deinen eigenen Kram kümmern!«

Sie lächelten beide.

»Und weiter?«

Sie wurde ernst.

»Vor einem Monat träumte ich davon, meine Pflegeeltern zu verlassen und das dreckige Haus, in dem ich wohnte. Vor einem Monat wollte ich meine Lehrer zum Teufel jagen, meinen Roller schnappen und so weit wie möglich von Vitrolles wegfahren. Nicht viel mehr.«

»Und heute?«

»Heute sieht es anders aus. Alles hat sich verändert. Das Ding, das meine Zukunft verschlungen hat, ist verschwunden und …«

»Ja?«

Shaé wurde unsicher. Sie senkte verloren den Kopf, eine lange schwarze Strähne fiel herab und verdeckte ihr Gesicht.

Energisch warf sie sie wieder nach hinten und bohrte ihre dunklen Augen in Nathans.

»Heute … heute gibt es dich, Nathan«, fuhr sie aufgewühlt und mit brüchiger Stimme fort. »Wenn alles zu Ende ist, will ich einfach nur bei dir bleiben.«

***

Nathan ging diese Liebeserklärung immer noch durch den Kopf, als einen Meter, ein Lichtjahr von ihm entfernt nur noch der ruhige, regelmäßige Atem der schlafenden Shaé zu hören war.

Anton hatte auch nicht geantwortet, als er erneut versucht hatte, ihn zu erreichen, aber Nathan kümmerte das nicht.

Im Augenblick waren nur Shaés Worte für ihn wichtig.

»Zweifle nie an ihr«, hatte Rafi ihm zugeflüstert.

Nathan lächelte.

Zweifeln? An Shaé?

Unmöglich. Die Liebe, die er für sie empfand, war unvergänglich. Absolut.

Und eines Tages würde er ihre Hand halten.

Eines Tages würde er ihre Haut streicheln.

Eines Tages ihre Lippen …

Mit einem ohrenbetäubenden Lärm explodierten die drei Fenster des Zimmers.

13

Nathan war im selben Moment auf den Beinen, als drei Männer in Kevlar-Jacken das Zimmer stürmten. Er erkannte sie auf der Stelle: die Milizionäre der Kogisten!

Er schwenkte herum und landete einen Fußtritt ans Kinn eines der Angreifer, dass dieser zu Boden ging. Er wich einem Schlagstock aus und griff nach seinem Schwert, als drei weitere Milizionäre auftauchten. Einer von ihnen richtete den Lauf seiner Handfeuerwaffe geradewegs auf Nathan und drückte ab.

Der Pfeil traf Nathan unterhalb des Schlüsselbeins. Er spürte, wie sich das Schlafmittel in seinem Körper verteilte. Seine Bewegungen wurden schwer und ungeschickt. Wie in Zeitlupe drehte er den Kopf zu Shaé. Sie saß auf dem Bett und starrte verwundert auf den Pfeil, der in ihrem Oberschenkel steckte. Sie kippte in dem Augenblick nach hinten, als Nathan die Augen zufielen.

Sie ist eine Heilerin, dachte er, als ihn eine schwarze Wolke umhüllte. Sie kann widerstehen …

Dann brach er zusammen.

»Kontrolliert ihren Herzschlag und fesselt sie«, befahl derjenige, der den Angriff leitete. »Wir tragen sie über die Dächer und seilen sie nach unten zum Wagen ab.«

Während sich zwei von ihnen um ihren bewusstlosen Kameraden kümmerten, beugten sich die anderen über Nathan. Sie hatten ihn gerade gefesselt, als hinter ihnen ein dumpfes Grollen zu hören war. Sie drehten sich ruckartig um. Das Mädchen, das seit mindestens einer halben Stunde im Tiefschlaf sein musste, war verschwunden.

An seinem Platz stand stattdessen ein beeindruckender schwarzer Panther mit angelegten Ohren und hochgezogenen Lefzen, unter denen erschreckende Fangzähne zum Vorschein kamen. Bevor sie kapierten, was sie sahen, schoss der Panther aufs Fenster zu. Der einzige Milizionär, der versuchte, sich dazwischenzustellen, wurde gegen die Wand geschleudert. Das Raubtier verschwand in der Nacht.

»Großer Gott!«, rief einer der Männer. »Wie konnte dieses Tier …«

»Später!«, brüllte der Chef. »Schnappt den Jungen, wir hauen ab.«

»Aber …«

»Kein Aber, los!«

Die Milizionäre packten Nathan an Schultern und Fußgelenken und kletterten durchs Fenster.

Die Aktion hatte weniger als eine Minute gedauert.

***

Nathan war immer noch bewusstlos, als ihn die Milizionäre mit Hilfe einer Winde in die kleine Straße abseilten. Und er war es auch noch, als drei von ihnen ihn in einen dicken Allradwagen schoben, während die drei anderen in ein zweites Fahrzeug stiegen.

Es schneite immer noch. Schneeverwehungen blockierten zahlreiche Wege und überall standen verlassene Autos herum. Die Schneeräumdienste beschränkten sich zur Stunde darauf, die Hauptverkehrsstraßen freizuräumen. Dennoch konnte man fahren, sofern das Fahrzeug dazu geeignet und der Fahrer geschickt war.

Die beiden Allradfahrzeuge fuhren ohne nennenswerte Schwierigkeiten davon. Sie trennten sich, wie geplant, vor dem Pont d'Alma. Der eine fuhr am Seine-Quai entlang, während derjenige, der Nathan transportierte, über die Brücke fuhr.

In diesem Augenblick erlangte Nathan das Bewusstsein wieder. Das Mittel, das man ihm gespritzt hatte, war perfekt dosiert. Von einer Sekunde auf die andere war er hellwach und im Vollbesitz seiner Kräfte. Er testete den Widerstand der Fesseln, die man ihm um Arme und Beine gelegt hatte, aber sie waren zu fest, um sie zu sprengen.

»Er ist aufgewacht«, erklärte der Milizionär, der neben ihm saß.

»Wo ist Shaé?«, bellte Nathan.

»Deine Freundin hat sich in einen Scheißpanther verwandelt und ist ...«

»Sei still!«

Der Milizionär auf dem Beifahrersitz hatte sich umgedreht und blickte seinem Kollegen scharf in die Augen.

Nathans Gedanken überschlugen sich. Shaé war es gelungen, ihnen zu entkommen. Wie vorhergesehen, war es für sie als Heilerin überhaupt kein Problem gewesen, das Narkosemittel zu neutralisieren. Nathan atmete auf und konzentrierte sich auf seine Entführer.

Sie waren im Auftrag der Kogisten unterwegs, das verriet ihre Ausrüstung. Sie hatten also auf Antons Befehl hin das Hotel angegriffen, jenes Anton, den Nathan seit dem Vorabend zu erreichen versuchte. Wieso wusste sein Großvater, dass sie in Paris waren?

Nathan beruhigte sich wieder. Es war nicht so wichtig. Er musste Anton von der Gefahr überzeugen, die von dem Anderen drohte. Dass er ihm als Gefangener gegenübertreten würde, war gewiss nicht ideal, aber besser als gar nicht.

Nathan stieß einen leisen Fluch aus. Wieso glaubte er eigentlich, dass ihn diese Typen zu seinem Großvater führen?

»Wohin bringt ihr mich?«

Der Vordermann drehte sich um und bedeutete Nathans Aufpasser mit Blicken, er solle bloß den Mund halten.

»Wohin bringt ihr mich?«

Die Antwort war eisiges Schweigen.

Er blickte sich um und versuchte sich zu orientieren. Er kannte sich in Paris nicht gut aus, aber er wusste, wo sein Großvater wohnte. Wenn es ihm gelänge, eine Straße oder ein Bauwerk zu erkennen, könnte er vielleicht daraus Rückschlüsse ziehen, wohin man ihn fuhr.

Die Nacht und der Schnee machten die Sache nicht leichter. Die Sicht war gleich null, und alle großen Straßen ähnelten sich. Nathan wollte schon aufgeben, als er ihn entdeckte. Ein riesiger Adler mit raubtierschwarzem Federkleid flog links neben dem Geländewagen, zwei Meter über der Erde.

Shaé!

Als hätte er darauf gewartet, dass Nathan von ihm Notiz nimmt, flog der Raubvogel plötzlich davon und ließ mit wenigen Flügelschlägen den Wagen hinter sich.

Nathan steckte den Kopf zwischen die Schultern. Er

kannte Shaé. Sie würde sich nicht damit begnügen, dem Wagen zu folgen. Sie würde handeln. Unverzüglich.

Der Fahrer stieß einen lauten Fluch aus.

Ein Raubvogel stürzte auf die Windschutzscheibe zu. Der Mann fuchtelte verzweifelt herum, um ihm auszuweichen, aber der Vogel war schon zu nah und flog zu schnell.

Einen Sekundenbruchteil vor dem Aufprall lösten sich seine Konturen auf, und nun war es ein kräftiges Wildschwein, das in den Wagen einschlug. Die Scheibe zerbarst. Der Fahrer schrie auf, als die sechzig Kilo Tier gegen seine Brust krachten.

Der Wagen geriet ins Schlingern.

Der Milizionär auf dem Beifahrersitz blieb kaltblütig und zog eine Pistole aus seinem Gürtel. Doch dann blickte er in das schäumende Maul eines wütenden schwarzen Panthers. Die Fangzähne des Tieres schlossen sich um sein Handgelenk und entrissen ihm seine Waffe. Mit einem Ruck befreite sich der Milizionär. Ohne zu überlegen, öffnete er die Tür und sprang. Der Wagen schlingerte immer noch wie verrückt.

Der letzte, unverletzte Milizionär auf dem Rücksitz reagierte langsamer. Nachdem er eine Reihe von idiotischen Quieklauten von sich gegeben hatte, legte er die Finger an den Kolben seiner Pistole. Er führte die Bewegung nicht zu Ende aus. Nathan war auf der Rückbank herumgeschleudert und hatte ihn mit beiden Füßen voll ins Gesicht getreten. Mit einem dumpfen Grunzen brach er zusammen.

Der Allradwagen beendete seine Fahrt an einem Bordstein. Der einzige Zuschauer, der diese Szene verfolgt hatte, war der Mann, der aus dem Auto gesprungen war. Durch die dicke Schneedecke war er unverletzt geblieben und befand sich jetzt in der idealen Position, um einzugreifen.

Er besaß eine zweite Waffe. Er war ein Scharfschütze. Die Entfernung war perfekt. Und dennoch rührte er sich nicht, als Nathan und Shaé aus dem Auto sprangen. Das war zu viel für ihn.

Er hielt den Atem an, als wollte er alles vergessen machen.

14

Nathan lief nicht lange. Es war dumm gewesen, den Wagen stehenzulassen. Auch wenn er den Schnee noch so sehr liebte – barfuß, in T-Shirt und Unterhose würde er es keine fünf Minuten aushalten. Shaé war ebenso spärlich bekleidet wie er, aber sie konnte sich verwandeln. Er wunderte sich, dass sie …

Er blieb plötzlich stehen.

Sein Schwert.

Die Milizionäre hatten ihm sein Katana abgenommen. Mit einem Mal fühlte er sich schwach und verletzlich. Beinahe krank.

»Wir müssen zurück«, schrie er.

Ohne abzuwarten, ob ihm Shaé folgte, machte er kehrt.

Die beiden Milizionäre im Wageninnern waren immer noch bewusstlos. Während Shaé sie auf die Straße rollte, ging Nathan zum Heck des Wagens.

Im Kofferraum lag das Material, das die Milizionäre benutzt hatten, um das Dach des Hotels zu erklimmen und Nathan abzuseilen. Dort waren auch drei schwarze gefütterte Jacken. Als Nathan sie anhob, entdeckte er sein Schwert.

Er konnte einen Freudenschrei nicht unterdrücken. Der Knoten in seinem Magen löste sich wie durch ein Wunder auf, und er eilte wieder nach vorne zu Shaé. Er gab ihr eine Jacke und schwang sich hinters Steuer.

»Der dritte Typ ist dort hinten«, erklärte Shaé. »Er beobachtet uns, aber er macht keine Anstalten, uns aufzuhalten.«

»Wir werden ihm auch keine Gelegenheit dazu geben«, antwortete Nathan und trat aufs Gaspedal.

Der Allradwagen schlingerte, doch dann fraßen sich seine breiten Reifen in den Schnee, und sie fuhren schnell davon.

»Wie geht es dir?«, fragte Nathan beunruhigt, als sie sicher waren, dass ihnen niemand folgte.

»Schön, dass du um meine Gesundheit genauso besorgt bist wie um dein Schwert.«

Nathan zuckte zusammen und wandte seinen Blick von der Straße ab, um Shaé anzusehen.

»Was soll das heißen?«

»Nichts, vergiss es!«

»Ich … wir brauchen das Schwert, Shaé!«

Sie schwieg einen Moment und nickte dann.

»Natürlich.«

»Der Aufprall auf die Windschutzscheibe muss schrecklich gewesen sein«, sagte Nathan, nicht nur, um die Anspannung zu lockern, die sich zwischen ihnen aufgebaut hatte, sondern auch, weil er sich sorgte.

»Um widerstandsfähiger zu sein, habe ich mich in ein Wildschwein verwandelt.«

»Ah ja?«

»Als ich klein war, hatte mir mein Vater öfter von seinem Zusammenstoß mit einem Wildschwein erzählt. Während das Auto hinüber war, hatte das Wildschwein nicht einmal einen Kratzer abbekommen. Ich glaube, er hat übertrieben. Als die Scheibe zersprang, spürte ich, wie mir zwei Rippen brachen. Ein Wildschwein ist zwar ganz schön zäh, aber es hat doch seine Grenzen. Mein Vater liebte außergewöhnliche Geschichten.«

Nathan bemerkte nicht den wehmütigen Ton ihres letzten Satzes.

»Du hast dir zwei Rippen gebrochen!«, rief er besorgt.

»Du kannst beruhigt sein, sie sind wieder ganz. Ich weiß zwar nicht, wie diese Heilkunst funktioniert, aber sie ist nützlich. Die Verwandlung war allerdings schwierig.«

»Die Verwandlung?«

»Die Fähigkeit der Metamorphen ist vielfältiger, als ich gedacht habe. Mich tagtäglich in einen Panther zu verwandeln ist leicht, während es mit den anderen Tierformen hapert.«

»Immerhin wirst du zum Adler. Gerade vorhin, als du …«

»Das ist etwas anderes«, unterbrach sie ihn. »Ich schaffe es, aber es erfordert eine enorme Konzentration. Noch vor ein paar Wochen musste ich mich dafür nicht so anstrengen. Es scheint, als hätte sich meine Fähigkeit an eine Form gekoppelt, an die des Panthers, und als würde sie mir die anderen Stück für Stück verbieten.«

»Und das Wildschwein?«

»Ich dachte, ich würde es nicht schaffen. Das wird mir auch nicht wieder gelingen.«

Einen Moment lang schwiegen sie, dann stieß Shaé einen tiefen Seufzer aus, als quälte sie ein schwerwiegender Gedanke.

»Wieso wussten diese Typen, dass wir in dem Hotel waren?«, fragte sie Nathan.

»Keine Ahnung. Ich denke allerdings, dass sie die Absicht hatten, mich zu meinem Großvater zu bringen.«

Shaés Miene verdüsterte sich.

»Hätte ich tatenlos zusehen sollen?«

»Nein, auf keinen Fall. Wenn ich Anton begegnen muss, dann lieber nicht mit gefesselten Händen und von zwei Leibwächtern in die Zange genommen. Es war genial, dass du dazwischengegangen bist.«

Ein Lächeln unterstrich seine Erklärung.

»Wohin fahren wir?«, erkundigte sie sich.

»Unmöglich, so zerzaust im Hotel aufzutauchen, abgesehen davon, dass wir kein Geld mehr haben. Wir könnten die Nacht im Auto verbringen, aber da du bedauerlicherweise die Frontscheibe eingeschlagen hast, wird es sich in einen Kühlschrank verwandeln, sobald ich den Motor und damit die Heizung abstelle.«

»Weiterfahren?«, schlug Shaé vor, ohne auf seinen erbärmlichen Anflug von Humor einzugehen.

Nathan blickte auf das Armaturenbrett.

»Wir haben zwar noch Benzin, aber wenn es so weiterschneit, können sich bald nur noch Eisbären in Paris fortbewegen.«

Er bog mit dem Wagen vorsichtig auf den Boulevard Saint-Martin ein und kreuzte dabei ein Schneeräumfahrzeug, das nur langsam vorankam.

»Wir könnten jemanden um Hilfe bitten«, schlug Shaé vor.

»Es würde uns schwerfallen, eine plausible Geschichte zu erzählen, abgesehen davon, dass es riskant wäre. Mein Großvater hat uns gefunden, obwohl wir unter falschem Namen ...«

»Nathan?«

»Ja?«

»Sag nicht immer ›abgesehen davon‹.«

Nathan sah Shaé erstaunt an und bemerkte dann ihr spöttisches Lächeln. Er war ihr gleichgültig. Ganz einfach.

Nathan musste lachen, doch da tauchten fünfzig Meter vor ihnen auf der Straße die schemenhafte Umrisse einer Person auf, die genau vor ihrem Wagen stehen blieb. Sie fuhren langsam, doch der Geländewagen war schwer und eine Vollbremsung im Schnee unmöglich. Erst in letzter Sekunde gelang es Nathan anzuhalten. Der Mann mitten auf der Straße hatte sich nicht bewegt. Shaé erkannte ihn einen Moment früher als Nathan.

»Emiliano!«

Der junge Führer lief ums Auto herum, öffnete die hintere Tür und nahm auf der Rückbank Platz, bevor Shaé und Nathan ein Wort sagen konnten.

»Sie … Sie sind gar nicht blind?«, stammelte Nathan schließlich.

»Das habe ich niemals zu sein behauptet«, antwortete Emiliano lächelnd. »Ich sagte nur, dass mein Augenlicht schwach sei.«

»Woher wussten Sie, dass wir in diesem Wagen fuhren?«, fragte Shaé misstrauisch.

»Du traust mir immer noch nicht?«

»Das ist keine Antwort.«

»Von den verschiedenen Fähigkeiten der sieben Familien ist diejenige der Führer am schwierigsten auszumachen und auch zu erklären. Manchmal errate ich Dinge, manchmal lese ich sie und manchmal weiß ich sie. Ich wusste, dass ihr kommen würdet. Eine bessere Erklärung kann ich euch nicht anbieten.«

»Und haben Sie gelesen, was uns im Hotel passiert ist?«, erkundigte sich Shaé mit Betonung auf *gelesen*.

»Nein, aber ich nehme an, dass Anton euch aufgestöbert hat.«

»Wie scharfsinnig!«

Nathan runzelte die Stirn. Gewiss war Emiliano ein seltsamer Mensch, aber Shaé legte seiner Ansicht nach eine Feindseligkeit an den Tag, die er übertrieben fand. Von Rafi war man es auch gewohnt, dass er ungewöhnlich handelte, aber ihm gegenüber war sie nie so aggressiv aufgetreten. Doch er korrigierte sich gleich, denn das stimmte so nicht.

Zu Beginn ihrer Beziehung hatte sich Shaé dem alten Berber gegenüber hart gezeigt. Beinahe ungerecht. Als wäre das Misstrauen für sie eine zweite Natur. Schwer abzuschütteln.

»Meine Wohnung ist nicht sehr weit weg«, fuhr Emiliano fort und schien nicht im Geringsten beeindruckt von Shaés Feindseligkeit. »Wenn Nathan bereit wäre, wieder zu starten, schlage ich euch vor, dort zu übernachten. Morgen werdet ihr eure Arbeit dann dort fortsetzen, wo sie unterbrochen wurde.«

»Unter der Nummer, die Sie mir gegeben haben, um meinen Großvater anzurufen, antwortet niemand«, bemerkte Nathan.

Emiliano strich über die Fassung seiner schwarzen Brille.

»Das ist nicht so schlimm. Ich werde etwas anderes finden.«

15

Emiliano hatte eine Maisonnette-Wohnung im obersten Stockwerk eines eigenartigen Hauses auf dem Montmartre. Ein roter Ziegelboden, mit indischen Teppichen bedeckt, schmale Spitzbogenfenster, durch die man hinaussah in die Pariser Nacht und den Schneesturm, der dort tobte. Die Wände schmückten bunte Stoffbespannungen und die riesige Reproduktion eines Gemäldes von Clarence Gagnon.

Das geschmackvoll ausgewählte Mobiliar aus dunklem Tropenholz wurde durch eine ausgeklügelte indirekte Beleuchtung betont. Über den Stuhllehnen hingen Kleider, auf dem Fußboden lagen Bücher herum, und eine Grünpflanze streckte ihre Zweige durch die Maschen eines Vorhangs. Die Unordnung verlieh dem Ort seinen besonderen Charme.

In einer Ecke des Wohnraums thronte – als einziges Zugeständnis an die Moderne – ein immenser Flachbildschirm. Als Shaé ihn entdeckte, stellte sie sich erneut die Frage nach der Blindheit ihres Gastgebers. War Emiliano tatsächlich blind? Wenn man sich vergegenwärtigte, wie er kurz zuvor den Geländewagen angehalten hatte, und jetzt diesen Fernseher sah, konnte man daran zweifeln.

Seine Art, mit Hilfe eines Stocks den Boden vor sich abzutasten oder sein Gegenüber während des Gesprächs nicht anzusehen, waren hingegen typisch für Sehgeschädigte. Und dann trug er noch diese schwarze Brille, die er niemals abnahm. »Ich schlage vor, ihr geht schlafen«, verkündete Emiliano. »Ich muss mir überlegen, wie ihr Anton treffen könnt, und morgen werdet ihr im Vollbesitz eurer Kräfte sein.«

Er zeigte auf einen Flur.

»Die Zimmer sind dort hinten. Fühlt euch wie zu Hause. Die Wohnung ist groß genug, man muss hier nicht zusammenleben.«

»Was wollen Sie damit sagen?«

Emiliano lächelte Nathan zu.

»Die Wünsche des einen sind selten die des anderen«, erklärte er. »Wenn Shaé die Nacht alleine verbringen möchte, steht ihr ein eigenes Zimmer zur Verfügung. Und ein eigenes Bett. Das wollte ich damit sagen, sonst nichts.«

Shaé erstarrte. Emilianos Worte klangen überraschend und erzeugten in ihr ein zweifaches Echo.

Sie entdeckte darin ihre Zerrissenheit zwischen der Liebe, die sie für Nathan empfand, und ihrer Unfähigkeit, den geringsten Körperkontakt zu erdulden. Und angesichts dieses Zustands die unglaubliche Geduld, die Nathan aufbrachte, und die Anstrengungen, die sie jeden Tag neu unternahm, um dem Niemandsland, das sich zwischen ihnen erstreckte, ein Stückchen abzutrotzen. Nutzlose und kraftraubende Anstrengungen. So kraftraubend, dass Emilianos Vorschlag verführerisch klang. Sie schämte sich, aber sie konnte nichts daran ändern.

Das war das erste Echo.

Das zweite Echo hing zusammen mit einem Gefühl, das immer in ihr vibrierte, sobald etwas mit ihrer Freiheit kollidierte. Mit ihrer Bewegungsfreiheit, ihrer Entscheidungs- oder ihrer Gedankenfreiheit. Wut.

Wut gegen das Ermüden.

Es war Wut, die sie übermannte.

Eine Wut, die in ihr kochte, die sie aber dennoch kontrollierte.

»Ich schlafe mit Nathan in einem Zimmer.«

Ihre Stimme klang schneidend und duldete keinen Widerspruch. Emiliano verneigte sich freundlich.

»Sehr gut. Ich wünsche euch eine angenehme Nacht.«

Shaé reagierte mit einer knappen Kopfbewegung, die er nicht wahrnahm, während Nathan mit größerer Liebenswürdigkeit grüßte, dann zogen sich beide zurück.

»Du hättest ruhig das andere Zimmer nehmen können«, sagte Nathan, nachdem sie die Tür hinter sich geschlossen hatten.

»Ich weiß.«

Er seufzte erleichtert.

»Ich verstehe dich nicht.«

Sie blieb stumm.

»Ich verstehe dich nicht«, wiederholte er jetzt lauter, als wolle er sich Mut machen. »Ich liebe dich, und du liebst mich. Ich würde das niemals in Zweifel ziehen, aber wie … warum … Meine Güte, Shaé, ich sterbe vor Verlangen, dich in meine Arme zu nehmen, dich zu küssen, zu streicheln, und du … Empfindest du denn gar nichts für mich? Ich meine, körperlich?«

Er musste sich sehr überwinden, das loszuwerden, was er auf dem Herzen hatte, und als es draußen war, pochte das Blut in seinen Schläfen.

Shaé sah ihn ungerührt und schweigend an.

Kein Wunder, dass er sie nicht verstand. Sie verstand sich ja selbst nicht, ihre Wünsche, ihre Triebe, das Chaos in ihrer Gefühlswelt.

Nathan war schön, intelligent und unglaublich verführerisch. Sie träumte davon, sich an seine Brust zu werfen, und war doch nicht dazu in der Lage. So einfach war das.

Und genauso blöde verworren.

»Sag mir irgendwas«, forderte er sie auf.

»Ich glaube, dass ich bereits alles gesagt habe«, murmelte sie als Antwort.

Trotz seiner Worte zweifelte er an ihr. An ihrer Liebe. Das war offensichtlich. Aber konnte sie ihm das vorwerfen, wo sie ihm doch nichts Konkretes anzubieten hatte, nichts Greifbares?

Sie erkannte in Nathans Augen, dass er dabei war, den Sicherheitsabstand, den sie zwischen ihnen aufrechterhielt, zu durchbrechen. Er wollte sie umarmen.

Er versuchte, sie zu umarmen.

»Vielleicht …«, begann sie, um ihn aufzuhalten.

Er hielt inne.

»Vielleicht«, wiederholte sie, »war mein Körper für meinen Geist zu lange ein Fremder.«

Sie sah ihn aufmerksam an, bevor sie fortfuhr:

»Ich brauche Zeit, Nat. Zeit und Vertrauen.«

Er hob die Arme als Zeichen der Kapitulation und lächelte sie an, ohne dabei seine Traurigkeit zu verbergen.

»Kein Problem«, sagte er, fast ein bisschen zu fröhlich, ein bisschen zu laut, ein bisschen zu falsch. »Wir haben ja das Leben noch vor uns.«

Sie schlüpften unter die Bettdecke und achteten darauf, dass sie sich nicht zu nahe kamen.

Einer so ratlos wie die andere.

Draußen fiel lautlos der Schnee.

***

Der Morgen brach an in einer seltsam stillen Stadt.

Es hatte endlich aufgehört zu schneien. Eine mehr als einen Meter dicke weiße Schicht bedeckte die Straßen und verwischte die Grenzen zwischen Gehsteig und Fahrbahn, verwandelte die Autos in runde, anonyme Blöcke, verdeckte die Kellerfenster und behinderte die Hauseingänge.

Kein Fahrzeug fuhr. Nicht einmal ein Räumfahrzeug. Fußgänger hingegen gab es zahlreiche. Nathan und Shaé drückten ihre Nasen an die Fensterscheiben und beobachteten sie, wie sie sich, sorgfältig eingemummelt, vorwärtsbewegten, bis zu den Knien im Schnee. Andere waren besser oder pfiffiger ausgerüstet, mit Langlaufskiern oder Schneeschuhen.

»Wohin gehen sie?«, erkundigte sich Shaé.

»Ich nehme an, zur Arbeit.«

Sie zuckte die Schultern.

»Sie sollten lieber zu Hause im Warmen bleiben.«

Händler räumten ihren Bürgersteig frei, meistens mit Behelfsschaufeln. Vor dem Schaufenster einer Bäckerei bildete sich eine mehrere Meter lange Schlange.

»Sie haben recht, dass sie die Situation jetzt ausnutzen«, sagte Nathan und deutete auf Kinder, die sich mit Schneebällen bewarfen.

»Weshalb sagst du das?«, fragte Shaé verwundert.

»Weil es wahrscheinlich bald überhaupt nicht mehr lustig sein wird.«

»Du hast doch in Montreal gelebt, nicht wahr? Schneit es dort etwa nicht?«

»Natürlich schneit es dort, und zwar noch mehr als hier, aber die Kanadier sind es gewohnt. Sie bereiten sich Wochen vorher darauf vor und wissen, wie man sich verhält, selbst bei Schneestürmen. Die Stadt besitzt Räumfahrzeuge, die Autos sind ausgerüstet, und unter Montreal ziehen sich kilometerlange Tunnel, die eine regelrechte unterirdische Stadt bilden. Die Bewohner benutzen sie zur Fortbewegung, zur Versorgung und um normal weiterleben zu können. Das ist hier nicht der Fall. In Paris leben mehr als zwei Millionen Menschen. Hast du eine Ahnung, wie viel Lebensmittel die benötigen? Welche Mengen an Abfällen sie jeden Tag produzieren? Es besteht die Gefahr, dass die Situation bald dramatisch wird.«

***

Als sie den Salon betraten, stand Emiliano vor dem Fernseher. Vor den Bildern der im Schnee versunkenen Hauptstadt berichtete ein Journalist von den Schwierigkeiten der Straßenmeisterei und wiederholte die Ratschläge der Stadtverwaltung: Nur im Notfall das Haus verlassen und auf gar keinen Fall versuchen, mit dem Auto zu fahren. Es werde im Laufe des Tages mit neuen Schneefällen gerechnet.

Die nun folgende Reportage handelte schwerpunktmäßig von den katastrophalen Überschwemmungen in Osteuropa, die nun den Süden erreichten. Der Wasserspiegel stieg ständig, und Tausende von Personen waren obdachlos. Es gab keinerlei Anzeichen dafür, dass sich die Lage besserte.

Die Cholera-Epidemie, die in Südamerika wütete, dehnte sich unerbittlich nach Norden aus. Obwohl die USA die Grenzen dichtgemacht und scharfe hygienische Sicherheitsmaßnahmen erlassen hatten, gab es dort bereits erste Fälle, und man sah sich der Krankheit ebenso machtlos gegenüber wie die Nachbarländer.

In Florenz war ein unerwarteter epidemiologischer Brennpunkt entstanden. Ein fürchterliches Virus, das von Tausenden von Mücken, die es normalerweise im Winter in Italien nicht gab, übertragen wurde und das dem Meningitis-Erreger ähnlich war, hatte Kinder und ältere Menschen infiziert, die in weniger als achtundvierzig Stunden dahingerafft wurden.

Der Journalist schloss mit einer noch pessimistischeren Anmerkung. Während die Welt eine nie gekannte Häufung von Naturkatastrophen erlebte, würden die Menschen dennoch fortfahren, sich gegenseitig zu vernichten. Beinahe täglich brächen auf allen Kontinenten neue Konflikte aus, die zu Terror und Massaker führten.

Mit einem Druck auf die Fernbedienung schaltete Emiliano den Fernseher aus und wandte sich seinen Gästen zu. Seine Gesichtszüge ließen eine quälende Mischung aus Trauer und Angst erkennen.

»Die Situation ist schlimmer, als ich befürchtet hatte«, erklärte er. »Eqkter ist es, der diese Kriege provoziert, und Onjü verbirgt sich hinter diesen sogenannten Naturkatastrophen. Ihre Macht wächst von Tag zu Tag. Ihr müsst sehr schnell die Kogisten davon überzeugen, in die Schlacht zu ziehen.«

16

Nathan schwang seinen Rucksack über die Schultern und machte sich wieder auf den Weg.

Die Dunkelheit über der Stadt behinderte ihn. Er fürchtete, sich zu verirren, und kam nur langsam voran. Durch die polare Kaltluft, die nach Paris vorgedrungen war, entstand ein Engpass in der Energieversorgung, obwohl die Elektrizitätswerke geglaubt hatten, über ausreichende Reserven zu verfügen. Die öffentliche Beleuchtung war um die Hälfte reduziert, in bestimmten Bezirken sogar auf null. Geschäftsleuten war geraten worden, auf Schaufenster- und Reklameleuchten zu verzichten.

Zu seiner Orientierung verfügte Nathan nur über die Hinweise Emilianos. Es war drei Uhr morgens, der Eissturm wehte in Böen, die Temperatur betrug nahezu minus zwanzig Grad und er war absolut allein.

Am Vormittag waren die Hauptverkehrsstraßen wieder halbwegs freigeräumt und teilweise befahrbar gewesen, aber gegen Mittag hatte es wieder zu schneien begonnen, und zwar heftiger als zuvor, was die Anstrengungen der Schneeräumer wieder zunichtemachte. Die Motoren waren verstummt, und niemand wusste, wann sie wieder laufen würden.

Die Metro fuhr nicht mehr, Weichen und Leitungen waren eingefroren. Auch der Flugverkehr war seit dem Vorabend eingestellt. Noch schlimmer jedoch traf es die überlasteten Krankenhäuser und Notdienste, die nicht mehr unter akzeptablen Bedingungen arbeiten konnten. Was als einfacher Wintereinbruch begonnen hatte, nahm nun nach und nach das Ausmaß einer echten Katastrophe an.

Am Ende des Tages wurde die Hauptstadt von einer Welle der Panik überrollt. Die Lebensmittelläden wurden gestürmt, so dass die Polizei eingreifen musste. Trotz aller Appelle der Behörden an die Vernunft kehrte erst mit Einbruch der Nacht Ruhe ein. Eine relative Ruhe.

Die Situation war in der gesamten Nordhälfte Frankreichs und Europas identisch. Erst unterhalb einer Linie Bordeaux–Zagreb ging der Schnee in Regen über. Im Süden gaben die Deiche nach, das Wasser stieg. Dörfer waren von der Außenwelt abgeschnitten, ohne Strom oder von den Fluten zerstört. Die Schäden, die der Schnee verursacht hatte, erschienen im Vergleich dazu beinahe lächerlich.

Als Nathan sich durch eine Schneewehe kämpfte, fragte er sich, woher Emiliano ihm die Kleider, die er trug, besorgt hatte. Es handelte sich um einen schwarzen Thermoanzug, leicht und enganliegend, der so warm war, dass der Anorak, den er darüber trug, überflüssig war. Zu seiner Ausstattung gehörten noch gefütterte Handschuhe aus demselben Material und eine Kapuzenmütze, die nur einen Schlitz für Augen und Mund offen ließ. Dazu halbhohe Stiefel, unter die er Schneesohlen aus Karbon geschnallt hatte. Profiausrüstung. Ganz zu schweigen vom Inhalt seines Rucksacks.

***

Tagsüber hatten sie die nächtliche Expedition akribisch vorbereitet, während sie die schlechten Nachrichten im Fernsehen verfolgten.

»Anton ist zu Hause«, hatte ihm Emiliano verkündet, »aber seine Wächter werden dich nicht hineinlassen. Wenn du als Gefangener vor ihm erscheinst, sind die Chancen, ihn zu überzeugen, minimal. Er wird dir aus Prinzip nicht glauben.«

»Was schlägst du vor?«

Man duzte sich inzwischen.

»Du musst warten, bis es Nacht wird, dann die Wachen umgehen und dich zu seinem Appartement schleichen. So wirst du in einer starken Position sein, und ihr könnt miteinander reden.«

Anton bewohnte das gesamte obere Stockwerk eines Hauses mit Blick über das Marsfeld. Zwar wusste Nathan nicht wie, aber Emiliano war es gelungen, sich den Plan für die Alarmanlage der Wohnung zu beschaffen. Bewegungsmelder, Infrarotsensoren, gepanzerte Türen und Fenster, Detektoren, Türöffnung über Netzhauterkennung – Anton wohnte in einer sturmsicheren Festung!

Eine Festung, die Nathan erobern musste.

***

Der Schnee fiel so dicht, dass die Sicht weniger als drei Meter betrug.

Der Schnee. Sein Gesicht verzog sich zur Grimasse. Er war Lichtjahre von seiner früheren Heiterkeit entfernt. In der letzten Nachrichtensendung hatten sie von zwölf Toten in Paris gesprochen, doppelt so viel im übrigen Frankreich, und sie gingen davon aus, dass die Zahlen noch steigen würden.

»Onjü ist der Meister der Stürme. Er verursacht Orkane, erzeugt Erdbeben und bringt Vulkane zum Ausbruch. Die größten Schäden entstehen jedoch durch die Stürme, die er in den Herzen der Menschen hervorruft.«

Die Stimme erklang direkt in Nathans Gehirn, doch er zuckte nicht zusammen. Das althergebrachte Gedächtnis der Mnemiker äußerte sich auf diese Weise, und die Informationen hörten sich meistens an wie ein beunruhigendes »Da fällt mir ein …«, dabei hatten sie ihm schon mehrmals das Leben gerettet. Diesmal jedoch war es anders. Er irrte umher, mitten im Schneetreiben, und die Stimme erzählte ihm nichts Neues. Es sei denn …

Rafi hatte gesagt, dass Onjü ebenso mit den Herzen der Menschen spielte wie mit den Naturgewalten. Eine Besonderheit, der Nathan keine Bedeutung zugemessen hatte. War es das, was die Stimme ihm zu verstehen geben wollte? Und wenn ja, was hatte das mit seiner augenblicklichen Situation zu tun?

Als er die Pont d'Alma überquerte, brachte ihn eine heftige Eisbö ins Schlingern, und er musste sich am Brückengeländer festhalten, um nicht zu stürzen. Als er das Gleichgewicht wiedererlangt hatte, beugte er sich vor, um die Seine zu betrachten. Der Fluss war zu einem langen Eisband geworden.

Nathan erschauderte bei dem Gedanken, welch schreckliche Folgen dieser Sturm für Paris und seine Bewohner haben würde. In diesem Moment ertönte ein Schrei mit einem Echo aus wildem Gepiepse, das er nicht identifizieren konnte.

Er legte die Hand an seinen Schwertknauf und lauschte eine Weile der Nacht und dem Wind. Dann entspannte er sich wieder. Die Kreaturen – Menschen wären nicht in der Lage, solche Schreie auszustoßen – schienen sich nicht in seine Richtung zu bewegen.

»Imse!«

Nathan unterdrückte einen Fluch. Niemals zuvor hatte sich die Stimme der Mnemiker so lakonisch geäußert. Was waren Imse? Dienten sie dem Anderen? Waren sie gefährlich? Gefährlicher als Grœne?

Er betete, dass ihnen kein ahnungsloser Schlafwandler über den Weg lief, dann setzte er sich wieder in Bewegung.

Trotz seiner Schneeschuhe und seiner außerordentlichen physischen Kondition war das Vorwärtskommen anstrengend. Der Wind türmte den Schnee zu dicken Verwehungen auf, die man nur mit Mühe durchqueren konnte. Der gleiche Wind spielte mit Nathan, versuchte, ihm den Rucksack zu entreißen, und zwang ihn, sich ihm entgegenzustemmen, um voranzukommen.

Er kam, ohne ihn sehen zu können, am Eiffelturm vorbei, der in einen weißen, wirbelnden Nebel gehüllt war, und lief dann über das Marsfeld. Emiliano hatte ihm eine sehr genaue Wegbeschreibung gegeben, so dass er trotz schlechter Sicht das Haus fand, in dem sein Großvater wohnte.

Er ging daran entlang bis zu der Ecke, die ihm der junge Führer genannt hatte, und versteckte sich, so gut er konnte, hinter der unförmigen Masse eines eingeschneiten Autos. Über ihm erstreckte sich die verzierte Fassade über vier Stockwerke und endete an einer überdachten Terrasse, Nathans Ziel.

Er ließ den Rucksack von der Schulter gleiten und nahm das Material heraus.

Er war bereit.

17

Du machst dir Sorgen, nicht wahr?«

Shaé antwortete nicht. Sie war in Gedanken versunken und hatte die Frage kaum gehört.

Sie saß mit angezogenen Beinen auf einem Sessel, ihre Augen starrten ins Leere, und mit den Fingerspitzen strich sie über einen indianischen Traumfänger, der am Fenster hing. Die Tasse Tee, die ihr Emiliano gebracht hatte, kühlte auf dem flachen Tisch neben ihr ab, ohne dass sie auf die Idee gekommen wäre, daraus zu trinken. Sie empfand Bedauern. Nichts als Bedauern.

Sie hätte Nathan begleiten sollen!

Sie hatten lange darüber diskutiert, wobei sie betonte, was für eine wertvolle Hilfe sie ihm bei seiner Expedition sein könnte, während er den negativen Effekt sah, den ihre Anwesenheit auf Anton haben würde.

»Die letzte Familie, die sich den Kogisten widersetzt, ist die der Metamorphen. Auch wenn sie beinahe verschwunden sind, ist Anton davon überzeugt, dass sie für alles verantwortlich sind. Davon ist er nicht abzubringen. Für ihn bist du eine Feindin. Glaub mir, allein erreiche ich mehr.«

»Aber du müsstest zuerst das Alarmsystem überwinden. Es ist praktisch unmöglich auszuschalten.«

»Stimmt. Wenn die Wärter mich schnappen, werden sie es nicht wagen zu schießen. Aber wenn sie dich in die Hände kriegen …«

Shaé spürte einen Kloß im Hals, als sie zusehen musste, wie er seine Ausrüstung packte. Sie ahnte, dass es ein Fehler war, sich zu trennen.

Nein, es war mehr als das.

Sie wusste, dass sie einen Fehler begingen. Sie kam fast um vor Verlangen, ihn anzuflehen, er solle seine Entscheidung noch einmal überdenken, ihm zuzurufen, dass sie ihn liebe, sich ihm in die Arme zu werfen …

Sie hatte sich nicht gerührt, als er sich von ihr verabschiedete, hatte nur kurz mit einem düsteren Blick genickt und die Hand ignoriert, die er ihr reichte.

Sie hasste sich dafür.

»Nathan riskiert nichts. Sein Großvater wird niemals erlauben, dass ihm jemand etwas antut.«

Shaé hob den Kopf und sah Emiliano an, der wieder sanft zu ihr sprach. Er saß ihr gegenüber, und sein Gesicht trug Züge der Fürsorglichkeit.

»Wieso bist du dir so sicher?«

Emiliano überlegte eine Weile, bevor er antwortete.

»Das gehört zum Wesen der Kogisten. Mehr als die anderen Familien achten die Kogisten auf die Blutbande. Aus diesem Grund sind sie heute so mächtig. Aus diesem Grund und weil sie erbarmungslos alle vernichtet haben, die ihrer Vorherrschaft im Weg standen.«

»Wenn man Rafi glaubt, ist diese unversöhnliche Haltung allen Familien gemeinsam«, entgegnete Shaé.

»Vielleicht bist du zu leichtgläubig.«

Emiliano hatte mit friedlicher Stimme gesprochen, aber seine Worte trafen Shaé. Sie runzelte die Stirn.

»Was willst du damit sagen?«

»Nathan und du, ihr erwähnt oft diesen Rafi. Was wisst ihr wirklich über ihn?«

»Rafi ist ein Führer und ein Freund! Zweifelst du etwa daran?«

»Aus Prinzip zweifle ich an allem. Das ist eine Verhaltensregel, die mich in der Vergangenheit vor einigen Enttäuschungen bewahrt hat. Was Rafi angeht, so bin ich erstens darüber verwundert, dass ich noch nie von ihm gehört habe, zweitens, dass er euch nicht weitergeholfen hat, und drittens, dass er sich irgendwo vergräbt, wo doch Onjüs und Eqkters Macht von Tag zu Tag zunimmt. Damit wir uns richtig verstehen: Vielleicht ist er, was er vorgibt, aber solange ich darüber keine Gewissheit habe, ziehe ich es vor, mich nicht auf ihn zu verlassen. Die Vorsicht gebietet es, dass du so handelst wie ich.«

Shaé schüttelte den Kopf.

»Rafi ist ehrlich. Davon bin ich zutiefst überzeugt.«

»In diesem Fall verneige ich mich. Ich müsste ihn trotzdem aufsuchen, um mir meine eigene Meinung zu bilden. Wo, hast du gesagt, ist er …«

»Ich möchte, dass du mir etwas erklärst«, schnitt ihm Shaé das Wort ab. »Du sagst, nicht alle Familien seien intolerant und machtgierig?«

»Genauso ist es. Von Anfang an haben die Kogisten skrupellos eine ungesunde Vormachtstellung beansprucht. Diejenigen Familien, die von der Möglichkeit eines intelligenten Miteinander überzeugt waren, waren die ersten, die verschwanden. Die Kogisten sind Räuber. Insbesondere die Baumeister mussten diese bittere Erfahrung machen. Aber im Augenblick nutzt uns diese Besonderheit. Wölfe fressen sich nicht gegenseitig auf. Nathan geht kein Risiko ein, wenn er seinen Großvater aufsucht.«

Shaé stand auf. Auch wenn sie Emilianos Worte hinsichtlich Nathans Schicksal ein wenig beruhigt hatten, so hatten sie doch auch in ihr Zweifel gesät, auf die sie gerne verzichtet hätte.

War Rafi wirklich derjenige, als den sie ihn sah? Verschleierte das Geheimnis, das ihn umgab, nicht dunkle Absichten?

Sie wusste so wenig über ihn. Sie sah ihn wieder vor sich, als er sie darum bat, für ihn bestimmte Türen im Haus zu öffnen. Und wie oft hatte er sich geweigert, eine Erklärung abzugeben. War es nicht ein Zeichen extremer Naivität, wenn sie ihm blind vertraute?

Sie ging zum Fenster, drückte ihre Stirn gegen die Scheibe und sah hinaus in die Nacht.

Es schneite immer noch.

Nathan fehlte ihr.

18

Nathan trug nur seine schwarze Kombination. Er hatte sein Schwert auf den Rücken geschnürt und die schwere Profiausrüstung, die er gleich benötigen würde, an seinem Gürtel befestigt. Er lehnte sich nach hinten und verlor dabei fast den Halt.

Zehn Meter über der Erde hing er unter einem Balkon fest, den er zu Beginn seiner Klettertour schon als das einzige schwierige Hindernis erkannt hatte. Mit durchgebogenem Rücken und fast waagerechtem Körper streckte er den Arm aus, um die verwitterte Kante des steinernern Simses zu greifen.

In diesem Moment rutschte er mit den Füßen ab und hing plötzlich in der Luft, nur von seiner rechten Hand gehalten. Ein winziger Halt, rutschig und brüchig.

Aber ausreichend.

Als Kogist verfügte er über eine erstaunliche Energie. Er schwenkte herum, drehte den Rücken zur Fassade und griff mit der zweiten Hand an den Balkon. Dann schwang er sich mit einer kräftigen, perfekten Bewegung auf wie am Reck, schleuderte Beine und Körper über den Kopf und landete rückwärts auf dem Balkon.

Federnd stand er auf und drückte sich gegen die Hauswand. Er hinterließ einen tiefen Abdruck im Schnee, aber er bezweifelte, dass das jemand mitten in der Nacht bemerkte. Außerdem würde der Sturm, der immer noch tobte, die Spuren in weniger als zehn Minuten verwischen.

Nathan kletterte weiter. Es ging leicht, er nutzte die kleinsten Kanten aus, um nach oben zu gelangen, Fensterbänke, Regenrinnen, Mauervorsprünge. Er kletterte schnell, und wären da nicht Schnee und Eis gewesen – das Gebäude zu erklimmen wäre für ihn das reinste Kinderspiel. Auf halber Höhe umging er ein hell erleuchtetes Fenster und schob sich, unsichtbar, nur wenige Zentimeter an einer Frau vorbei, die, mit dem Gesicht an der Scheibe, hinausblickte in die Nacht.

»Eine Schlaflose!«, sagte er sich, als ihm klar wurde, dass es drei Uhr morgens war.

Als er sein Ziel erreicht hatte, ertönte wieder das Gepiepse der Imse. Er kauerte auf der Brüstung und schenkte ihnen keinerlei Beachtung.

Er versuchte, die Infrarotstrahlen auszumachen, die sich auf der Terrasse kreuzten, obwohl Emiliano ihm versichert hatte, sie seien nicht erkennbar. Bei einer Unterbrechung würde in Antons Zimmer ein Signalton läuten, die Eingänge würden verriegelt und die Wachen alarmiert.

Wie vorausgesagt, konnte Nathan nichts sehen. Er achtete darauf, nicht von der Brüstung zu steigen, und ignorierte den Abgrund hinter sich. Er nahm eine Pistole aus seinem Gürtel und steckte einen kleinen Stahlpfeil in den Lauf. Dann zielte er auf die gegenüberliegende Wand und drückte ab. Der Pfeil schoss durch die Nacht und zog ein Drahtseil hinter sich her, das sich blitzschnell abrollte. Mit einem dumpfen Geräusch schlug der Pfeil in die Mauer ein.

Nathan bezweifelte, dass er einer ordentlichen Belastung standhalten würde, aber als er an dem Seil zog, hielt es gut. Emiliano hatte ihm echtes Profimaterial besorgt.

Er klemmte die Pistole zwischen zwei Geländerpfosten und drückte auf einen Knopf. Das Seil spannte sich. Jetzt musste er nur noch hinüberlaufen.

Die Wand, zu der er wollte, war fünf oder sechs Meter entfernt. Der Pfeil hatte sich zwischen zwei dunkle Fenster gebohrt. Nathan holte tief Luft. Wenn er sich an das Seil hinge, würde er unweigerlich Alarm auslösen. Er musste also den Seiltänzer spielen!

Glücklicherweise war die überdachte Terrasse geschützt vor dem heftigen Sturm, der durch Paris blies. Sonst hätte Nathan nicht die geringste Chance gehabt. Der erste Schritt war der schwierigste. Er schwankte, breitete die Arme aus, um sein Gleichgewicht wiederzufinden. Wie durch ein Wunder schaffte er es, machte einen zweiten Schritt, stürzte beinahe ab, fing sich aber blitzschnell wieder und lief die letzten drei Meter. Mit den Händen stützte er sich an der Wand ab und wartete, bis sich sein Herzschlag normalisiert hatte. Dann machte er weiter.

Er kauerte jetzt wackelig auf einer Fensterbank und zog aus seinem Gürtel einen Kompass mit einer Windrose und einer Diamantnadel. Die benutzte er, um ein kreisförmiges Loch in die obere Ecke einer Fensterscheibe zu schneiden. Durch die Öffnung spritzte er ein bisschen Kühlmittel auf den Infrarotsensor, auf den ihn Emiliano hingewiesen hatte. Dann schob er seinen Arm hindurch und öffnete das Fenster. Lautlos schlüpfte er in die Wohnung.

»Der am wenigsten gesicherte Raum ist die Bibliothek. Von dort wirst du einsteigen.«

Der dünne Lichtstrahl der Kugelschreiberlampe erleuchtete übervolle Bücherregale und drei tiefe Sessel, die um einen niedrigen Tisch mit Zeitschriften standen. Den Raum konnte man nur durch eine dunkle Holztür betreten.

Nathan wusste nicht, ob sie mit einem Sicherheitsschloss verriegelt war, aber auch für diesen Fall hatte Emiliano vorgesorgt. Das Spielzeug, das Nathan in das Schloss schob, hätte gut in einen Agentenfilm gepasst. Es brummte leise, eine Diode blinkte kurz auf, dann hörte man ein dezentes Klicken, und das Schloss sprang auf.

Nathan öffnete die Tür einen Spalt und schlich sich hinaus.

»Drück dich an die linke Wand, wenn du den Flur entlangläufst. Dann bist du nicht im Erkennungsfeld des Bewegungsmelders.«

Ein dicker Teppichboden schluckte das Geräusch seiner Schritte. Nathan zählte drei Türen und blieb vor der vierten stehen.

»Die vierte Tür führt in Antons Zimmer. Sein Bett steht hinten rechts.«

Die Tür stand offen und machte kein Geräusch, als Nathan dagegendrückte.

Nun war die Gelegenheit, sich darauf vorzubereiten, was er tun und sagen wollte. Zuerst würde er seinen Großvater aufwecken. Nicht so abrupt, damit er sich nicht erschreckte, dann musste er ihn davon abhalten, Hilfe herbeizurufen, und schließlich reden. Ihn von seiner guten Absicht überzeugen, von Shaés Unschuld und von der Gefahr, die von Onjü ausging. So lange reden, bis Anton kapierte, dass er sich etwas vormachte.

Nathan richtete seine Kugelschreiberlampe auf den

hinteren Teil des Raumes. Er hatte sie noch nicht eingeschaltet, da ging ein grelles Licht an, das ihn blendete und ihn zusammenzucken ließ. Er befand sich keineswegs in Antons Zimmer, sondern in einem prächtigen Salon.

Und die Stimme, die hinter ihm erklang, war absolut nicht die seines Großvaters.

»Na, mein lieber Cousin, freust du dich, mich wiederzusehen?«

19

Shaé sah hinaus in die Nacht und betrachtete den Schnee. Sie fühlte sich seltsam leer, als sei seit ihrer Begegnung mit Nathan ihr früheres Leben in Scherben zerbrochen, aber stattdessen kein neues entstanden. Der einzige Fixpunkt, der ihr blieb, war ihr kurzer Aufenthalt in Ouirzat.

Und die Kraft der Gefühle, die sie mit Nathan verbanden.

»Ich werde einen Tee kochen«, sagte Emiliano hinter ihr.

Shaé drehte sich zu ihm um, doch er war schon aufgestanden und auf dem Weg in die Küche. Sein Gang war sicher, aber dennoch stieß er beim Durchqueren des Salons heftig an die Tischkante. Er stöhnte kurz auf vor Schmerz und kniete sich mit einem Bein hin.

»Geht's?«, fragte Shaé beunruhigt.

Emiliano ertastete einen Sessel und setzte sich mühsam hinein.

»Es geht schon«, beruhigte er sie. »Es ist meine Schuld. Ich hätte euch bitten sollen, nichts zu verrücken.«

»Wir haben nichts …«

Shaé verstummte. Bevor Nathan das Appartement verlassen hatte, hatte er auf dem Sofa gesessen und den Tisch weggeschoben, um seine Beine auszustrecken. Nicht viel, höchstens zwanzig Zentimeter. Aber es genügte, um Emiliano zu irritieren.

»Es tut mir leid«, sagte sie und ging auf ihn zu. »Hast du dir weh getan?«

»Nein, es wird schon gehen. Ich bin es gewohnt, weißt du? Zu Hause steht jedes Stück an seinem Platz, aber draußen ist es anders, und nicht selten stoße ich gegen eine ungünstig platzierte Straßenlaterne oder gegen ein meiner Ansicht nach böswillig aufgestelltes Werbeschild.«

Er scherzte, konnte aber dabei seinen Schmerz nicht verbergen. Shaé setzte sich ihm gegenüber.

»Bist du blind zur Welt gekommen?«, fragte sie ihn vorsichtig.

Er zitterte, als hätte ihn ein Insekt gestochen, und auf der Stelle bereute sie ihre Frage. Er schien jedoch nicht beleidigt wegen ihrer Neugierde, sondern antwortete ihr mit leiser, aber klarer Stimme:

»Ich bin nicht vollkommen blind, das hatte ich schon gesagt, und ich bin nicht blind geboren. Zehn Jahre lang konnte ich den Reichtum der Farben genießen, die Sanftheit der Formen und die komplexen Linien, die unseren Horizont bilden. Zehn Jahre lang konnte ich die Nuancen von Gold- und Rottönen bewundern, die ein Herbstwald schenkt, die Perfektion einer Rose und die Flamme in den Augen einer Mutter, wenn sie dir sagt, dass sie dich liebt. Zehn Jahre lang habe ich gesehen. Mit dem gesamten Sehvermögen meiner Kinderaugen.«

Emiliano verstummte. Seine Schultern hingen herab, und in seinen Gesichtszügen konnte man große Erschöpfung lesen. Sogar seine Atmung war kaum wahrnehmbar.

Shaé beobachtete ihn voller Mitgefühl. Zum ersten Mal seit ihrer Begegnung zeigte sich der junge Führer schutzlos, und seine erkennbare Zerbrechlichkeit ging Shaé zu Herzen. Sie wünschte, dass er mehr von sich erzählte, aber sie wusste, was für schmerzliche Erinnerungen Worte hervorrufen konnten. Sie hatte nicht das Recht, noch weiter zu fragen.

Er fuhr dennoch fort. Als wären die Schleusen geöffnet, war er nicht mehr in der Lage, den Gefühlsfluss zu kontrollieren, der aus ihm herausströmte.

»Ich bin in Italien aufgewachsen, in einem kleinen Ort im Süden der Toskana, dort, wo das Licht so schön ist und wo die größten Maler ihre Inspiration geschöpft haben. So lange die Erinnerung meiner Familie zurückreicht, haben meine Vorfahren Oliven angebaut, und meine Eltern brachen nicht mit der Tradition. Wir besaßen einen Hof, der auf einem runden Hügel errichtet war. Man erreichte ihn über eine Allee aus Zypressen und weißen Steinen. Wir waren weder reich noch arm, aber vor allem glücklich. Ein unentwegtes Glück, mit der Olivenernte im Herbst oder dem Lachen meiner Mutter, wenn mein Vater herumalberte.«

Emiliano fuhr mit der Hand durch seine braunen Locken, und Shaé hielt den Atem an. Die schwache Stimme des jungen Mannes ließ ein tragisches Ereignis erahnen. Sie war nicht sicher, ob sie die Fortsetzung hören wollte.

»Ich wusste es nicht, aber meine Eltern waren Führer. Und hätte ich es gewusst, hätte es nichts geändert. Meine Mutter ahnte Dinge, aber ist das nicht die Eigenschaft aller Mütter? Mein Vater war immer da, wenn man ihn brauchte – sind nicht alle Väter so? Chiara, meine kleine Schwester, war wunderbar, und ich war glücklich. Einfach glücklich. Eines Tages …«

Als bräuchte er ein wenig Zeit, um Mut zu fassen, bevor er fortfahren konnte, tastete Emiliano auf dem Tisch nach der Tasse Tee, die längst kalt war. Shaé schob sie ihm hin, und ihre Hände berührten sich.

Als Emilianos Hände sich um ihre schlossen, floss ein elektrischer Strom durch Shaés Arm. Heftig, seltsam und anders. Sie wollte sich befreien, doch da fing er wieder an zu reden, verloren in seiner Vergangenheit, von der sie Schreckliches erahnte, und mit der Gegenwart nur durch Shaés Hand verbunden.

Eine Hand, die sie ihm überließ.

»Es war an einem Sonntag im Mai. Die Luft roch nach Frühling und verkündete bereits den Sommer. Wir wollten in der Nähe des Flusses picknicken, Frösche fangen und Chiara Schwimmen beibringen. Als wir das Haus verließen, kamen Männer die Allee hinauf. Sechs Männer in dunklen Anzügen. Papa ging auf sie zu und fragte, was sie wollten. Daraufhin zog einer von ihnen eine Waffe und schoss ihm mitten in den Kopf. Papa brach zusammen, tot, von einer Sekunde auf die andere. Chiara fing an zu schreien, und Mama rief, wir sollten fliehen. Aber wir rührten uns nicht. Der Mann, der Papa getötet hatte, stellte nur eine einzige Frage: ›Gibt es noch mehr Führer?‹ Mama antwortete, sie wisse nicht, was er meinte, ob er … Da richtete der Mann seine Waffe auf Chiara und schoss. Ohne einen Moment zu zögern. Ich … ich …«

Emilianos Stimme stockte.

Unter seiner dunklen Brille lief eine Träne heraus und über seine Wange.

Er wischte sie mit der einen Hand ab, während die andere immer noch Shaés Hand fest umklammert hielt.

»Sie war sechs Jahre alt und ein Engel. Ein Engel, der schwimmen lernen sollte. Auch wenn ihr weißes Kleid voller Blut war, verstand ich nicht sofort, dass sie tot war. Manchmal, nachts, zweifle ich immer noch daran.«

Emiliano atmete tief durch. Dann fuhr er fort:

»Der Mann stellte wieder die Frage: ›Gibt es noch mehr Führer?‹ Seine Waffe war jetzt auf mich gerichtet. Mama begann zu reden. Viel. Sehr schnell. Ich wusste, dass sie redete, um mein Leben zu retten, und dass sie sinnloses Zeug erzählte. Einer der Männer, der bis jetzt geschwiegen hatte, warf ihr einen abschätzigen Blick zu: ›Sie weiß nichts, Barthélemy. Mit ihr vergeuden wir unsere Zeit.‹ Der Mann mit der Waffe nickte mit dem Kopf. ›Du hast recht‹, sagte er. Dann schoss er. Mama brach zusammen, mit einem roten Loch in der Brust. Dann …«

»Und dann?«, flüsterte Shaé.

Ihre Hand, die Emiliano gefangen hielt, tat ihr weh, doch der Schmerz war nicht vergleichbar mit dem, der ihr Herz erdrückte. Sie hätte sich gewünscht, ihn niemals befragt zu haben, aber dazu war es zu spät. Sie musste sich nun das Ende der Geschichte anhören, wie schrecklich es auch immer sein mochte.

»Sie haben mich ins Haus gezerrt. Dort fragten sie mich, ob ich wisse, was ein Führer ist. Ich wusste es nicht, und als ich ihnen das sagte, hatte es nicht den Anschein, als würden sie daran zweifeln. ›In den Annalen der Kogisten steht, dass ein blinder Führer kein Führer ist‹, erklärte wortwörtlich derjenige, der neben Barthélemy stand. Diese Worte ergaben keinerlei Sinn für mich. Seine Männer packten mich an den Schultern, und er zog ein Messer aus seiner Tasche. Die Stahlklinge und die Augen des Mörders meiner Familie sind die letzten Dinge, die ich gesehen habe, bevor ich das Bewusstsein und mein Augenlicht verlor.«

Für eine ganze Weile herrschte tiefes Schweigen im Raum. Emiliano hielt immer noch Shaés Hand zwischen seine Fingern gepresst. Ihr war nicht mehr danach, sich aus seinem Griff zu befreien.

»Wenn sie gewusst hätten, dass die Gabe des Führers gar nichts mit seinem Sehvermögen zu tun hat, hätten sie mich mit Sicherheit nicht verschont«, fuhr er schließlich fort, »doch das ist nicht von Bedeutung. Noch nie hat sich eine Familie so barbarisch gebärdet wie die Kogisten.«

»Barthélemy«, fragte Shaé mit brüchiger Stimme, »das ist Nathans Onkel?«

»Ja.«

»Das ist unmöglich. Ich habe ihn getroffen und mit ihm geredet. So etwas kann er nicht getan haben.«

»Er hat es getan, Shaé. Mehr als einmal.«

»Was heißt das?«

Sie verstummte, entsetzt, weil sie ahnte, was sie gleich erfahren würde.

»Er hat auch deine Eltern ermordet, Shaé!«

20

»Du bist ganz schön tief gesunken, mein armer Cousin.«

Enola taxierte ihren Cousin mit einem amüsierten Lächeln auf den Lippen.

»Was machst du hier?«, fragte Nathan herausfordernd.

Mit weichem Gang kam sie näher, und ihre blauen Augen glänzten seltsam.

»Ich helfe Anton, die Interessen der Familie zu verteidigen. Anton, du erinnerst dich? Dein Großvater! Und die Familie, sagt dir das irgendwas? Deine Familie!«

In ihrer Stimme lag bittere Ironie.

Nathan zwang sich, ruhig zu bleiben. Er hatte keine Ahnung, weshalb er sich in diesem Salon befand und Enola gegenüberstand und nicht in Antons Schlafzimmer war. Ebenso wenig wusste er, wieso seine Cousine nicht überrascht war, ihn hier zu sehen. Hingegen war ihm bewusst, dass seine Position nicht besonders stark war. Trotz der geringen Sympathie, die er für sie empfand, musste er sie schonen und die dunklen Schatten außer Acht lassen, die er so gerne erhellt hätte.

»Du hast also beschlossen, die Rolle des Verräters zu spielen?«, attackierte sie ihn, noch bevor er auf ihre letzte Frage geantwortet hatte. »Sind das die Gene deiner Mutter, oder ist es dieses Mädchen, das dich deine Vorfahren vergessen lässt?«

»Shaé hat keine Schuld an dem, was gerade passiert.«

Enola lachte kurz auf.

»Genau das habe ich befürchtet. Wenn wenigstens eine Kriegslist dahinterstünde, um dir einen Teil der Familienmacht anzueignen. Das wäre zwar dumm und zum Scheitern verurteilt, aber immerhin verständlich. Aber nein, du tust es für die schönen Augen einer Trickserin, vor der du kriechst. Du bist weniger als ein Nichts, Cousin. Ein Versager. Ich hatte überhaupt kein Problem, Anton von dieser Tatsache zu überzeugen, und seitdem hat er für dich nur noch Verachtung übrig.«

Nathan spürte, wie ihm die Situation entglitt. Enola legte ein viel zu großes Selbstbewusstsein an den Tag. In Antons sollte sie eigentlich nicht mehr sein als ein kleines Mädchen. Sie saß nicht im Familienrat, war zweifelsohne noch längst nicht erwachsen, gab sich aber so, als hielte sie in einem komplizierten Spiel alle Trümpfe in der Hand. Warum diese …

Plötzlich kam ihm ein Satz von Rafi in den Sinn:

»Das ist die größte Klippe. Das Gift des Anderen entfaltet bereits seine Wirkung. Es gibt einen Verräter in deiner Familie, Nathan.«

Ein Verräter. Oder eine Verräterin. Wer hatte Jaalab Barthélemys Tür gezeigt? Wer hat ihn durch das Haus im Irgendwo gelotst, bis zu der Eisentür, die in seine Weltblase führte? Wer hatte ihm gegen die eigene Familie beigestanden?

War es Enola? Hätte Enola ihre Familie zugunsten des Anderen verraten? Der Gedanke brachte Nathan durcheinander, aber er kam nicht umhin, sich diese Frage zu stellen. Da er nicht in der Lage war, darauf eine

Antwort zu fordern, beschloss er, ein weiteres Mal auszuweichen.

»Ja, ich halte zu Shaé«, sagte er und bemühte sich, höflich zu wirken. »Sie ist eine Metamorphe, aber du weißt, dass weder die Metamorphen noch eventuelle Überlebende der anderen Familien für das, was geschieht, verantwortlich sind. Du warst dabei, als die Grœne angriffen, du warst dabei, als dein Vater Jaalab bekämpfte, und daher weißt du, dass der Andere der Feind ist. Es sind nicht die Metamorphen. Und es ist nicht Shaé. Warum gibst du ihr die Schuld?«

Nathan fixierte sie und erwartete ihre Reaktion. Würde sie versuchen, ihn zu überzeugen? Oder wütend werden? Oder eine Komödie spielen?

Sie brach in Gelächter aus.

»Mein armer Cousin, wie lustig du sein kannst! Ich weiß sehr genau, dass die Metamorphen keine wirkliche Gefahr darstellen. Wir sind viel zu mächtig für sie, und niemals würden sie uns verantwortlich machen. Das ist jedoch kein Grund dafür, sie am Leben zu lassen!«

»Aber …«

Enolas blaue Augen flackerten.

»Hör mich zu Ende an, Nat. Die Familie hat ihre Vorherrschaft dadurch behauptet, dass sie sich mitleidslos zeigt. Heute beherrscht sie die Welt, und wenn sie so weitermachen will, muss sie …«

»Du antwortest nicht auf meine Frage«, fiel ihr Nathan ins Wort.

»Du hast eine Frage gestellt?«

»Ich habe von dem Anderen und Jaalab gesprochen, der beinahe deinen Vater getötet hätte.«

Enola zuckte mit den Schultern.

»Der Andere ist für die Familie nicht gefährlich.«

Nathan fühlte, wie er blass wurde. Meinte Enola das im Ernst?

»Ist dir klar, was du da sagst?«, warf er ein. »Du redest von einem Wesen, das fast schon einmal die Familien und die Menschheit zerstört hätte, einem Wesen, das meine Eltern ermordet und dein Haus gestürmt hat, einem Wesen, das ...«

»Das sind nur Missverständnisse.«

»Was?«

»Missverständnisse, die auf wechselseitiger Unkenntnis basieren. Ich habe mit Onjü darüber geredet, und wir sind derselben Meinung: Wenn wir zusammenarbeiten, können wir alles gewinnen.«

»Du hast mit Onjü geredet?«

Vor lauter Sprachlosigkeit konnte Nathan nur stammeln.

»Jawohl«, antwortete Enola gefasst. »Er hat eingesehen, dass die Kogisten stärker sind als der Andere, und uns seine Dienste angeboten.«

»Du bist vollkommen verrückt!«, empörte sich Nathan. »Onjü spielt mit dir, er benutzt dich, er täuscht dich.«

»Du täuschst dich, Nat. Du lässt dich von deiner kleinen Metamorphen an der Nase herumführen.«

»Wie denkt dein Vater darüber?«, fragte Nathan, der Mühe hatte, sich wieder zu beruhigen. »Wie reagiert Barthélemy, wenn er sieht, dass seine Tochter mit dem Anderen paktiert?«

»Mein Vater erholt sich in Les Margouillats. Er ist noch nicht genesen, und ich habe keine Lust, ihn mit solchen Kleinigkeiten zu behelligen.«

»Und Anton?«

»Er stimmt mir immer mehr zu. Demnächst wird er verstehen, an welchem Punkt ich tatsächlich angelangt bin, und mir helfen, den Familienrat zu überzeugen.«

»Ich muss mit ihm sprechen!«, rief Nathan. »Ihm erklären, dass …«

»Onjü hat mir vorhergesagt, dass du so reagieren würdest«, unterbrach ihn Enola. »Ich gebe zu, dass ich immer noch die Hoffnung hatte, dich überzeugen zu können, aber ich muss feststellen, dass du nicht mehr zu retten bist. Aber du wirst mir dennoch helfen.«

»Bist du dir sicher?«

»Und ob. Anton wird eher auf meiner Seite sein, wenn er erfährt, dass du bei ihm eingebrochen bist, um ihn zu töten.«

»Das ist doch lächerlich«, erwiderte Nathan. »Er wird dir niemals glauben.«

»Irrtum, Cousin, er wird mir glauben. Wie willst du ihm sonst erklären, dass du durchs Fenster eingestiegen bist und versucht hast, mich umzubringen, als ich dir im Weg stand?«

»Was soll das?«, stammelte Nathan.

Doch Enola holte schon aus. Sie zielte mit ihrer Faust auf Nathans Kinn. Viel schneller als vermutet.

Und sehr viel präziser. Allerdings waren Nathans Reflexe zu gut, als dass sie ihn hätte überraschen können. Er warf sich zur Seite und ging in Abwehrstellung.

Dann sah er Enolas Augen.

Sie waren schwarz. Tiefschwarz. Entsetzlich. Zwei nachtschwarze Kugeln, wie die von Jaalab.

Nathan erschauerte.

Und Enola schlug zu.

Ein kräftiger, perfekt ausgeführter Schlag traf Nathan in den Solarplexus. Er bekam keine Luft mehr und krümmte sich. Dabei fing er sich noch einen ebenso präzisen Handkantenschlag an die Halsschlagader. Eine dunkle Wolke umhüllte sein Bewusstsein, dann brach er zusammen.

Enola würdigte ihn keines Blickes.

Ihre Augen waren jetzt wieder blau.

Sie nahm Nathans Schwert und betrachtete es einen Moment lang neugierig. Dann hielt sie den Atem an und zog die scharfe Klinge über ihren Arm. Der Stahl des Masamune schnitt ihr mit erschreckender Leichtigkeit ins Fleisch.

Enola sprang auf, als sie das Blut spritzen sah, viel stärker, als sie geglaubt hatte.

Sie fügte sich dennoch einen zweiten Schnitt zu, bevor sie das Schwert losließ und einen schrillen Schrei ausstieß.

Sofort darauf waren Schritte auf dem Gang zu hören, ein Alarm ertönte und Befehle wurden geschrien. Enola ließ sich in einer sorgfältig einstudierten Pose auf den Boden gleiten und schloss die Augen.

Sie lächelte.

21

Shaé atmete nicht mehr.

Wie hätte sie auch atmen sollen? Ihr ganzer Körper war ein einziges Knäuel an Qualen.

Schrecklichen.

Unendlichen.

Ihr Leben war vor elf Jahren zerstört worden, als ihre Eltern bei einem Autounfall ums Leben kamen. Ein unerklärlicher Unfall, der sie zur Waise ohne Zukunft machte, wie sie lange Zeit geglaubt hatte. Ein Unfall, der sie aus der Unbekümmertheit einer glücklichen Kindheit mit einem Schlag in vollkommene Einsamkeit warf. Ein Unfall, der zum Nährboden für das Anwachsen des Etwas wurde.

Ein Unfall, der kein Unfall war, sondern ein Mordanschlag.

Ausgeführt vom Onkel des Jungen, den sie liebte.

Shaé hielt immer noch den Atem an.

Ein Spaziergang auf den Schultern ihres Vaters sitzend. Ein lautes Lachen ihrer Mutter. Jeden Abend eine Gutenachtgeschichte. Ein Streicheln über die Wange. Ein Lächeln. Ein Kuchen, den man teilt. Eine abgewischte Träne. Ein verflogener Kummer. Die Gewissheit des Glücks …

Ein Mord.

Shaé fing an zu zittern.

Sie hatte Schmerzen.

Überall.

Seelenschmerzen.

Am liebsten wäre sie gestorben.

Sie verdrehte die Augen, schnappte nach Luft, aber es tat sich nichts. Sie existierte bereits nicht mehr.

Sie fiel nach vorne.

Ein unglaublich muskulöser Arm hielt sie fest und bewahrte sie vor dem Sturz.

Eine harte Brust presste sich gegen ihren Rücken, während ihr eine Hand mit gespreizten Fingern schonungslos gegen das Brustbein drückte.

Als Emiliano mit aller Kraft auf den Kompressionspunkt drückte, glaubte Shaé, ihr Brustkorb würde platzen. Ein entsetzlicher Schmerz durchfuhr ihren Körper, und plötzlich drang wieder Luft in ihre Lungen.

Ihr schossen die Tränen in die Augen, hemmungslos. Gefolgt von einem dumpfen Schrei.

»Warum?«

Emiliano lockerte seinen Griff. Sanft strich er ihr durch die Haare, streichelte ihre Wange, ihren Hals. »Ruhig«, flüsterte er ihr ins Ohr. »Beruhige dich. Langsam durchatmen, gut so.«

»Warum?«, wiederholte Shaé schluchzend.

»Weil Kogisten Monster sind und deine Eltern Metamorphe waren.«

»Meinen Eltern waren die Macht der Familien und ihre Querelen gleichgültig. Und ich … ich …«

»Still«, hauchte Emiliano, »ich weiß auch so, was du sagen willst.«

Shaés Atmung wurde ruhiger. Emiliano hielt sie immer noch an sich gedrückt.

»Ich weiß, was du fühlst«, fuhr er fort. »Jahrelang

habe ich das Gleiche empfunden. Ich kenne das Gefühl der unendlichen Einsamkeit, das dich am Tag, als deine Eltern starben, befallen und seitdem nie mehr verlassen hat. Ich kenne die Angst, die dich überkam, als die Macht wie ein ungeheuerliches Etwas in dir erwachte. Ich kenne deine Skepsis gegenüber Leuten, die dir nahe kommen, es sind durchschimmernde Zeichen derjenigen, die du vermisst.«

Shaé weinte nicht mehr. Emilianos Worte waren Balsam für ihre verwundete Seele. Sie schmiegte sich immer noch fest an ihn und genoss, ohne Verwunderung, seinen Arm auf ihrem Bauch und seine zärtliche Hand in ihrem Nacken.

»Ich bin wie du«, fuhr der junge Führer flüsternd fort. »Wie du habe ich gelitten, geträumt, gelitten, gehofft und wieder gelitten.«

Shaé fühlte sich wohl.

Der Schmerz über die Nachricht von der Ermordung ihrer Eltern war immer noch da, aber er glühte nicht mehr ganz so stark. Er war einem Gefühl der kalten Wut gewichen, das eigenartigerweise mit ihrem Wohlbefinden harmonierte. Sie würde Barthélemy töten. Diese Gewissheit tauchte ihre Zukunft in ein zartes Licht, so zart wie Emilianos Finger auf ihrem Rücken.

»Ich werde dir helfen«, hauchte der junge Führer.

Sie fragte ihn nicht, wobei.

Sie wusste es.

Nathans Bild schoss ihr durch den Kopf. Sie zuckte, als würde sie aus einem tiefen Traum erwachen. Was tat sie? Wieso schmiegte sie sich an Emiliano? Wieso nahm er sich das Recht, sie zu … »Vergiss ihn«, sagte er ihr leise ins Ohr, mit einer Stimme, die so sanft wie unwiderstehlich klang. »Er ist nichts für dich, er versteht dich nicht und er kennt dich nicht. Vergiss ihn.«

Der Arm, den Shaé gehoben hatte, sank kraftlos wieder herab. Nur noch Emilianos Stimme und seine zärtliche Hand waren wichtig. Nathan verschwand.

Wo eben noch die Finger des jungen Führers waren, war jetzt sein Mund. Leicht wie ein Hauch fuhr er über Shaés Hals, hinauf zu ihren Wangen. Sie drehte den Kopf zu ihm.

Ihre Lippen öffneten sich.

Shaé ließ es geschehen.

22

Nathan öffnete die Augen.

Er saß auf einem unbequemen Sessel mit hoher Rückenlehne, ohne Thermoanzug, ohne Tasche und ohne sein Schwert. An Armen und Beinen war er mit Plastikschnüren gefesselt, die keinen Millimeter nachgaben, als er ihren Widerstand prüfte.

Und als er den Kopf drehte, spürte er einen stechend schmerzhaften Punkt im Genick, der allerdings schnell nachließ. Enola hatte ihren Schlag perfekt ausgeführt. Sie musste seit langem Kampfsport betreiben.

Während er bewusstlos war, hatte man ihn in einen großen, kühl und elegant eingerichteten Salon gebracht, dessen Fußboden mit Intarsien verziert war. Nathan hatte keine Zeit, sich weiter umzusehen, denn hinter ihm ertönte Lärm. Ein Milizionär mit der obligatorischen Kevlar-Weste erschien in seinem Gesichtsfeld.

»Was hat das …«, setzte Nathan an und wünschte sich, dass seine Stimme fester klingen würde.

»Schweigen Sie!«

Der Befehl war schneidend und duldete keinen Widerspruch. Nachdem er einen kurzen Blick auf den Gefangenen geworfen hatte, griff der Mann zu einem Telefon, das auf einem Möbelstück lag.

»Er ist aufgewacht«, verkündete er.

Ohne eine Antwort abzuwarten, legte er auf, überprüfte Nathans Fesseln und verließ den Raum.

Nathan hatte keinerlei Vorstellung, wie viel Zeit vergangen war, seit er das Bewusstsein verloren hatte. Die dicken Vorhänge waren zugezogen, und da er nicht auf seine Uhr sehen konnte, war er auf Vermutungen angewiesen. Enola wird mich trotzdem nicht länger betäubt haben als … Er schüttelte sich. Was bedeutet schon die Uhrzeit, wenn Enola mit Onjü geredet hatte und sich von ihm hatte einfangen lassen. Sie war es gewesen, die Jaalab durch das Haus im Irgendwo geführt hatte, und Onjü benutzte sie als Schachfigur. Er musste ganz dringend Anton und die Kogisten warnen. Doch eine schreckliche Vorahnung überkam Nathan.

Was hatte Enola bei seinem Großvater zu suchen?

Weshalb hatte sie gesagt, Anton teilte ihre Meinung?

War es möglich, dass auch er auf die Seite des Anderen übergelaufen war?

Wie ein Echo auf seine Gedanken ging die Tür auf und Anton betrat den Raum. Nathan konnte ihn nur mit Mühe wiedererkennen. Das war nicht mehr der alte, starke und schlaue Löwe, der ihm bei ihrer ersten Begegnung so sehr imponiert hatte. Anton war gebeugt, seine Haut blass, und seine weiße Mähne hatte ihren Glanz verloren.

Als er sich vor Nathan aufbaute, straffte er dennoch seine Schultern und musterte seinen Enkel ernsthaft.

»Was für eine Enttäuschung!«, fauchte er. »Man könnte meinen, in meiner Nachkommenschaft ist irgendetwas Verdorbenes. Zuerst Luc und jetzt du.«

»Enola belügt dich«, presste Nathan hervor. »Sie ist dem Anderen verfallen und …«

»Sei still, du armer Dummkopf! Enola hat mich nicht enttäuscht. Sie wäre besser meine Enkeltochter statt meine Großnichte!«

»Wenn du mir nicht glaubst, weshalb fragst du dann nicht Barthélemy? Er hat gegen Jaalab gekämpft und kann dir …«

»Lass Barth aus dieser Angelegenheit raus! Er ist durch die Metamorphen verletzt worden, als sie seine Villa angegriffen haben. Und deine Rolle bei diesem Angriff ist vollkommen undurchsichtig. Er erholt sich in Saint-Louis und braucht Ruhe.«

»Sehr gut«, stimmte Nathan zu. »Aber weißt du, dass Enola dich täuscht? Dass sie mit Onjü paktiert?«

»Sie täuscht mich? Tatsächlich? Bist nicht du es, der sich hier hereingeschlichen hat, nachts, mit unlauteren Absichten?«

»Das stimmt nicht. Ich bin gekommen, um dich vor der außerordentlichen Gefahr zu warnen, die unsere Familie und die gesamte Menschheit bedroht. Ich bin eigentlich hergekommen, um dich davon zu überzeugen, dass …«

Nathan hielt inne. Anton hatte sich angewidert abgewendet, als könnte er den Anblick seines Enkels nicht ertragen.

»Und weil du mich von deiner Aufrichtigkeit überzeugen wolltest, hast du versucht, deine Cousine umzubringen?«

Diese Worte hatte Anton giftig gezischt, und Nathan zuckte zusammen. Enolas letzter Satz schoss ihm wie eine Ohrfeige ins Gedächtnis. Was hatte sie sich ausgedacht?

»Ich … ich habe Enola nichts getan«, stammelte er.

Antons Blick bohrte sich in die Augen seines Enkelsohns.

Eisig.

»Du Lügner!«

Nathan machte den Mund auf, um zu protestieren, aber sein Großvater kam ihm zuvor.

»Auch wenn ich nicht weiß, was du im Schilde führst, so weiß ich doch, welche Gefahr du für die Familie darstellst. Und es ist meine Pflicht, sie davor zu beschützen. Komm herein, Enola!«

Enola betrat den Raum. Sie war blass und trug den linken Arm in einer Schlinge. Sie ging zu Anton hinüber, der ihr zärtlich die Hand auf die Schulter legte. Doch als er redete, klangen seine Worte kein bisschen sanft.

»Er behauptet, dir nichts getan zu haben.«

Enola fuhr hoch. Ihre Augen wurden feucht, und als sie die Tränen abwischen wollte, verzog sie schmerzverzerrt das Gesicht und musste ihren verletzten Arm halten. Nathan war sprachlos über die schauspielerischen Fähigkeiten seiner Cousine.

»Er ist reingekommen«, sagte sie leise, »und hat mich bedroht, ich sollte ihm dein Zimmer zeigen. Als ich mich weigerte, hat er …«

Sie schluchzte, fing sich dann aber schnell wieder.

»Er wollte mich töten, und nur durch ein Wunder gelang es mir, ihn kampfunfähig zu machen.«

Anton schüttelte den Kopf.

»Was soll ich deiner Meinung nach tun?«

Enola tat, als überlegte sie. Mit ihren blauen Augen fixierte sie Nathan, und nur er erkannte den dunklen Schatten, der auf ihnen lag. Dann antwortete sie:

»Es geht um die Sicherheit der Familie. Du musst ihn auslöschen!«

23

Shaé badete in einer betäubenden Euphorie. Sie wusste nicht, wo sie sich befand, noch, was mit ihr geschah.

Sie fühlte sich wohl.

Emilianos Hände strichen mit einer diabolischen Sanftheit über ihren Körper, und sie bekam vor Freude und Erwartung eine Gänsehaut. Die zärtlichen Lippen des jungen Führers berührten ihre Haut, glühend und verführerisch, während die Worte, die er ihr ins Ohr flüsterte, sie wie eine warme Welle hinwegtrugen.

Sie fühlte sich wohl.

Doch plötzlich fuhr ihr ein brutaler Schmerz in den Bauch und ließ dieses Wonnegefühl zerplatzen. Der Vorhang, der sich vor die Realität geschoben hatte, riss auf.

Ein Schmerz und ein Name.

Nathan.

Nathan war in Gefahr.

Nathan litt.

Shaé fuhr abrupt hoch.

In Sekundenbruchteilen passten sich ihre Augen dem Halbdunkel an. Sie befand sich auf einem riesigen Bett, in einem Zimmer, das nicht das ihre war, halb ausgezogen. Eine sanfte Hand legte sich auf ihre Schulter, während Emilianos Stimme einschmeichelnd säuselte:

»Komm her, Shaé.«

Die Lust, sich gehenzulassen, überfiel sie zwanghaft und unwiderstehlich. Sich ausstrecken, die Zärtlichkeiten des jungen Führers empfangen, vergessen. Sie unterdrückte es mit einer mächtigen Willensanstrengung und stand schwankend auf.

»Shaé, leg dich hin!«

Emilianos Stimme klang nun gar nicht mehr sanft. Es war ein Befehlston, der keinen Widerspruch duldete, sondern absoluten Gehorsam forderte. Er war das Gegengift zur Euphorie, in der Shaé badete. Niemand erteilte ihr einen Befehl!

Emiliano war weder sanft noch zärtlich. Er war weder zerbrechlich noch verletzt oder vom Leben gezeichnet. Er war …

»Shaé! Komm her!«

Als Antwort war nur der Knall der zugeschlagenen Tür zu hören.

Shaé schoss durch den Flur, der zum großen Zimmer führte. Als sie ihn erreichte, vernahm sie hinter sich ein schreckliches Grollen.

Sie weigerte sich, über die Identität der Kreatur, von der es stammte, nachzudenken, und lief schneller.

Die Eingangstür war abgesperrt.

Laute Schritte hallten durch den Flur. Schwer und entsetzlich. Begleitet von einem dumpfen, heiseren Atem.

Shaé war jetzt wieder im Salon. Alle Fenster, die auf die Terrasse führten, waren verriegelt.

»SHAÉ!«

Die Stimme dröhnte drei Meter neben ihr wie ein Donnerhall.

Und ebenso laut.

Und unmenschlich.

»SHAÉ!«

Als sie sich umdrehte und bereit war, sich in den Panther zu verwandeln, um ihr Leben zu verteidigen, vibrierte der animalische Teil in ihr. Der ihm innewohnende Überlebensinstinkt ließ sie erstarren.

Ich bin noch nicht so weit, dachte sie blitzartig. Wenn ich ihn ansehe, werde ich schwach. Und wenn ich ihm noch einmal nachgebe …

Shaé packte mit beiden Händen einen Sessel aus massivem Holz, nahm Schwung und schleuderte ihn gegen ein Fenster.

Die Scheibe zerbarst.

Die letzten Scherben waren noch nicht zu Boden gefallen, da war Shaé schon in der Fensteröffnung und riskierte, sich die Finger an den Scherben, die noch im Rahmen hafteten, zu zerschneiden. Sie rollte ab, sprang auf und, ohne zu zögern, über das Geländer.

Eine Sekunde später tauchte eine dunkle Silhouette auf der Terrasse auf. Ihre Konturen waren unscharf, und sie verströmte eine schreckliche Aura der Macht.

Sie beugte sich über die Stelle, an der Shaé gesprungen war, und spähte in die Nacht.

Vergebens.

Der Nachthimmel war leer, und die Schneeschicht, die sich sieben Stockwerke tiefer auf dem Gehsteig gebildet hatte, wies keinerlei Spuren auf.

***

Behindert durch den Schnee und die schlechte Nachtsicht, gab Shaé sehr schnell ihr Wesen als Adler auf und ließ sich auf den Boden gleiten. Barfuß und nur mit einem durchsichtigen Nachthemd bekleidet, fing sie sofort zu schlottern an.

Panther. Sie musste zum Panther werden.

Sie verwandelte sich, probierte aber in letzter Sekunde noch eine kleine Veränderung aus. Jetzt war sie ein Schneeleopard und glitt geschmeidig zwischen den runden Formen der zugeschneiten Autos hindurch. Ihre breiten Fußsohlen gaben ihr einen erstaunlichen Halt, und sie sank kaum ein.

Der Schneeleopard.

Er war in der Lage, die schwierigen Bedingungen des Himalaya in sechstausend Meter Höhe auszuhalten, verfügte über eine scharfe Sicht und ein sehr feines Gehör. Ein furchterregendes Raubtier, das keinen Feind kannte, außer dem Menschen.

Der Schneeleopard.

Obwohl der Schnee sie fast verwischt hatte, erkannte sie Nathans Spuren hundert Meter von Emilianos Haus entfernt und nahm die Fährte auf, schnell und unbemerkt. Ihr muskulöser Körper und all ihre Sinne beteiligten sich an der Jagd, als wären sie ein Teil ihres Geistes. Nur ein Teil. Der andere war intensiv mit dem beschäftigt, was sie zuvor erlebt hatte.

Wie war es Emiliano gelungen, sie in sein Bett zu locken? Warum hatte sie ihm widerstandslos nachgegeben? Hatte er ihr Drogen eingeflößt?

Nein, sie brauchte sich nicht zu belügen.

Sie hatte ihm freiwillig nachgegeben, und das Gefühl, das sie empfand, als sie sich an ihn schmiegte, seine Küsse und seine Zärtlichkeiten empfing, hatten nichts mit irgendwelchen Drogen zu tun!

Sie hatte Nathan verraten.

Das Fauchen, das aus ihrer Kehle drang, bestand aus Wut und Bitternis.

Sie hatte Nathan mit Emiliano betrogen.

Emiliano.

Wer war er wirklich? Kein Führer, das war ganz offensichtlich. Und sie verzieh sich nicht, dass sie sich so leicht hatte täuschen lassen. Ein Freund der Kogisten? Ein Verbündeter des Anderen? Oder – und dieser Gedanke ließ sie erstarren – war er Onjü persönlich?

Für jede ihrer Annahmen gab es zehn Gründe, die dafür oder dagegen sprachen. Ein Verbündeter der Kogisten? Wozu dann dieser Energieaufwand, um Anton zu treffen? Ein Verbündeter des Anderen? Weshalb haben ihn dann die Grœne angegriffen? Onjü höchstpersönlich? Es wäre für ihn ein Kinderspiel gewesen, sie zu töten – weshalb hat er es dann nicht getan?

Nein. Sie wusste nicht, wer Emiliano war.

Wer oder was auch immer, jedenfalls war die Stimme, die hinter ihr donnerte, als sie von der Terrasse sprang, alles andere als menschlich gewesen.

Unmöglich, sie zu vergessen.

Die französische Hauptstadt war leer. Die Sicht war gleich null, die Kälte streng und die Schneeschicht so dick, dass Schilder und Masten sich schon darunter bogen.

Doch Shaé folgte der Fährte.

Sie folgte ihr, geleitet durch Nathans Geruch und einen Instinkt, der in ihrem Innern aufschrie und zwei Gewissheiten enthielt:

Er war in Gefahr.
Nachdem sie ihn verraten hatte, würde sie ihn jetzt retten.

***

Verrat.
Schwarzes Gift, verfänglich und verzehrend.

24

Die Sicherheit der Familie steht auf dem Spiel. Du musst ihn beseitigen!«

Anton erschauerte. Er drehte den Kopf zwischen Enola und Nathan hin und her.

»Ihn beseitigen? Ist das nicht übertrieben?«

Seine Stimme klang unsicher.

»Er hat die Familie verraten. Er hat mit den Metamorphen paktiert. Er hat den Angriff auf mein Haus angezettelt. Er ist verantwortlich für den Zustand meines Vaters. Er wollte mich töten. Er hat versucht, dich zu töten, dich, seinen Großvater! Ich könnte dir noch zehn weitere Gründe nennen, aber ein einziger reicht bereits, um ihn zu verurteilen.«

»Jedes Wort ist gelogen!«, begehrte Nathan auf. »Sie ist von Onjü beeinflusst, du musst …«

Enola schlug ihm mit ihrer unverletzten Hand ins Gesicht. Mit aller Kraft. Nathans Oberlippe platzte auf, und ein Blutfaden rann über sein Kinn.

»Sei still!«, befahl sie ihm. »Du hast schon genug Unheil angerichtet, und ich verbiete dir, Zweifel in die Gedanken deines Großvaters zu säen.«

Anton kniff die Augen zusammen. Er war aus dem Gleichgewicht und schien unfähig, eine Entscheidung zu treffen oder auch nur nachzudenken.

»Glaub mir«, bohrte Enola nach, »er muss sterben.«

»Ich … ich … bist du dir sicher?«

»Ganz sicher.«

Nathan hatte es aufgegeben zu reden. Er starrte seinen Großvater an und versuchte ihn nur durch die Kraft seines Blicks von seiner Aufrichtigkeit zu überzeugen. Anton würde den Tod seines einzigen Enkelsohns nicht akzeptieren. Diesen Befehl würde er nicht geben. Das war unmöglich. »Einverstanden«, murmelte der alte Mann. »Die Entscheidung zerreißt mich, aber sie ist notwendig. Die Familie hat Vorrang.«

Er drehte sich um zu Nathan, dem das Herz stehenblieb. Das Weiß in Antons Augen war dunkelgrau geworden, während seine Iris schwarz und mit den Pupillen verschmolzen war.

Der Blick von Jaalab.

Enolas Blick, als sie ihn niedergeschlagen hatte.

Der Blick des Anderen.

Eine Welle der Resignation überlief Nathan. Er hatte verloren. Onjü war viel schrecklicher als erwartet und hatte ein machiavellistisches Netz ausgeworfen, in dem sich die ehrgeizige und skrupellose Enola als Erste verfangen hatte. Anton war ihr gefolgt.

Ein leises Zischen, dann reichte Enola Anton das Schwert.

Der alte Mann legte seine zittrige Hand an das Schwert. Bei der Berührung durchzuckte es ihn, und für einen Augenblick kreisten seine Gedanken um den glänzenden Stahl.

»Anton!«, befahl Enola.

Nathan blieb stumm. Er konnte nachdenken, so viel er wollte – er wusste nicht, wie er aus dieser Falle wieder hinauskommen sollte. Gleich würde er sterben. Durch die Hand seines Großvaters.

»Ich … ich kann es nicht«, stammelte Anton und schloss die Augen.

Als er sie wieder öffnete, blitzte in Nathan ein Hoffnungsschimmer auf. Die Iris seines Großvaters war wieder grün, und das Weiß war kein bisschen mehr grau.

»Ich bin unschuldig«, flehte Nathan. »Ich werde es dir beweisen, wenn du mir zuhörst. Alleine.«

Er hatte das Wort »alleine« betont, weil er wusste, dass er keine Chance hatte, seinen Großvater zu überzeugen, solange Enola anwesend war.

Ein schwarzer Schatten huschte über Antons Gesicht.

»Halt die Klappe, kleiner Bastard!«, sagte er verächtlich. »Ich will von dir nichts mehr hören.«

»Anton«, fuhr Enola mit seelenloser Stimme dazwischen, »du musst ihn töten. Mit eigener Hand deine Familie rächen.«

Eine bleierne Schwere legte sich über den Raum, dann schüttelte Anton den Kopf.

»Nein«, entschied er und schob das Schwert von sich. »Ich bin nicht in der Lage, meine eigenen Nachkommen zu töten. Nathan verdient zwar den Tod, aber nicht durch meine Hand.«

»Anton!«

»Nein, Enola.«

Der alte Kogist schien erschöpft.

»Nein, Enola«, wiederholte er, »ich werde meinen einzigen Enkelsohn nicht töten.«

»Du hast keine andere Wahl!«

Statt zu antworten, entfernte sich Anton langsamen Schrittes, den Rücken gebeugt. Als er an der Tür angelangt war, drehte er sich um, als wollte er ein letztes Wort an Nathan richten.

Dann ging er wortlos hinaus.

Enola zuckte die Achseln, aber ein höhnisches Grinsen zeugte von ihrer Wut.

»Der alte Dickkopf!«, fluchte sie. »Er versaut noch alles!«

»Weil er sich weigert, mich zu ermorden?«, fragte Nathan mit einer Spur verzweifelter Ironie in der Stimme. »Tut mir leid, ich bin nicht deiner Meinung.«

Sie warf ihm einen verächtlichen Blick zu.

»Das ändert nichts an dem, was dich erwartet. Dein Großvater ist schwach, aber ich werde mich schon um dich kümmern, und, glaub mir, ich werde keine Sekunde zögern.«

»Warum hast du dann gerade so auf ihn eingeredet?«

Nathan hatte die Frage weniger aus reiner Neugier gestellt, sondern eher, um Zeit zu gewinnen. Doch als sich Enola nach kurzem Zögern zu einer Antwort entschied, hörte er ihr aufmerksam zu.

»Ich werde dir alles erzählen, lieber Cousin, damit du weniger blöd stirbst, als du gelebt hast. Als ich in Marseille plötzlich Jaalab gegenüberstand, hatte ich keine anderen Alternativen, als zu kooperieren oder zu sterben. Meine Entscheidung war schnell gefällt. Ich habe ihn durch das Haus im Irgendwo bis zu seiner Tür geführt. In dem Moment versuchte ich nur, mein Leben zu retten, aber wir haben miteinander geredet, und mir wurde klar, wo meine Interessen lagen. Sieh mal, Nathan, die Familie besitzt riesige Reichtümer auf der Welt, aber sie hat zahlreiche Mitglieder. Zu viele. Und was ich bekomme, reicht mir nicht. Ich verdiene Besseres. Ich verdiene mehr. Und zwar jetzt. Ohne auf das Wohlwollen seniler Entscheidungsträger zu warten. Das wurde mir vollkommen klar, als mich Onjü besuchte. Eine herrliche und vielversprechende Begegnung. Bald werde ich über eine Macht verfügen, von der selbst die Kogisten niemals geträumt haben. Der Andere braucht Verbündete, denen er vertraut und mit denen er seine Macht teilt.«

»Also hast du beschlossen, die Familie zu verraten!«

»Du kapierst gar nichts! Ob man einverstanden ist oder nicht, der Andere wird den Platz einnehmen, der ihm zusteht, aber das ist nicht der Platz der Kogisten.«

»Du irrst dich, Enola«, entgegnete ihr Nathan. »Was der Andere anstrebt, ist nichts weniger als die Vernichtung der Menschheit.«

»Nein, du bist derjenige, der sich irrt. Im Gegensatz zu dir habe ich mit Onjü geredet, ich habe ihn ausgefragt. Glaubst du, er könnte mich täuschen?«

»Davon bin ich überzeugt. Das ist gar keine Frage.«

»Willst du wissen, weshalb es Onjü lieber gewesen wäre, wenn Anton dich umbringt? Okay. Betrachten wir es als deinen letzten Willen.«

Diese letzten Worte hatte sie mit einem Lächeln gesagt, bei dem Nathan das Blut in den Adern gefror.

Er war der Gnade seiner Cousine ausgesetzt, und seine Cousine war zu einem Geschöpf des Anderen geworden.

»Onjü denkt, dass du ein Hindernis auf seinem Weg darstellst. Ein Hindernis, das man endgültig beseitigen muss.«

»Und mein Großvater?«

»Anton wäre der ideale Kandidat für die Vorhaben

des Anderen, aber er ist starrsinnig und weigert sich, an etwas anderes als an die Familie zu denken. Seine einzige Schwäche besteht in der Liebe, die er für seinen Sohn empfand und die er auch dir gegenüber erwies, als er von deiner Existenz erfuhr. Eine enttäuschte Liebe, an die er sich jedoch immer noch klammert. Hätte sich Anton bereit erklärt, dich zu töten, wäre er für die Argumente des Anderen offener gewesen. Davon ist Onjü überzeugt.«

»Onjü manipuliert dich, Enola. Er …«

»Jetzt reicht's! Du nervst mich. Ich werde dich töten, auch wenn Onjü darüber verärgert sein wird. Er wird verstehen, dass ich nicht anders konnte.«

Mit einer Hand hob Enola das Schwert über den Kopf.

»Nein, warte!«, schrie Nathan.

Enola hielt inne. Die Tür ging auf, und in der Tür stand ein Milizionär mit Kevlar-Weste.

»Was soll das?«, hob sie an.

Sie verstummte.

Wie betrunken machte der Milizionär zögerlich zwei Schritte auf sie zu. Er schwankte, breitete die Arme aus und brach reglos zusammen.

Hinter ihm stand Shaé.

25

Enola zeigte sich nicht im Geringsten verwundert. Sie musterte Shaé von Kopf bis Fuß, bevor sich ein ironisches Lächeln auf ihren Lippen abzeichnete.

»Sieh mal einer an«, höhnte sie, das kleine Monster ist auch da. Komische Ausgehklamotten hast du an, bei dem Wetter.«

Shaé trug nur ein dünnes Nachthemd. Nathan fragte sich einen Moment, weshalb sie sich nicht die Zeit genommen hatte, sich anzuziehen. Nicht einmal ein Paar Schuhe trug sie. Im gleichen Augenblick bemerkte er, dass der angeblich verletzte Arm seiner Cousine sehr gut funktionierte. Die Schlinge, die ihn gehalten hatte, war ab, und ihre linke Hand packte nun zusammen mit der rechten den Schwertgriff. Sie hielt das Schwert nach unten, mit festen Handgelenken in einer Position, aus der heraus sie gleichzeitig zur Verteidigung wie zum Angriff bereit war. Eine einwandfreie Gefechtshaltung. An einem winzigen Zucken ihrer Muskeln erkannte Nathan, dass sie zum Angriff übergehen würde.

»Pass auf!«, schrie er.

Doch Enola holte bereits aus. Ein blitzschneller Vorwärtsschritt, und das Schwert zog eine tödliche Linie. Schräg und perfekt ausgeführt. Normalerweise wäre Shaé schon zweigeteilt, doch der Stahl streifte sie nur. Sie hatte sich unglaublich schnell auf den Boden geduckt.

Dort verharrte sie einen Sekundenbruchteil. Als Enola erneut zuschlug, stand sie schon wieder und wich dem Hieb, obwohl er blitzartig erfolgte, mit einer einfachen Drehung des Oberkörpers aus. Enola wich zwei Schritte zurück.

»Ganz schön zäh, das kleine Monster!«, rief sie.

Ohne auf ihren Spott einzugehen, suchte Shaé Blickkontakt zu Nathan, um sich über seinen Zustand zu vergewissern. Dann zogen sich ihre Lippen hoch, und beeindruckende Fangzähne kamen zum Vorschein. Pantherzähne. Ein heiseres Fauchen drang aus ihrer Kehle, und sie beugte die Knie.

Enola verzog ihr Gesicht zu einer abscheulichen Grimasse.

»Ein Tier«, giftete sie. »Das bist du also, ein dreckiges Tier. Und weißt du, wie man am besten ein Tier loswird? Mit einem anderen Tier!«

Ihre Augen waren jetzt zwei nachtschwarze Kugeln, und als sie dann noch diese kehligen Laute ausstieß, hatte Nathan den Eindruck, dass sie endgültig ihren letzten Rest an Menschlichkeit verloren hatte.

»Zwei oder drei Dinge habe ich gelernt«, redete sie nun wieder mit gewohnter Stimme weiter. »Der Andere ist hier unter uns, weil irgendjemand die gute Idee hatte, das achte Tor zu öffnen. Und seine Anwesenheit genügt bereits, um Kreaturen herbeizurufen, die für die Dummen entsetzlich sind, aber wertvoll für diejenigen, die wissen, wie man sie befehligt. Tiere, die viel gefährlicher sind als du, kleines Monster!«

Und wieder gab sie diese kehligen Laute von sich, und die Luft vor ihr zitterte. Aus dem Nichts war ein Grœn aufgetaucht.

Nathan konnte sich einen Seufzer der Erleichterung nicht verkneifen. Ein Grœn. Ein simpler Grœn. Enola schien nicht zu wissen, dass sie diesen Kreaturen schon öfter begegnet waren und dass Shaé, wenn sie sich verwandelte, keine Mühe hatte, sich ihrer zu entledigen.

Shaé verwandelte sich nicht.

Der Grœn sprang ihr an die Kehle. Im letzten Moment machte sie einen Hüftschwung, ging in die Knie und schlug zu.

Sie hatte nie Kampfsport betrieben, und selbst ein perfekter Faustschlag konnte einen Grœn nicht aufhalten.

Doch genau das geschah.

Shaés Schlag traf den Todeshund wie ein Presslufthammer in die Rippen. Der Grœn stieß einen schrillen Schrei aus, fiel zu Boden, wo er sich einen kurzen Augenblick wand und dann reglos liegen blieb.

Enola gab ein überraschtes Pfeifen von sich.

»Solltest du gefährlicher sein, als ich dachte, kleines Monster?«

Sie ging wieder in Kampfstellung, im Bewusstsein, dass sie ihre Gegnerin unterschätzt hatte und ihr Leben auf dem Spiel stand.

Sie biss die Zähne zusammen und richtete das Masamune auf Shaés Brust. Shaé atmete tief ein. Ihre Gesichtszüge entspannten sich, und ihr Atem wurde ruhiger.

Ihre Fangzähne verschwanden in dem Augenblick, als Enola sie attackierte.

Und wieder wich Shaé einem gewaltigen Schwerthieb aus, indem sie sich wegduckte, einem zweiten, indem sie zur Seite wich, und einem dritten mit einem Sprung nach hinten.

Sie bewegte sich elegant wie eine Tänzerin, schnell und sicher, ohne zu versuchen, ihre Gegnerin zu schlagen.

Warum verwandelt sie sich nicht?, dachte Nathan beunruhigt, zwang sich aber, die Ruhe zu bewahren, aus Furcht, Shaé durcheinanderzubringen.

Er dachte nicht mehr über seine Situation und sein Leben nach, das nur noch am seidenen Faden hing. Jetzt war allein Shaé wichtig und die unerhörten Risiken, die sie einging, um ihm zu helfen.

Als Enola zuschlug und der Stahl des Masamune Shaés Kehle streifte, biss er sich auf die Lippen, um nicht zu schreien. Als menschliches Wesen hatte sie keinerlei Chance, aus der Sache heil rauszukommen! Weshalb verwandelte sie sich nicht?

Enola attackierte sie heftig und pausenlos, und Shaé entkam den Angriffen nur durch ein Wunder. Sie war unberührbar, aber unfähig, auch nur zum kleinsten Gegenschlag auszuholen.

Enola beendete den Kampf. Auch wenn ihre kohlschwarzen Augen kein Gefühl zum Ausdruck brachten, so konnte man doch an ihrer allgemeinen Haltung eine echte Verwunderung ablesen. Sie senkte das Schwert.

Das war eine Finte.

Als erfahrene Fechterin hatte Enola den Rhythmus ihrer Gegnerin aufgenommen. Auch eine Shaé würde nicht mehr sehr lange ihren Hieben entkommen können. Der nächste Angriff würde der letzte sein.

Ein Angriff, der nicht stattfand.

Enola war sich ihres Sieges sicher und nicht darauf vorbereitet, dass ihre Gegnerin, die bisher in der Defensive war, zum Angriff überging. Mit einer Geschwindigkeit, die für jemanden, der noch nie ein Raubtier bei der Jagd beobachtet hat, unfassbar war.

Und sie hatte nicht mehr erwartet, dass Shaé sich verwandelte.

Überrascht taumelte sie nach hinten, erdrückt von der Masse eines sechzig Kilogramm schweren schwarzen Panthers.

Entsetzliche Kiefer bissen sich in ihre Kehle.

Shaé nahm wieder ihre menschliche Form an, würdigte Enola keines Blickes mehr und ging zu Nathan. Mit wenigen präzisen Handgriffen löste sie seine Fesseln.

Mit weit aufgerissenen Augen starrte er auf den Körper seiner Cousine und die klaffende Wunde an ihrem Hals.

»Entweder sie oder wir«, erklärte Shaé trocken.

Nathan zwang sich, den Blick abzuwenden.

»Ich ... ich danke dir, Shaé. Ohne dich ...«

Er verstummte.

Die Szene, der er soeben beigewohnt hatte, war eine einfache Episode in dem Krieg gegen den Anderen, und der Preis für diesen mageren Sieg war erschreckend hoch.

Nathans Atem klang wie ein Pfeifen.

»Sie hätte uns getötet«, sagte Shaé leise und beobachtete erschrocken, wie er seine Fassung verlor.

»Ich weiß«, antwortete er im selben Tonfall, »aber sie hat es trotzdem nicht verdient, so zu enden. Enola war schwach und eingebildet. Sie war auf die falsche Bahn geraten und hatte ihre Angehörigen verraten, aber sie war erst achtzehn und meine Cousine.«

Er stand auf und verzog das Gesicht, während sein

Blut wieder in den Adern zu zirkulieren begann. Er vermied es, den Körper seiner Cousine zu berühren, und nahm sein Schwert wieder an sich, auch das Futteral, das ein Stück weiter auf dem Boden lag.

»Lass uns diesen Ort verlassen«, sagte Shaé. »Ich habe vier Wachen erledigt, jeden Moment können noch weitere auftauchen.«

»Und mein Großvater?«

»Ich habe mich um ihn gekümmert.«

»Du ...«

»Sei ganz beruhigt, es geht ihm gut. Ich habe ihn betäubt, sonst nichts. Wir müssen hier weg. Wir können ...«

»Nein«, widersprach Nathan, »mein Großvater weist die gleichen Symptome wie Enola auf. Wenn wir zulassen, dass er in die Fänge von Onjü gerät, werden sich die Kogisten niemals gegen den Anderen erheben.«

»Du hast bereits versucht, Anton zu überzeugen!«, sagte Shaé erbost. »Du hast doch gesehen, was das gebracht hat, oder?«

»Vier Wachen außer Gefecht, Enola tot, mein Großvater betäubt. Wenn wir abhauen, werden die Kogisten überhaupt keinen Zweifel mehr an unserer Schuld haben.«

»Du und deine Kogisten«, sagte Shaé spöttisch. Jedoch war sie halb überzeugt und nickte.

»Was schlägst du vor?«

»Wir nehmen meinen Großvater mit. Rafi oder Emiliano werden uns helfen, ihn wieder zur Vernunft zu bringen.«

»Nein, Nathan, nicht Emiliano!«

»Warum nicht?«

»Das erkläre ich dir später. Und angenommen, Anton wird wieder geheilt, was hast du anschließend vor?«

Nathan brauchte nicht lange zu überlegen.

»Wir machen uns auf die Suche nach Barthélemy. Enola und Anton haben behauptet, er habe sich zurückgezogen, um sich zu schonen, aber ich denke, er wurde gezwungen, unterzutauchen, oder er befindet sich in Gefangenschaft. Er hat gegen Jaalab gekämpft und weiß, dass der Andere gefährlich ist. Er wird uns helfen.«

Ein seltsames Leuchten trat in Shaés Augen.

»Eine gute Idee«, sagte sie leise. »Machen wir uns auf die Suche nach Barthélemy.«

26

Anton lag auf dem Boden. Aus seinem Hinterkopf rann ein Blutfaden.

»Du hast kräftig zugeschlagen«, stellte Nathan fest und beugte sich über seinen Großvater, um festzustellen, ob er noch atmete.

»Angesichts der physischen Fähigkeiten deiner Familie wollte ich lieber auf Nummer sicher gehen.«

»Wie bist du hereingekommen?«, fragte Nathan und stand wieder auf.

»Auf demselben Weg wie du.«

Er sah sie einen Moment lang schweigend an. Sie verströmte immer noch diese Mischung aus Anmut und Wildheit, die ihn vom ersten Augenblick an in den Bann gezogen hatte. Dennoch erkannte er in ihren Zügen und in ihrer Haltung eine Spannung, die ihm noch nie aufgefallen war.

»Was ist los?«, erkundigte sich Nathan.

Sie warf ihm einen düsteren Blick zu.

»Ich hab's dir schon gesagt. Wir setzen unser Leben aufs Spiel, wenn wir noch länger hierbleiben. Wir müssen uns beeilen!«

Er nickte.

»Okay. Ich schlage Folgendes vor: Ich lade meinen Großvater auf die Schultern, und wir suchen uns einen Weg durchs Treppenhaus, in der Hoffnung, dass uns dort keine Wachen mehr erwarten. Wenn wir erst einmal draußen sind, schaffen wir es auch bis zur Wohnung von Emiliano und …«

»Ich hab gesagt: Nein!«

Shaés Stimme klang schneidend und so entschieden, dass Nathan zusammenzuckte.

»Das musst du mir erklären«, empörte sich Nathan. »Wir …«

Er verstummte. Auf Shaés Armen bildete sich ein schwarzes Fell, und zwei furchterregende Fangzähne wuchsen aus ihrem Mund. Sie ballte die Fäuste und schaffte es gerade noch, sich zu kontrollieren.

»Das ist nicht der Zeitpunkt, um darüber zu diskutieren, Nathan. Schnapp deinen Großvater, wenn du willst, aber wir verschwinden. Und zwar jetzt. Und nicht zu Emiliano!«

Sie betonte jedes Wort mit Nachdruck. Es war sinnlos, ihr zu widersprechen.

»Wir ziehen uns ins Haus im Irgendwo zurück«, fuhr sie fort. »Wir reden weiter, wenn wir dort unten sind. Vorher nicht.«

Nathan stimmte wortlos zu. Er hob seinen Großvater hoch und legte ihn sich über die Schulter. Trotz seines Alters war Anton kräftig gebaut, und bei seinem Gewicht verzog Nathan das Gesicht.

»Geht's?«, fragte Shaé besorgt.

»Ich denke, ja. Ich hoffe nur, dass ich mit meinen Schneeschuhen nicht allzu tief einsinke.«

»Und ich hoffe, dass Anton nicht wieder zu Bewusstsein kommt, bevor wir unser Ziel erreicht haben.«

Sie ging los. Nathan folgte ihr. Leise durchquerten sie die Wohnung und stiegen über einen bewusstlosen Milizionär.

Nathan fragte sich kurz, wie Shaé vier dieser Männer außer Gefecht setzen konnte, obwohl sie bewaffnet und nahkampferprobt waren. Er hatte wieder vor Augen, wie sie mit einem einzigen Faustschlag den Grœn niederschlug, um anschließend mit erstaunlicher Leichtigkeit dem Schwert auszuweichen, das Enola wie eine echte Schwertkämpferin gebrauchte.

Metamorphe, Baumeisterin, Heilerin.

Keine dieser drei Eigenschaften befähigten sie zu dieser Leistung. Trug Shaé noch eine vierte in sich?

Der Fahrstuhl beförderte sie ohne Zwischenfälle ins Erdgeschoss. Die Tür ging mit einem dezenten Quietschen auf, und sie betraten eine große, vornehme Eingangshalle.

Dort saß ein Mann im dunklen Anzug hinter einem Tresen. Er war zweifelsohne der Empfangsportier. Als er sie sah, stand er auf und schob seine Hand in die Innentasche seiner Jacke. Nun war klar, dass er auch eine Wachfunktion hatte. Er zog eine automatische Pistole und richtete sie auf die beiden.

»Keine Bewegung!«, befahl er. »Sie …«

Dann brach er zusammen.

In unglaublichem Tempo war Shaé zum Tresen gestürzt, hatte sich hochgeschwungen und dabei ihren Körper so verdreht, dass sie ihre Absätze ins Gesicht des Mannes schleudern konnte. Dann landete sie wieder weich auf den Beinen, überzeugte sich davon, dass ihr Gegner kampfunfähig war, und wandte sich zu Nathan.

»Gehen wir.«

Nathan sah sie verwundert an. Sie hatte sich, ohne zu zögern, mit der Geschwindigkeit eines Kogisten bewegt und war sich sicher, dass der Wächter ihrem Angriff gegenüber chancenlos war.

Was auch stimmte.

»Wie hast du das ...«

Er unterdrückte einen Fluch und schwieg. Shaé hatte die Tür aufgestoßen und war schon draußen. Er folgte ihr.

Es schneite immer noch. Ein dichter, schwerer Schneefall, durch den die wenigen Straßenlampen kaum drangen. Nathan hatte allergrößte Mühe, seine Schneeschuhe wiederzufinden, die unter einem kleinen weißen Hügel vergraben waren.

Er legte Anton auf den Boden, um sich die Schuhe anzuziehen. Und als er seinen Großvater wieder auf die Schultern lud, hatte sich Shaé bereits in einen Schneeleoparden verwandelt.

Während eines Kurzaufenthaltes in Manang in Nepal hatte Nathan versucht, einen dieser äußerst seltenen Leoparden zu entdecken. Seine Mühe war vergeblich gewesen. Sie wurden wegen ihres samtweichen Fells gejagt und waren beinahe ausgestorben. Schneeleoparden hielten sich von Menschen fern. Auf freier Wildbahn einem zu begegnen war so gut wie unmöglich.

Nathans erste Reaktion war Verzückung. Das dicke, rauchgraue Fell, der lange Schwanz, der magische Blick – der Schneeleopard, der ihm gegenüberstand, war wunderschön. Shaé war wunderschön.

Doch eine unangenehme Vorahnung zerstörte diese Verzückung.

Schon mehrfach hatte Nathan Gelegenheit gehabt, Shaé als Tierwesen zu erleben, und während ihres Zwangsaufenthaltes im Haus im Irgendwo hatte er sich im Schlaf oft an ihr schwarzes, weiches Pantherfell geschmiegt.

Als er ihr aber jetzt in die Augen sah, fühlte er plötzlich, wie ihn Zweifel befielen. Eisige Zweifel. War der Blick eines Schneeleoparden immer so dunkel? War das noch Shaé, die ihm gegenüberstand?

Der Schneeleopard merkte nichts von Nathans Unruhe, drehte sich um und verschwand in der Nacht.

Nathan balancierte, so gut es ging, das Gewicht seines Großvaters auf seinem Rücken und machte sich ebenfalls auf den Weg.

27

Sie brauchten annähernd zwei Stunden, um die Straße zu erreichen, in der die Tür war, die sie auf dem Hinweg benutzt hatten. Zwei Stunden, in denen sie gegen Schnee, Wind und Kälte kämpften.

Die Hauptstadt war nicht wiederzuerkennen. Riesige Schneeverwehungen, die sich an den zugeschneiten Autos gebildet hatten, versperrten die Straßen. Die Schneedecke war schon über einen Meter hoch, und die Schäden für die Stadt waren enorm. Keine Menschenseele war unterwegs.

Anton wog schwer, und Nathan war allmählich erschöpft. Und er machte sich Sorgen. Auch wenn er darauf geachtet hatte, dass sein Großvater gut eingepackt war, fürchtete er dennoch, dass die niedrige Temperatur seinen Zustand verschlimmerte.

Shaé als Schneeleopard kam und ging, tauchte plötzlich neben ihm auf, ohne dass er sie hätte kommen sehen, und verschwand eine Sekunde später wieder im Sturm, leise und wachsam.

Sie war es, die den Weg zurück zur Tür fand. Nathan hätte es nicht geschafft. Als er den Hof wieder entdeckte, in dem sie Emiliano zu Hilfe geeilt waren, merkte er, dass sie gleich da sein mussten.

Emiliano.

Warum hatte es Shaé kategorisch abgelehnt, dass sie bei ihm Unterschlupf suchten? Seine Wohnung lag näher als die Tür und … Ein spitzer Schrei unterbrach seine Überlegungen. Ein Schrei, der sich so ähnlich anhörte wie diejenigen, die er vor ein paar Stunden vernommen hatte, und der von einem zigfachen wilden Kläffen begleitet wurde.

Nathan stieß einen Fluch aus. Die Tür war nur noch hundert Meter weit entfernt. Hundert Meter, für die er zehn Minuten brauchen würde, so groggy war er.

Zur Flucht war es zu spät.

Er blieb stehen, ließ seinen Großvater zu Boden gleiten und lehnte ihn mit dem Rücken gegen eine Mauer.

»Imse«, murmelte er Shaé zu. »Ich weiß nicht, wie sie aussehen, aber sie kommen näher.«

Die schwachen Umrisse des Schneeleoparden tauchten neben ihm auf, bevor sie sich auflösten und zu Shaé wurden. Sie zeigte mit dem Finger ans Ende der Straße.

»Sie sind zu zwölft«, sagte sie.

»Was willst du damit sagen?«, fragte Nathan und zog sein Schwert.

»Da ist noch ein … weiß ich was. Irgendwas Schweres und gleichzeitig Schnelles, etwas, das wir nicht kennen. Irgendetwas sehr Gefährliches.«

»Haben wir noch genügend Zeit, um die Tür zu erreichen?«

»Nein. Sie sind da.«

Der erste Ims tauchte aus der Nacht auf, bald gefolgt von seinen Begleitern.

Kaum größer als ein Äffchen, hatten die Imse ein kurzes blauschwarzes Fell und einen langen, unbehaarten Schwanz. Sie bewegten sich mit einer halluzinierenden Schnelligkeit, hielten sich an der kleinsten Unebenheit einer Mauer fest oder liefen über den Schnee, ohne Spuren zu hinterlassen. Sie hielten nur inne, um zu schreien und um ihre zahlreichen spitzen Zähne zu zeigen.

Nathan atmete erleichtert auf. Zwölf kleine Affen stellten keine große Gefahr dar.

Die Imse formierten sich um Shaé und Nathan herum zu einem Kreis.

Nathan und Shaé.

Nathan und der Schneeleopard.

Die Imse hielten einen Augenblick inne, als sie den Leoparden entdeckten. Sie hüpften und kreischten, dann sprang einer, der an einem Lampenmast hing, auf Nathan, der mit seinem Schwert ausholte.

Genau in dem Moment, in dem das Masamune den Ims zweiteilen sollte, war dieser verschwunden.

Nathan fand keine Zeit, nach ihm zu suchen. Ein schriller Schrei ertönte direkt an seinem Ohr, und scharfe Zähne bohrten sich in seinen Hals. Er heulte auf vor Schmerz, packte den Affen, der sich auf seiner Schulter festkrallte, und schleuderte ihn weit weg. Das Tier verschwand auf halbem Weg und saß im nächsten Moment auf dem Lenker eines Motorrads, das unter einem Vordach geschützt stand.

»Sie beamen sich weg«, brummte Nathan. »Daher hat man den Eindruck, sie seien so lebhaft!«

Die Imse griffen an.

Alle gemeinsam.

Ihre Körper folgten unvorhersehbaren Flugbahnen. Sie landeten auf Nathans Rücken oder den Schultern des Schneeleoparden, krallten sich an ihren Beinen fest, bissen mit ihren Zähnen in alles Mögliche, bevor sie sich kreischend wieder zurückzogen.

Die Attacke hatte drei Sekunden gedauert.

Sie hinterließ bei Nathan und Shaé Bisswunden, von denen die meisten bluteten, während die Imse nicht den kleinsten Kratzer abbekommen hatten.

Ihre zweite Offensive war weniger glücklich. Nathan verzichtete darauf, Ziele zu treffen, die sich permanent bewegten. Stattdessen ließ er sein Schwert kreisen und zog so eine Wand aus Stahl um sich herum. Wie wirksam diese Taktik war, zeigte sich, als er seine Klinge dreimal hintereinander in das Fleisch eines Ims hieb.

Shaé zog es vor, dort anzugreifen, wo die Imse sich gerade nicht befanden, in der Hoffnung, dass dieser Ort derjenige sein würde, an den sie sich als Nächstes beamen würden.

Diese Strategie trug schnell blutige Früchte. Als die Imse sich zurückzogen, lag bereits die Hälfte von ihnen im Schnee.

Dennoch konnten Nathan und Shaé nicht alle Bisse vermeiden, und Nathan warf einen besorgten Blick auf das blutüberströmte Fell des Schneeleoparden.

»Sie greifen gleich wieder an«, verkündete er.

Statt einer Antwort hob der Leopard den Kopf und schnupperte in der Luft.

»Von allen Kreaturen Malarkadiens waren die Kharxe diejenigen, die der Andere nur mit größter Mühe zu Hilfe rufen konnte. Es waren blutrünstige, intelligente Killer, die keinen Feind fürchten und nur unter Zwang gehorchen. Die Kharxe sind kräftig und besitzen erstaunliche Regenerationsfähigkeiten, die sie zu tödlichen Gegnern machen. Wenn es dem Anderen gelang, genügend von ihnen in den Krieg zu schicken – darüber waren sich die Familien einig –, würde er wohl zu seinen Gunsten ausgehen.«

Nathan verstand sofort, woher die Information kam. Das Blut der Mnemiker, das in seinen Adern floss, enthielt ein althergebrachtes Gedächtnis, das sich im Laufe der Generationen entwickelt und soeben seine Bedeutung demonstriert hatte.

Die Kharxe existierten.

Sie stellten eine tödliche Gefahr dar.

Und gleich würde er einem begegnen.

***

Der Kharx kam mit wiegendem Schritt näher, während sich die Imse kreischend verstreuten. Es war eine drei Meter lange, alptraumhafte Kreatur. Sie hatte Kiefer wie ein Tyrannosaurus, Bärenkrallen und statt eines Fells Hornplatten, die einen beweglichen, mit schrecklichen Zacken besetzten Panzer bildeten.

Eine echte Tötungsmaschine.

Nathan unterdrückte die Angst, die er im Bauch verspürte, und stellte sich dem Monster mit gezücktem Schwert entgegen.

Der Leopard schoss wie ein Pfeil an ihm vorbei.

Ein Schneeleopard ist in der Lage, zehn Meter weit und vier Meter hoch zu springen. Er schnellte blitzartig vom Boden und landete auf der breiten Brust des Kharx. Er riss sie auf und sprang, noch bevor der Kharx ihn packen konnte, in Deckung.

Der Kharx lief rot an. Doch anstatt sich auf die Jagd nach dem Schneeleoparden zu machen, stürzte er sich auf das Motorrad, das unter dem Vordach stand. Mit einer einzigen Bewegung hob er es hoch und schleuderte es, als wöge es nichts, auf Nathan.

Dieser hatte gerade noch Zeit, sich wegzuducken, als die Maschine nur wenige Zentimeter an seinem Kopf vorbeisauste und hinter ihm zu Boden krachte.

Nathan rollte zur Seite ab, bevor er voller Schnee, aber mit dem Schwert in der Hand wieder aufstand.

Der Kharx stand mit ausgebreiteten Armen und offenem Maul vor ihm. Er fletschte seine entsetzlichen Reißzähne. Eine halbe Tonne wildes Todesversprechen. Trotz der schrecklichen Verletzungen, die ihm der Leopard zugefügt hatte, war auf seiner Brust nicht die kleinste Wunde zu sehen.

»Während des Krieges, den die sieben Familien gegen den Anderen führten, musste man zwölf gutausgebildete Kämpfer aufbringen, um einen möglichen Sieg über einen einzelnen Kharx zu erreichen.«

Nathan stieß einen Fluch aus. War den Mnemikern und ihrem althergebrachten Gedächtnis eigentlich klar, wie sehr ein einfacher Satz im falschen Moment einen Menschen demoralisieren konnte?

Der Kharx stand still und schätzte mit seinen kalten Augen, aus denen eine perverse Intelligenz leuchtete, die Situation ein. Nathan ahnte, dass seine Reglosigkeit nicht von Angst rührte. Ein solches Monster war angstfrei. Es war nur ein Zeichen der Vorsicht, was es noch gefährlicher machte. An einer Reihe winziger Zuckungen erkannte Nathan, dass die Waffenruhe nicht lange dauern würde.

Er sah sich gerade nach Shaé um, als ihn eine flüchtige Bewegung hinter ihm in Alarm versetzte. Das Motorrad, das hinter ihm aufgeschlagen war, flog ihm erneut um die Ohren.

Doch diesmal war nicht er die Zielscheibe.

Die Maschine, wie ein Katapult geschleudert, streckte den Kharx mit einem ekligen Geräusch von brechenden Knochen nieder. Nathan schöpfte ein wenig Hoffnung, doch die Regenerationsfähigkeit des Monsters war vergleichbar mit der der Heiler, denn er stand sofort wieder auf und schien unverletzt.

Nathan schwankte zwischen Furcht und Hoffnung und wusste nicht genau, wie es weitergehen würde. Der Kharx war schrecklich und für sie beide offensichtlich eine Nummer zu groß. Doch irgendjemand half ihnen. Irgendjemand, der stark genug war, um …

»Ich kümmere mich um ihn! Bring du Anton zur Tür!«

Das war nicht die Stimme eines unvorhergesehenen Verbündeten, sondern die von Shaé. Sie stand – als Mensch – plötzlich neben Nathan und stürzte sich blitzschnell auf den Kharx.

Sie sprang unglaublich hoch, drehte eine irrsinnige Pirouette und landete genau vor dem Monster wieder auf den Füßen. Mit einem einfachen Hüftschwung wich sie dem Prankenhieb, der einen Elefanten aufgeschlitzt hätte, aus und schlug zu.

Mit der Faust.

Mit ihrer zartgliedrigen Faust.

Der Kharx, ein monströses Paket aus Muskeln, Leder und Horn, wurde nach hinten geschleudert, als hätte ihn eine Dampflokomotive gerammt. Halb betäubt, stand er mühsam wieder auf.

Vielmehr wollte er aufstehen.

Shaé war wieder gesprungen. Und landete einen gewaltigen Fußtritt gegen sein Knie. Als er umfiel, stürzte sie sich auf ihn.

Nathan blieb wie angewurzelt stehen. Der Kharx wog zehnmal mehr als Shaé, und seine Erscheinung hätte einem Grizzly Angst gemacht. Aber sie sprang ihm einfach an die Kehle.

»Die Tür, Nathan! Warte an der Tür auf mich!«

Der Befehl fegte Nathans Unentschlossenheit hinweg. Er konnte nicht begreifen, woher Shaé diese Kraft nahm, musste aber zugeben, dass sie den Kharx in Schach hielt.

Er steckte das Schwert wieder in die Scheide und ging zu seinem Großvater. Er lud ihn sich auf die Schultern, ignorierte seine Erschöpfung und lief los. Trotz des Schnees war der bläuliche Schimmer, der aus der Tür leuchtete, klar erkennbar.

Nathan öffnete sie und legte seinen Großvater im Haus ab, ohne sich weiter um ihn zu kümmern. Dann rannte er blitzschnell wieder hinaus. Es kam für ihn nicht in Frage, Shaé alleine zu lassen.

Er war noch keine drei Schritte weit gelaufen, da tauchte sie außer Atem vor ihm auf.

Mit einer unerhörten Kraft packte sie ihn am Arm und riss ihn herum.

»Schnell«, schrie sie, »er kommt!«

Sie stürzten gerade ins Haus, als hinter ihnen ein Wutgeheul ausbrach.

Direkt hinter ihnen.

Die Tür schlug dem Kharx vor der Nase zu und war augenblicklich für ihn unsichtbar. Er konnte noch so sehr mit seinen Titanfäusten gegen die steinerne Wand trommeln, hinter der seine Beute verschwunden war, es war vergeblich.

Die Baumeister hatten ihre Konstruktionen so errichtet, dass sie für sämtliche Kreaturen unzugänglich waren.

***

Erschöpft lagen Nathan und Shaé auf dem Boden des Hauses. Shaé hatte sich nicht mehr auf den Beinen halten könnten, und bei dem Versuch, sie zu stützen, war Nathan ebenfalls hingefallen. Ihr Gesicht war voller Blutergüsse, und durch ihr zerrissenes Nachthemd hindurch konnte man ein Dutzend Verletzungen erkennen, aus denen Blut rann. Ihr linker Arm stand in einem eigenartigen Winkel vom Schlüsselbein ab.

»Alles in Ordnung, Shaé?«

Sie hob den Kopf und nickte zustimmend, auch wenn ihre blasse Gesichtsfarbe und ihre zusammengebissenen Zähne das Gegenteil aussagten.

»Deine Schulter muss wieder eingerenkt werden«, sagte Nathan mit Nachdruck. »Und deine Wunden müssen desinfiziert werden.«

Er näherte sich ihr, aber sie wich abwehrend zurück.

»Nein«, antwortete sie, »fass mich nicht an. Ich spüre die Kraft der Heiler, die in mir schlägt. Es tut schon weniger weh. Es wird schon wieder.«

Sie lehnte sich mit angezogenen Knien gegen eine Wand.

Nathan fand, dass sie noch nie so wild ausgesehen hatte.

Und ihre Augen erschienen ihm noch nie so dunkel.

28

Die Minuten verrannen.

Shaé litt Höllenqualen und saß zusammengekrümmt da, aber Nathan wusste nicht, wie er ihr helfen sollte. Sie mit Fragen zu belästigen führte nur dazu, dass sie sich weiter verschloss. Und sie ohne ihr Einverständnis zu berühren kam nicht in Frage. Es blieb ihm nichts anderes übrig als abzuwarten.

Warten. Zwar bluteten ihre Wunden nicht mehr, aber es war offensichtlich, dass man sich um ihre Schulter kümmern musste.

Warten, obwohl er so viele Fragen an sie hatte. Woher hatte sie die Kraft genommen, um gegen den Kharx zu kämpfen? Wieso hatte sie gewusst, dass er in Gefahr war? Weshalb hatte sie etwas gegen einen Rückzug zu Emiliano? Warum war sie barfuß und nur mit einem Nachthemd bekleidet?

Warten, während Anton immer noch bewusstlos war.

Warten, während …

»Wir können gehen, Nathan. Ich fühle mich besser.«

Shaé stand auf, hielt sich den verletzten Arm und versuchte zu lächeln.

»Meine Schulter ist ausgerenkt, du hast recht«, fuhr sie fort. »Und meine Heilerfähigkeiten sind erschöpft. Versuchen wir, Ouirzat zu erreichen. Rafi wird mir sicherlich helfen können und deinem Großvater auch.«

Sie deutete auf den am Boden liegenden Anton.

»Ich habe nicht besonders hart zugeschlagen«, sagte sie, als wolle sie sich rechtfertigen. »Es ist nicht normal, dass er die Augen noch nicht wieder offen hat.«

»Stimmt«, pflichtete Nathan bei. »Wie hast du es geschafft …«

Shaés Blick verdunkelte sich.

»Später, Nathan, okay?«

Sie hatte ihn angefleht, und Nathan ging es zu Herzen. Er ertrug nicht, dass sie litt. Er ertrug seine Hilflosigkeit nicht. Er ertrug nicht mehr, dass sie sich von ihm abwand.

»Einverstanden«, antwortete er dennoch. »Ich werde meinen Großvater tragen. Ich kann also nichts für dich tun. Bist du sicher, dass … was machst du da?«

Shaé war an der Tür.

Sie legte ihre rechte Hand flach auf das Holz und dann auch mühsam die linke. Mit halbgeschlossenen Augen konzentrierte sie sich einen Augenblick, bis ein metallisches Klicken zu hören war.

»Ich verriegele diese Tür«, erklärte sie mit schwacher Stimme.

»Glaubst du, dass das notwendig ist? Wenn der Kharx uns verfolgen wollte, wäre er schon längst da.«

»Er konnte zwar nicht durch die Tür gehen, aber er weiß seitdem, wo sie sich befindet. Und wenn er es weiß, weiß es derjenige, der ihn auf uns gehetzt hat, ebenfalls. Ich habe keinen Zweifel daran, dass er in der Lage ist, ins Haus zu kommen, wenn man ihm den Eingang zeigt.«

»Onjü?«

»Wer sonst?«

»Ich bin nicht sicher, ob du recht hast«, erwiderte Nathan. »Onjü versucht nicht, gegen uns zu kämpfen. Er ist der Meister der Stürme, kein Kämpfer wie Jaalab. Auch wenn er es geschafft hat, Paris im Schnee versinken zu lassen, Enola und meinen Großvater umzudrehen, so kann er uns doch nichts anhaben. Denn wenn er in der Lage gewesen wäre, uns zu vernichten, wären wir ihm begegnet. Aber er meidet uns, weil er weiß, dass wir ihm eine Niederlage beibringen können.«

Shaé gab ein freudloses Lachen von sich.

»Los«, sagte sie nur und drehte ihm den Rücken zu.

Nathan lud sich ein weiteres Mal seinen Großvater auf die Schultern und folgte ihr.

Er hatte noch nie ein solch verzweifeltes Lachen gehört.

***

Ohne Zwischenfall erreichten sie die Tür, die nach Ouirzat führte.

Das Erste, was ihnen entgegenschlug, war die Hitze.

An einem vollkommen wolkenlosen Himmel funkelten Myriaden von Sternen, und ein lauer Wüstenwind säuselte ihnen ins Ohr, dass sie außer Gefahr seien.

Für den Augenblick.

Ganz in der Nähe hallte ein Ruf, dann kam eine Silhouette näher.

Rafi.

Als er Anton sah, legte sich eine sorgenvolle Miene auf sein Gesicht.

»Was ist mit ihm passiert?«, fragte er.

»Er ist Onjü in die Fänge geraten«, flüsterte Nathan.

»Sind seine Augen schwarz?«

»Manchmal ja. Aber wenn er versucht, dagegen anzukämpfen, werden sie wieder grün.«

Rafi nickte.

»Dass er sich gegen das Gift wehrt, ist ein gutes Zeichen. Sich damit abfinden ist der erste Schritt zur Niederlage. Wir werden versuchen, ihn da rauszuholen.«

Er deutete nach Süden, in Richtung Ouirzat.

»Freunde aus dem Dorf werden gleich hier sein. Sie helfen uns, ihn zu transportieren. Gehen wir ihnen entgegen, und unterwegs erzählt ihr mir, was geschehen ist.«

Nathan nickte und verteilte Antons Gewicht wieder gleichmäßig auf seinen Schultern. Der alte Führer blieb jedoch stehen.

»Du bist seltsam gekleidet, Mädchen«, sagte er zu Shaé und wirkte beim Anblick ihrer Verletzungen nicht sonderlich beunruhigt.

»Ich hatte keine Zeit, mich umzuziehen.«

»Ich sehe schon. Soll ich mich um deine Schulter kümmern?«

Sie sah ihn misstrauisch an.

»Was heißt das?«

»Das dauert nur eine Sekunde und tut vielleicht weh, aber wenn man sie nicht wieder einrenkt, wirst du Probleme bekommen. Hast du versucht, den Eiffelturm mit einer Hand hochzuheben? Oder einem Grizzly die Hand zu schütteln?«

»So ungefähr«, entgegnete sie und versuchte zu lächeln.

Sie murrte nicht, als der alte Führer behutsam ihren Arm ergriff.

Er tastete vorsichtig ihre Schulter ab, drückte dann fest zu und zog mit einem kurzen Ruck am Gelenk. Shaé stieß einen kurzen Schrei aus, da hatte Rafi schon losgelassen.

»Es wird wieder gut«, sagte er zu ihr. »Dank deiner ererbten Fähigkeiten und deines Willens wird alles problemlos verheilen.«

Er sah ihr tief in die Augen und fuhr mit unglaublicher Überzeugung fort:

»All deine Verletzungen.«

29

Nachdem sie zehn Minuten gelaufen waren, kamen ihnen die Dorfbewohner aus Ouirzat mit einer Bahre entgegen. Nach den üblichen Begrüßungen übernahmen sie Anton.

Den Rest des Weges legten sie schweigend zurück. Befreit von der Last seines Großvaters, fühlte sich Nathan nicht mehr erschöpft, obwohl er nur wenig geschlafen hatte. Er war gleichzeitig neugierig und besorgt und hätte Shaé gerne mit Fragen gelöchert, aber ihm war klar, dass sie nicht eher reden würde, bis sie dazu bereit war. Also schwieg er.

Shaé hatte sich von ihren Verletzungen erholt. Durch Rafis Eingriff an ihrer Schulter konnte sich ihre Kraft als Heilerin wieder entfalten. So konnte sie nun in Ruhe über alles nachdenken, was sie gerade erlebt hatte. Wie naiv sie doch gewesen waren, geradewegs und blindlings in die Falle zu laufen, die Onjü ihnen gestellt hatte. Nathan war das immer noch nicht bewusst. Shaé hatte es spätestens begriffen, als sie Enola zuhörte. Zu dumm!

Sie machte sich Gedanken über die schreckliche Kraft, die sie besaß und die ihr erlaubte, sich mit einem Kharx anzulegen. Eine Kraft, so verführerisch wie der Gesang der Sirenen.

Und ebenso gefährlich.

War es bereits zu spät?

Rafi beobachtete seine beiden jungen Freunde, sagte aber nichts.

***

Das Dorf schlief friedlich unter dem nächtlichen Himmel. Bis auf das Flüstern des Windes in den Palmblättern und das Zirpen der Grillen war es still. Die Luft duftete nach Bockshornklee und Kreuzkümmel.

Rafi stieß die Tür zu seinem Haus auf und forderte Shaé und Nathan auf voranzugehen.

Sie zogen ihre Schuhe aus, bevor sie den weißgetünchten Raum betraten, in dem sie bereits mehrere Mahlzeiten gemeinsam eingenommen hatten. Die Petroleumlampen in den Nischen tauchten ihn in ein sanftes Licht.

Nachdem sie sich von Kopf bis Fuß gewaschen hatten und in saubere Kleider geschlüpft waren, setzten sie sich auf Kissen, und Rafi servierte ihnen kochend heißen Pfefferminztee. Er wartete, bis sie einen Schluck getrunken hatten, ehe er begann.

»Nun?«

Die Aufforderung war kurz und knapp. Nathan hatte sich schon die ganze Zeit in Fragen verheddert, die er nicht stellen konnte, und warf einen Blick auf Shaé.

Sie hatte die Hände über dem Bauch gefaltet und schien noch nicht gesprächsbereit. Er seufzte resigniert und entschloss sich zu antworten.

Zunächst erzählte er von ihrer Begegnung mit Emiliano und dem Angriff der Grœne, vor dem sie ihn gerettet hatten.

»Er hat uns gesagt, dass es noch zahlreiche Führer

gebe, und war darüber verwundert, dass er von dir noch nie gehört hatte. Kennst du ihn?«

Rafi reagierte nicht, seine Züge waren undurchdringlich.

»Rede weiter«, sagte er nur.

Nathan gehorchte. Er berichtete von ihrem ersten und untauglichen Versuch, mit Anton Kontakt aufzunehmen, vom Eindringen der Milizionäre ins Hotel, in dem sie wohnten, von Shaés Rettungstat, ihrem Rückzug zu Emiliano, dem Entschluss, sich zu trennen, und der nächtlichen Exkursion zu seinem Großvater, von der Überraschung, als er entdeckte, welche Rolle Enola spielte, von der Falle.

»Emiliano ist kein Führer.«

Nathan hielt inne und sah Shaé an.

Sie hatte klar und deutlich gesprochen, aber ihr Blick ging ins Leere.

»Was hast du gesagt?«, fragte Nathan.

»Emiliano ist kein Führer«, wiederholte sie. »Emiliano ist Onjü!«

Nathan zuckte zusammen.

»Onjü? Was …«

»Onjü. Er hat mit uns gespielt wie eine Katze mit zwei jungen, gutgläubigen Mäusen.«

»Was erzählst du da?«, regte sich Nathan auf. »Du …«

Mit einer Handbewegung befahl sie ihm zu schweigen.

»Er ist nicht blind. Seine Brille hat nur den Zweck, seine vollkommen schwarzen Augen zu kaschieren. Er hat einen Scheinangriff der Grœne angezettelt, um uns auf seine Seite zu locken. Anschließend hat er uns problemlos an der Nase herumgeführt.«

»Das klingt nicht logisch«, entgegnete Nathan und runzelte die Stirn. »Wenn Emiliano Onjü ist, weshalb hat er uns dann nicht eliminiert, als wir bei ihm waren? Das wäre doch viel leichter gewesen, nicht wahr? Warum hat er mir geholfen, in die Wohnung meines Großvaters einzubrechen? Er hat mir …«

Nathan hielt inne. Emiliano hatte ihm nicht geholfen, bei seinem Großvater einzubrechen, er hatte ihn in eine Falle gelockt!

»Uns zu eliminieren genügt ihm nicht«, fuhr Shaé fort. »Die Kogisten sind mächtig und können ihn immer noch vernichten. Er hat Enola benutzt und versucht, deinen Großvater dazu zu bringen, dass er dich tötet. Anton, der bereits seinen einzigen Sohn verloren hat, sollte auch zum Mörder seines Enkels werden! Eine ideale Möglichkeit, ihn um den Verstand zu bringen und ihn endgültig auf die Seite des Anderen zu ziehen. Ein wichtiger Verbündeter im bevorstehenden Krieg.«

Shaé verstummte. Während ihrer langen Ausführung hatte sie Nathan nicht einmal angesehen.

Nathan hatte die Fäuste geballt, bis seine Finger weiß wurden. Unablässig brachen jetzt Wellen der Erinnerung über ihn hinein, Anzeichen, die er ignoriert hatte und die ihn hätten warnen sollen.

Die Grœne, die Emiliano genau in dem Moment angriffen, als Shaé und er an dem Hof vorbeikamen. Antons angebliche Telefonnummer, die ihm Emiliano gegeben hatte und die nicht funktionierte. Die Milizionäre, die plötzlich ihr Hotelzimmer stürmten, wo doch niemand ihren Aufenthaltsort kannte. Niemand außer Emiliano. Die Behauptung des falschen Führers, er könne kaum sehen, und die Art, wie er sich mühelos fortbewegte. Sein nachdrückliches Fragen nach Rafis Aufenthaltsort!

Bei dem letzten Punkt errötete er. Um ein Haar hätte er Emiliano verraten, wo Rafi lebte. Durch seine Dummheit wäre beinahe ein ganzes Dorf zerstört worden!

Dann kamen noch weitere Erinnerungen, und Nathan wurde blass.

Emiliano hatte Shaé auf hinterhältige Weise dazu gebracht, sich von ihm zu trennen. Das eigenartige Lächeln Emilianos, als in den Nachrichten über die Naturkatastrophen berichtet wurde, die die Welt erschütterten. Der Kharx, der ihre Fährte ganz einfach aufgespürt hatte, und Emiliano, der sich immer und immer wieder mit diabolischer Freude zwischen Shaé und ihn schob.

»Nichts habe ich gesehen«, tobte Nathan, »gar nichts!«

»Ich war genauso blind wie du«, erwiderte Shaé.

»Nein, du hast geahnt, wer er war!«

»Erst als ich zu deinem Großvater kam und entdeckte, in welche Falle er dich dort gelockt hatte. Enola, Anton, du und ich, wir waren nur Spielsteine, die Onjü nach Belieben verschob.«

Nathan wandte sich an Rafi.

»Und du, was wusstest du? Was weißt du?«

Er klang angespannt, fast aggressiv. Rafi nahm die Teekanne und goss genüsslich den duftenden Trank in die Gläser. Dann zuckte er mit fatalistischer Miene die Achseln.

»Das Wissen eines Führers hat kaum Bedeutung und dient niemand anderem als ihm. Ihr müsst weiter euren Weg gehen, meine jungen Freunde, nicht meinen.«

Nathan erhob sich abrupt.

»Ich glaube, ich habe genug von diesen schlauen Berbersprüchen. Und da ich anscheinend ein Blinder unter lauter Sehenden bin, ziehe ich es vor, mich zurückzuziehen.«

Er ging davon, und Rafi unternahm nicht den geringsten Versuch, ihn aufzuhalten. Als Shaé ihm folgen wollte, hielt der alte Berber sie am Arm fest und zwang sie, sich wieder hinzusetzen.

»Lass ihn, er muss sich wieder beruhigen«, riet er ihr mit gesetzter Stimme. »Seine Vorwürfe bedrücken ihn, aber das wird nicht lange andauern, dazu ist er zu intelligent.«

Ein sanftes Lächeln erhellte sein gegerbtes Gesicht, dann fuhr er fort:

»Und wir beide müssen miteinander reden.«

30

Die Flügel weit ausgebreitet, schwebte Shaé lautlos über den silbernen Dünen, unter dem ungerührten Auge eines vollen, weißen Mondes. Sie spielte mit den warmen Aufwinden, die aus der Wüste aufstiegen, und schwang sich mühelos auf, hoch über die nahen Berggipfel hinaus, um anschließend wieder in weiten, harmonischen Kreisen hinabzufliegen.

Nach einem langen Gespräch mit Rafi hatte sie sich in einen Uhu verwandelt und genoss die Heiterkeit ihres Fluges, um sich darauf vorzubereiten, was sie Nathan gleich sagen würde. Sie wollte nachdenken, was sie ihm offenbaren konnte und was sie ihm verheimlichen musste.

Rafi hatte sie alles erzählt. Was ihr in Emilianos Wohnung widerfahren war, von ihren inneren Wunden, Emilianos Enthüllungen – sie brachte es immer noch nicht über die Lippen, ihn Onjü zu nennen – und nach einem kurzen Zögern von dem Entschluss, den sie gefasst hatte:

»Ich werde Barthélemy töten.«

Als sie diesen Satz aussprach, sah sie ihm direkt in die Augen. Sie wollte ihn herausfordern und erfahren, wie er darüber dachte.

Er begnügte sich mit einem einfachen Kopfnicken, was sie zur Verzweiflung brachte.

»Du glaubst mir nicht?«

»Doch, ich glaube dir.«

»Glaubst du etwa nicht, dass er das verdient hat? Du denkst, er ist unschuldig.«

Das Lächeln des alten Berbers war erloschen.

»Nein. In diesem Punkt hat Onjü dich nicht belogen. Barthélemy hat deine Eltern getötet, auch wenn die Situation zweifellos anders war, als er es dir erzählte.«

Shaé war leichenblass.

»Er ist ein gemeiner Typ.«

»Weil er getötet hat? Gewiss. Es gibt viele, die von einer offenen und friedlichen Welt träumen, aber nur wenige, die sich anstrengen, sie zu schaffen. Du bist noch keine achtzehn Jahre alt, Shaé, und du hast schon viel Blut fließen lassen.«

Die Erinnerug an Enola, die sie mit ihren Fangzähnen zerrissen hatte, schoss ihr in den Kopf. Sie hatte sie voller Zorn gejagt.

»Das ist etwas anderes. Ich habe nur versucht, Nathans und mein Leben zu retten.«

Rafi sagte nichts, so dass Shaé gezwungen war fortzufahren:

»Glaubst du nicht, das Barthélemy den Tod verdient hat?«

Der alte Führer strich mit der Hand über seine kurzen Haare.

»Vor langer Zeit«, erklärte er, »als ich noch ein Kind war, las ich ein Buch. Ein Buch, das mich geprägt hat, wie nur gewisse Bücher ein Kind prägen können. In diesem Buch spricht eine der Figuren, ein sehr weiser Zauberer, zu einem seiner Freunde, der aus Rache töten will. ›Es gibt viele, die leben und den Tod verdienen, und etliche, die unverdient sterben. Könnt ihr denen das Leben zurückgeben? Seid daher nicht so glühend, im Namen der Gerechtigkeit zu töten.‹ Das sagte der Zauberer, Worte, die ein alter Engländer geschrieben hat und die ich seit dieser Zeit verinnerlicht habe. Worte, die ich dir heute mit auf deinen Weg gebe, denn sie erhellen auch den meinen noch immer.«

Shaé zögerte.

»Ich … ich …«

»Ich könnte dir auch sagen, dass Barthélemys Tod eine Katastrophe im Kampf der Menschen gegen den Anderen wäre, aber du bist noch nicht bereit, mir zu glauben.«

»Wirst du mit Nathan darüber reden? Oder versuchen, mich daran zu hindern?«

Shaés Stimme klang jetzt unangenehm.

»Nein, junges Mädchen. Nichts von alledem.«

Sie saß eine Weile schweigend da, dann stand sie auf.

»Ich habe dir zugehört, Rafi Hâdy Mamnoun Abdul-Salâm, und deine Argumente haben mich durcheinandergebracht. Ich behaupte allerdings nicht, dass ich perfekt bin. Und ich versuche nicht einmal, es zu werden. Ich werde Barthélemy töten.«

Rafi schüttelte den Kopf.

»Jeder muss seinen Weg gehen, Shaé. Möge der deine gerade und leuchtend sein.«

***

Shaé schlug mit den Flügeln. Ihr leichter und kräftiger Raubvogelkörper flog über das Dorf hinweg. Sie erreichte das karge Vorgebirge, das sich hinter Ouirzat erhob. Dort saß Nathan auf einem Felsplateau und ließ die Beine baumeln, den Blick auf die Wüste gerichtet.

Sie landete einige Meter entfernt und nahm wieder ihre menschliche Form an. Bekleidet mit einem langen ärmellosen Kleid, das ihr eine Frau aus dem Dorf gegeben hatte, ging sie auf ihn zu.

»Ich fühle mich leer«, sagte er, ohne den Kopf umzudrehen.

Sie setzte sich neben ihn.

Und achtete darauf, dass sie sich nicht berührten.

»Er hat mich berührt«, begann sie, »und ich habe es zugelassen.«

Nathan erschauerte. Doch sie fuhr schon fort:

»Nachdem du aufgebrochen warst, um Anton zu überzeugen, haben wir geredet. Er hat mir von seiner Kindheit erzählt, dem Tod seiner Eltern, seiner Einsamkeit und seinem Leid. Seine Worte klangen so aufrichtig und so stark – und dann lag ich in seinen Armen.«

Jedes ihrer Worte war wie ein Pfeil, der sich in Nathans Herz bohrte. Sie wusste es, aber sie schuldete ihm die Wahrheit, eine Wahrheit, die sie für immer trennen musste.

»Ich will dich nicht belügen, Nat. Ich kann es nicht. Was geschehen ist, ist geschehen. Auch wenn ich es von ganzem Herzen bereue, so kann ich es doch nicht rückgängig machen. Die einzige Lösung ist, nach vorne zu schauen, wenn du das noch willst.«

Nathan vergrub das Gesicht in seinen Händen. Shaés kurze Erzählung hatte in ihm unzählige schreckliche Bilder hervorgerufen. Sie hatten ihn verstört, betäubt und erzürnt, ohne dass er die geringste Chance hatte, sich dagegen zu wehren. Er atmete schwer, sein Herz tat weh, und er fühlte sich, als ob sein Verstand am Rande des Abgrunds entlangschlingerte.

»Nat?«

Shaés Stimme war nur noch ein leises Murmeln. Ein verzweifeltes Murmeln.

»Nat, bist du sauer?«

Er widerstand der Feigheit, die ihm einschärfte, nicht zu antworten. Wegzulaufen. So weit wie möglich.

»Und ob ich sauer bin!«, schrie er lauter als beabsichtigt. »Ist dir klar, was du von mir verlangst? Hast du überhaupt eine Ahnung von irgendwas?«

»Ich ...«

»All die Stunden, die ich von dir geträumt habe, die Hoffnung auf einen Kuss, eine Umarmung«, fiel er ihr ins Wort und starrte ihr in die Augen. »Dieses unglaubliche und sehnsüchtige Verlangen nach dir.«

»Nat, ich ...«

»Du hast mir gesagt, du hättest gekämpft, Shaé. Gegen dich selbst und für uns. Du hast gesagt, du wolltest mich, aber dein Körper sei dir noch zu fremd, du bräuchtest Zeit und Vertrauen. Vertrauen, Shaé! Du forderst von mir Zeit und Vertrauen! Und ich, ich Idiot habe dir geglaubt.«

»Nat ...«

»Du hast mich belogen, Shaé. Du hast gesagt, du würdest mich lieben.«

»Aber ich liebe dich doch.«

Sie schrie, und die Tränen schossen ihr in die Augen und liefen über ihre Wangen.

Nathan biss die Zähne zusammen.

»Du liebst mich, aber du liegst in Emilianos Armen,

während du von der kleinsten Vorstellung, mich zu berühren, angeekelt bist!«

Mit verzerrter Miene kauerte Shaé auf der Erde.

»Du musst mich zu Ende anhören«, konnte sie dennoch einwerfen. »Anschließend kannst du mich verurteilen, wenn du willst, aber ich bitte dich, hör mir zu bis zum Schluss.«

Nathan holte tief Luft. Das Blut pochte wie verrückt in seinen Schläfen, und unter dem Schädel verspürte er einen stechenden Schmerz. Doch dieser Schmerz war lächerlich im Vergleich zu dem, der sein Herz zerriss.

»Einverstanden«, sagte er mit schwacher Stimme. Er war blass.

»Seitdem fließt Onjüs Gift in meinen Adern. Dasselbe Gift, das Enola getötet hat und das an Anton zehrt. Es war dieses Gift, das mir die Kraft verlieh, gegen deine Cousine und gegen den Kharx zu kämpfen. Eine außergewöhnliche, verführerische Kraft – und ihre wahre Gefahr besteht darin: Geschmack daran finden und ihr Herz und Seele zu opfern. Rafi glaubt, dass ich nicht vollständig infiziert bin und das Gift wieder loswerden kann, aber das ist jetzt nicht meine Absicht.«

Nathan blieb stumm, und sie fuhr fort:

»Wer auch immer Onjü zuhört, ist erniedrigt. Auch dein Blut ist vergiftet, Nat. Es macht dir Vorwürfe, reißt dich in die Verzweiflung und weit weg von mir. Ich würde viel darum geben, wenn ich das, was in jener Nacht geschehen ist, ungeschehen machen könnte. Doch da das unmöglich ist, musst du der Wahrheit ins Auge sehen. Onjü ist unser Feind. Wir müssen uns gegen ihn wehren. Wir müssen zusammen gegen ihn kämpfen.«

»Wir beide zusammen, obwohl du ihm das gabst, was du mir verweigerst?«, rief Nathan empört. »Zusammen, obwohl du in seinem Bett lagst und deine Haut noch seinen Duft trägt? Zusammen, wo du davon träumst, ihn wiederzusehen? Wir beide wirklich zusammen? Ich soll also Seite an Seite kämpfen mit einer …«

Er stockte und bereute bereits seine Worte, doch es war zu spät. Shaé fing an zu zittern.

»Es tut mir leid«, sagte er und versuchte, sich wieder in den Griff zu bekommen. »Ich habe es nicht so gemeint. Du …«

»Keine Entschuldigung. Du leidest, und du willst, dass ich auch leide. Das ist verständlich. Es nutzt jedenfalls nichts, mich deswegen zu beschimpfen. Ich leide bereits, Nat. Ebenso wie du.«

Sie atmete schwer. Und verspürte das dringende Bedürfnis, sich zu verwandeln. In einen Adler oder einen Panther und mitten in der Wüste zu verschwinden. Vergessen.

Sie widerstand.

Wenn sie sich verwandelte, wäre sie eine Hyäne, die in die Nacht flüchtet.

Für immer.

»Ich kämpfe, Nathan«, sagte sie mit tränenerstickter Stimme. »Ob du es glaubst oder nicht, ich kämpfe. Gegen Onjüs Gift und gegen das, was ich bin. Ich kämpfe für mich, aber ich kämpfe vor allem für dich. Ich weiß, was ich dir abverlange, ist enorm, aber wenn du nicht mehr an mich glaubst, bin ich nur noch ein Nichts. Wenn du nicht mehr an mich glaubst, ist es nicht mehr das Verlassensein, das mich bedroht, sondern das Verschwinden. Ohne dich höre ich auf zu existieren.«

Während Nathan die Absicht hatte, ihr ihre Lügen und Widersprüche ins Gesicht zu schleudern, hatte er plötzlich das Gefühl, eine Welle der Erkenntnis würde die ölige Schwärze fortspülen, die seine Gedanken verdüsterte. »Zweifle nie an ihr«, hatte Rafi ihm einmal gesagt. »Egal, was geschieht, zweifle nie an ihr.«

Der alte Berber hatte recht. Shaé war sein Leben, seine Hoffnung und sein Licht.

Er verspürte einen Schmerz, einen größeren, als er ihn sich je hätte vorstellen können. Doch dieser Schmerz war nichts angesichts der Liebe, die er für sie empfand.

Im selben Augenblick wurde ihm bewusst, dass das Verzeihen sicher das schönste Geschenk war, das er ihr machen könnte.

Das er ihr und sich machen könnte.

»Ich …«

Er hielt inne.

Sein Herz schlug wild, er rang nach Worten, und der Schmerz war immer noch da. Zerstörerisch.

Shaé sah ihn an und wurde blass, fast durchsichtig.

Die Sekunden verrannen. Und mit ihnen Zweifel und Angst.

»Ich leide«, fuhr er schließlich fort. »Ich leide fürchterlich. Und ich mache dir Vorwürfe. Schwere Vorwürfe. Doch dieser Schmerz und die Verbitterung wiegen nichts gegen das Wesentliche: Ich liebe dich, Shaé. Schon immer und für immer. Nur das zählt, nur das ist wahr. Der Rest ist nichts als Staub.«

Seine Worte stimmten ihn schließlich friedlich.

Die Tränen auf Shaés Wangen fingen einen Strahl des Mondlichts ein und wurden zu Perlen des Lebens und des Glücks. Sie fügten sich zu dem Lächeln, das ihr Gesicht erhellte.

Tausende von Kilometern entfernt öffnete ein teuflisches Wesen namens Onjü die Augen und stieß einen wütenden Schrei aus.

DER GESANG DES DELPHINS

1

Als sie wieder in Ouirzat ankamen, brach der Tag an.

Rafi erwartete sie vor seinem Haus. Das kleine Mädchen, mit dem er gesprochen hatte, lief weg, als es sie kommen sah. Rafi rief ihm drei Worte auf Arabisch hinterher und drehte sich dann zu ihnen um.

»Nun? War der Spaziergang angenehm?«

»Wie geht es meinem Großvater?«, erkundigte sich Nathan.

»Er schläft immer noch, was in seinem Zustand das Beste für ihn ist. Er sollte morgen oder übermorgen aufwachen.«

»Was ist mit ihm passiert?«

»Onjüs Gift fließt in seinen Adern und … was ist los?«

Nathan und Shaé hatten lange Blicke ausgetauscht. Was sie gerade erlebt hatten, verlieh den Worten des alten Berbers einen ganz besonderen Sinn, aber weder der eine noch die andere wollten darüber reden.

»Nichts«, antwortete Nathan, »sprich weiter.«

Rafi lächelte und fuhr fort:

»Ich bin ganz optimistisch. Onjüs Gift greift den Geist an, nicht den Körper, und Anton hat einen festen Charakter. Ihr sollt jedenfalls eines wissen: Wenn er wieder auf die Beine kommt – was noch nicht sicher ist –, wird er nicht mehr der Mensch sein, der er einmal war. Onjüs

Gift wirkt wie eine Verletzung der Seele. Entweder man geht daran zugrunde oder man wächst.«

»Kannst du dich um ihn kümmern?«

»Ich bin eine der wenigen Personen, die in der Lage sind, ihn zu heilen. Warum fragst du das?«

»Wir werden aufbrechen.«

Rafi hob den Kopf.

»Darf der sprücheklopfende Berber vielleicht erfahren, wohin?«

Nathan errötete angesichts des unverhohlenen Vorwurfs.

»Es tut mir leid, Rafi. Ich habe mich benommen wie ein Idiot. Ich …«

»Das war ein Scherz, Nathan. Ein kleiner, gemeiner Berberscherz. Wo wollt ihr hin?«

Nathan bemühte sich, die Fassung zu wahren.

»Wir müssen Barthélemy aufsuchen. Er weiß, dass der Andere wieder aufgetaucht ist, und er könnte die Kogisten zum Kampf bewegen. Aber es ist anzunehmen, dass Enola ihn mit Onjüs Hilfe aus dem Verkehr gezogen hat.«

»Das heißt?«

»Barthélemy wird bestimmt gefangen gehalten. Wir müssen ihn befreien.«

Shaé errötete unter dem langen, prüfenden Blick, den ihr Rafi zuwarf. Barthélemy befreien? Wo sie ihm doch den Tod geschworen hatte.

Der alte Führer richtete seine Aufmerksamkeit wieder auf Nathan.

»Hast du eine Idee, an welchem Ort er sich aufhält?«

»Mein Großvater hat erwähnt, Barthélemy würde sich in Saint-Louis erholen.«

»Obwohl ich ein Führer bin, bin ich kein Geographie-Experte. Ich weiß nur, dass Saint-Louis ein gängiger Name ist. Allein in Frankreich wird es fünf oder sechs Orte geben, die so heißen.«

»Ich habe noch einen Hinweis: Enola sprach von einem Ort namens *Les Margouillats*. Ein Margouillat ist eine kleine Echse, die in den Tropen vorkommt, ein Gecko. Man findet ihn in Neukaledonien, in Afrika oder Südamerika. Er ist das Wappentier der Insel Réunion. Und dort gibt es einen Ort namens Saint-Louis.«

Shaé sah Nathan verwundert an.

»Woher weißt du das?«

Er lächelte sie an.

»Vor ein paar Jahren habe ich meine Eltern auf einer Geschäftsreise begleitet, die mein Vater auf die Inseln im Indischen Ozean geführt hatte. Ich habe zwei Tage auf Réunion verbracht.«

»Zwei Tage, und du erinnerst dich noch an alles?«

»Zu irgendwas müssen meine Scholiastenfähigkeiten doch gut sein! Das bedeutet aber auch, dass wir wertvolle Zeit bei der Reise verlieren, wenn Barthélemy sich nicht dort aufhält.«

Rafi bemerkte:

»Denkt nicht über Flugreisen nach. Die Wetterverhältnisse sind so unbeständig, dass keine Maschine einen Start riskiert. Seit Onjü die Stürme vervielfacht, ist der Flugverkehr praktisch zum Erliegen gekommen.«

»Hast du eine Lösung?«, fragte Shaé.

»Geht durchs Haus. Wenn du die Tür, die ich kenne, entriegelst, werde ich sie euch öffnen, und ihr könnt Nathans Hypothese überprüfen.«

»Verlieren wir keine Zeit«, schlug Shaé vor.

Nathan nickte zustimmend. Rafi versuchte, ihren Drang zu mäßigen.

»Die Situation ist schlimm, aber es wäre töricht, euch unausgeruht in dieses neue Abenteuer zu stürzen. Wenn ihr ein paar Stunden schlaft und eure Kräfte regeneriert, werde ich euch anschließend die Tür zeigen. Vorher nicht.«

Während Shaé und Nathan ihm zuhörten, wurde ihnen plötzlich bewusst, wie müde und erschöpft sie waren. Die Sonne warf ihre ersten Strahlen. Sie hatten die ganze Nacht damit verbracht, gegen wilde Kreaturen zu kämpfen, gegen den Sturm, der über Paris wütete, und gegen ihre inneren Dämonen.

Sie taten widerspruchslos, was Rafi ihnen sagte.

Und kaum hatten sie sich hingelegt, fielen sie auch schon in einen bleiernen Schlaf.

Beide träumten von ihren Eltern.

Für Nathan war es ein wehmütig gefärbter Traum.

Ein Alptraum mit Rachegelüsten für Shaé.

***

Rafi weckte sie am späten Nachmittag.

»Ich habe gesagt, ein paar Stunden Erholung«, spottete er, »und nicht einen ganzen Tag!«

Sie aßen zusammen Gemüse und Früchte, dann gingen sie an Antons Bett. Nathan betrachtete schweigend seinen Großvater, der mit geschlossenen Augen auf dem Rücken lag. Sein Atem war regelmäßig und die Wunde an seinem Kopf gereinigt.

»Er wird es überstehen«, antwortete Rafi auf seine stumme Frage.

»Und ich?«, fragte Shaé.

Nathan erschrak. Während ihrer stürmischen Erklärung hatte Shaé ihm zwar von Onjüs Gift erzählt, das in ihren Adern floss, aber er hatte dem keine besondere Bedeutung beigemessen. War sie doch stärker infiziert, als er dachte?

»Du besitzt eine Vielzahl von Fähigkeiten, junges Mädchen«, erklärte Rafi. »Und deshalb versuchte Onjü, dich mit aller Macht auf seine Seite zu ziehen. Er hat dir einen wichtigen Teil seines Wesens eingeflößt, daher kommt deine neue, unglaubliche Kraft. Wenn du darauf achtest, dass du sie auf keinen Fall anwendest, dann wird es bald nur noch eine schlechte Erinnerung sein.«

Shaé verzog das Gesicht.

»Diese Kraft hat uns zweimal das Leben gerettet.«

»Das ist richtig, aber durch ihre Anwendung hast du es dem Gift ermöglicht, noch tiefer in dich einzudringen. Du musst dich ab jetzt zurückhalten. Das ist lebensnotwendig.«

»Und wenn unser Leben noch einmal von dieser Kraft abhängt, wenn uns zum Beispiel wieder ein Kharx angreift?«

»Du wirst von nun an wählen müssen zwischen Schatten und Tod. Eine schreckliche Wahl, vor allem, weil es sich um den Tod derjenigen handelt, die du liebst, und niemand wird dir diese Wahl abnehmen können.«

Er sah sie lange an, bevor er fortfuhr. Ein mysteriöses Lächeln umspielte seine Lippen.

»Aber ich vertraue dir. Ich habe dir immer vertraut.«

2

Beim Durchqueren des Hauses bestand Shaé auf einem Umweg über die Terrasse, von der aus man auf das *Pratum Vorax* blickte.

»Der Andere hat sich für seine Rückkehr dreitausend Jahre lang Zeit gelassen«, sagte sie zu einem verwunderten Rafi, »und wir sind nur zwei Minuten von ihm entfernt.«

»Natürlich, aber …«

»Das Irgendwo ist eine eigene Welt«, unterbrach sie ihn. »Ich habe Schiffe auf Rädern gesehen, die durch das Gras fuhren, Vögel. Diese Prärie ist nicht unendlich, und wir werden sie eines Tages durchqueren und nachsehen, was auf der anderen Seite geschieht.«

»Du fühlst dich als Forscherin?«, fragte Nathan amüsiert.

»Ein wenig«, antwortete sie voller Ernst. »Ich glaube vor allem: Wenn das Irgendwo eine Welt ist und kein unendliches *Pratum Vorax*, dann könnten sich die Menschen dorthin zurückziehen …«

Sie sah einen Moment lang ihre beiden Begleiter an und fügte dann noch hinzu:

»… wenn es uns nicht gelingt, den Anderen zu besiegen.«

Nathan warf ihr einen rätselhaften Blick zu, während Rafi den Kopf schüttelte, ohne jedoch dabei sein Erstaunen verbergen zu können.

»Respekt, mein Fräulein!«, sagte er, und in seine Augen trat ein ganz neuer Glanz.

Shaé wurde verlegen, zuckte die Schultern und wandte sich dann ab, um ihre Haltung nicht zu verlieren. Ihr langes Kleid wehte hinter ihr her, als sie einen Flur betrat, der zum großen Saal führte. Ihre Begleiter folgten ihr.

»Ich habe eine Frage«, sagte Nathan, als er sie eingeholt hatte.

Sie sah ihn überrascht an.

»Ja, ich höre.«

Er deutete auf ihr Kleid.

»Wieso verschwinden bei deiner Verwandlung die Kleider und sind wieder da, wenn du deine menschliche Form annimmst?«

»Ich hätte nicht gedacht, dass dich dieses Detail interessiert.«

»Ich finde es einfach seltsam.«

»Ich habe keine richtige Erklärung dafür. Wenn ich mich verwandele, dann wird mein gesamtes Wesen zum Panther, Adler oder zur Hyäne. Ich nehme an, dass genau in diesem Moment meine Kleider ein Teil von mir sind. Allerdings …«

»Ja?«

»Manchmal habe ich das Gefühl, ich könnte mich auch entscheiden, sie irgendwo abzulegen.«

»Wo?«

»Weiß ich nicht. Jedenfalls nicht an dem Ort, an dem ich mich befinde, das ist sicher. Eher in einer Zwischenebene. Aber wie auch immer: Die Kleider abzulegen erscheint mir keine gute Idee.«

»Wieso nicht?«

»Ich würde mich schämen, wenn ich mich wieder in

mich verwandelte und dann nackt wäre. Aber meine Kleider dienen mir vor allem als Bindeglied zu meiner menschlichen Form. Weißt du, Nat, die Empfindungen, die man als Panther oder Raubvogel hat, sind umwerfend. Tausendfach schärfere Sinne als unsere, berauschende Fähigkeiten, totale Freiheit. Die Versuchung, ein Tier zu bleiben, war immer sehr stark. Und seit sich die Anzahl der Formen, die ich annehmen kann, verringert hat, ist sie noch größer geworden. Die Gefahr, meine menschliche Natur zu vergessen, ist real. Meine Kleider sind, selbst wenn sie unsichtbar sind, eine wichtige Erinnerung an das, was ich bin.«

»Du kannst auch auf mich zählen, wenn ich dich daran erinnern soll. Wo auch immer du bist.«

»Ich weiß.«

Sie tauschten so intensive Blicke, dass Nathan mulmig wurde und Shaés Herz wie wild pochte. Noch nie war sie so nah davor, sich ihm in die Arme zu werfen. Ihre Angst war verflogen, nur Rafis Anwesenheit, auch wenn sie diskret war, hielt sie zurück. Sie erreichten den großen Saal, und ihr Bedürfnis schwand.

Durch die große Scheibe fielen letzte rote Strahlen der untergehenden Sonne. Sie gingen auf die Terrasse hinaus und blieben einen Moment schweigend und unbeweglich stehen, zwei Schritte von der Prärie entfernt. Das *Pratum Vorax* hatte sich stärker erwiesen als der Pioniergeist der Baumeister.

»Warum bringen wir nicht ein kleines Flugzeug in Einzelteilen hierher?«, fragte Nathan. »Dann könnte man gefahrlos die Prärie überfliegen.«

»Das haben die Kogisten schon versucht«, erklärte Rafi, »es hat nicht geklappt.«

»Was heißt das?«

»Das Irgendwo ist eine seltsame Welt. Sobald man sich vom Haus entfernt, funktionieren technische Objekte, die man bei uns hergestellt hat, nicht mehr.«

»Trotzdem haben die Milizionäre mit hochmodernen Gewehren auf uns geschossen«, entgegnete Nathan.

»Weil ihr im Haus oder auf der Terrasse wart. Auf der Mole wären sie so wirksam gewesen wie Spielzeugwaffen. Soweit ich weiß, gab es ein Dutzend Expeditionen zur Erforschung des *Pratum Vorax* aus der Luft. Alle sind nach wenigen hundert Metern abgestürzt, spätestens.«

»Und die Schiffe auf Rädern, die ich gesehen habe?«, fragte Shaé. »Die verschlingt das *Pratum Vorax* nicht!«

»Als du mir das erzählt hast, habe ich zum ersten Mal von ihrer Existenz gehört. Sie sind der Beweis dafür, dass dort Menschen leben, aber mehr weiß ich nicht.«

»Man bräuchte ein weniger technisches Verkehrsmittel, mit dem man eine große Entfernung zurücklegen kann«, sagte Nathan nachdenklich, »vielleicht einen Ballon. Einen Heißluftballon …«

»Ich glaube nicht, dass dies der richtige Moment ist, darüber nachzudenken«, unterbrach ihn Rafi. »Ich erinnere euch daran, dass die Zeit drängt. Ich möchte anwesend sein, wenn Anton wieder das Bewusstsein erlangt. Und auf euch wartet eine dringende Aufgabe.«

Nathan und Shaé nickten zustimmend. Sie warfen einen letzten Blick auf das *Pratum Vorax* und gingen wieder ins Haus.

Die Tür befand sich in der Spitze eines wunderlichen Turms aus dunklem Granit. Über eine Holztreppe mit ausgetretenen Stufen gelangten sie in einen winzigen kreisförmigen und mit Schießscharten versehenen Raum.

»Ich bin nur einmal hindurchgegangen«, sagte Rafi und deutete auf die Tür. »Und auf der anderen Seite bin ich keine vier Schritte weit gelaufen. Ich weiß nicht genau, wohin sie führt.«

»Bist du sicher, dass es auf Réunion ist?«, fragte Nathan beunruhigt.

»Gewiss. Der Führer, der mich ausgebildet hat, ließ mich durch sämtliche Türen gehen, die er kannte, damit sie für mich zugänglich waren. Ich habe sie mir alle gemerkt, aber es bot sich mir nur bei einigen die Möglichkeit, sie zu benutzen.«

Er wandte sich an Shaé.

»Kannst du sie bitte entriegeln?«, fragte er lächelnd.

Shaé berührte das hölzerne Türblatt und konzentrierte sich einen Augenblick. Ein metallisches Klicken ertönte.

»Danke«, sagte Rafi und öffnete die Tür.

Ein Duft aus Nacht, Blumen und Gewürzen strömte in den kleinen Raum.

»Viel Glück«, fuhr der alte Führer fort. »Meine Gedanken begleiten euch. Seid vorsichtig und vergesst nicht, dass Barthélemy auch seine Qualitäten hat.«

Nathan fragte sich kurz, warum Rafi diesen letzten Satz so betont aussprach und weshalb er dabei Shaé ansah.

Sie gab ihm nicht die Zeit, eine Frage zu formulieren.

»Ich vergesse nichts«, antwortete sie, »gar nichts.«

Sie legte ihre Hand aufs Herz, drehte sich um und ging durch die Tür.

3

Nach der trockenen Hitze im Hohen Atlas umschlang sie die feuchte tropische Nacht wie die Tentakel einer Krake. Auf der Südhalbkugel war Sommer, und die Temperatur lag trotz der späten Stunde bei vierzig Grad. Noch bevor sie sich auch nur einmal umgesehen hatten, waren sie schweißgebadet.

Die Tür führte zu einer Felswand, die über einem Ladeplatz für Lkws aufragte, so groß wie ein Supermarkt-Parkplatz. Drei Container, die so groß waren, dass in jeden von ihnen ein Auto gepasst hätte, hingen mit dicken Ketten an einem riesigen, etwa zwanzig Meter hohen Metallgestell, das in der Mitte der Fläche stand. Ganz in der Nähe waren ein paar Fahrzeuge vor einem Flachbau geparkt, nicht weit entfernt von einer wenig befahrenen Straße. Das Ganze war umgeben von üppiger Vegetation und erhellt von Scheinwerfern, die oben auf der Metallkonstruktion angebracht waren.

»Wie spät ist es?«, fragte Shaé, nachdem sie die Tür wieder verschlossen hatte.

»Ich habe ein wenig die Orientierung verloren nach den ganzen Zeitzonen, die wir durchlaufen haben«, antwortete Nathan, »aber ich würde sagen, es ist neun Uhr abends. Plus/minus eine Stunde.«

»Aber es ist schon tiefste Nacht.«

»Das ist eine Besonderheit der tropischen Regionen. Die Sonne geht früh unter, übergangslos.«

»Hast du eine Idee, an welchem Ort wir uns hier befinden?«

»Direkt vor uns liegt das Meer und hinter uns das Zentrum der Insel. Wir sind in einem Industriegebiet, wo offensichtlich Zuckerrohr verarbeitet wird, und hier ist die Verladestation. Aber mehr weiß ich auch nicht.«

»Fragen wir die Leute dort hinten.«

Shaé zeigte auf die Autos, die hundert Meter weiter parkten. Nathan kniff die Augen zusammen.

»Du siehst dort Leute?«, fragte er verwundert.

»Nein, aber ich höre sie. Hinter dem weißen Lieferwagen sitzen vier Männer im Gras.«

Nathan lächelte.

»Ich dachte, nur Panther hätten so unglaubliche Sinnesorgane.«

»Wenn ich ein Panther wäre, wüsste ich nicht nur, dass sie da wären. Ich könnte dir dann sogar sagen, was sie reden und wie alt sie sind, wie ihr Gesundheitszustand ist und welche Kleider sie tragen.«

»Ohne sie zu sehen? Du machst Witze.«

»Wohl kaum. Gehen wir?«

Vorsichtig gingen sie um ein dickes Massiv niedriger Pflanzen mit langen, breiten und äußerst spitzen Blättern herum.

»Aloe vera«, stellte Nathan fest, »eine der wohltuendsten Pflanzen der Welt, es sei denn, du spießt dich nachts an ihr auf.«

Nachdem sie die Hälfte der Freifläche überquert hatten, bog ein Wagen von der Straße ab und hielt neben dem weißen Lieferwagen. Ein Mann, der ein Haarband trug, stieg aus und lief um ihn herum.

Kurz darauf hörte man Gezänk, gefolgt von Schreien.

Der Mann mit dem Haarband tauchte wieder auf und rannte über die Verladestation. Vier Typen verfolgten ihn mit gezückten Waffen und stießen dabei unverständliche Flüche aus.

»Bleibt nicht hier!«, rief der Mann, als er Nathan und Shaé entdeckte.

Als er sah, dass sie sich nicht bewegten, kam er auf sie zugerannt.

»Haut ab, schnell!«, hechelte er, als er die beiden erreicht hatte. »Die Typen sind gefährlich. Wenn sie euch schnappen, dann …«

Doch die Verfolger waren schon da.

Die vier Männer waren um die dreißig und trugen ärmellose T-Shirts, die ihre kräftigen Muskeln voll zur Geltung brachten. Zwei von ihnen schwangen furchteinflößende Macheten, die beiden anderen schwere Schlagstöcke. Sie schienen wild entschlossen zuzuschlagen, aber noch mehr als ihr kriegerisches Gebaren alarmierten Nathan und Shaé ihre verzerrten Gesichter und die knurrenden Laute, die aus ihren Kehlen drangen.

Die eigenartigen Töne und Grimassen zeugten von einer erschreckenden geistigen Verwirrung.

Ohne die geringste Vorwarnung hieb der Erste von ihnen mit seiner Machete auf Nathan ein.

Die breite und perfekt geschliffene Klinge fuhr ins Leere.

Nathan war ihr mit gewohnter Geschicklichkeit ausgewichen und hatte so einen Hieb vermieden, der ihn ernsthaft verletzt hätte. Dann zögerte er jedoch einen Sekundenbruchteil und überlegte, wie er am besten reagieren sollte: den Gegner niederschlagen, seinen Säbel ziehen oder fliehen? Der Mann mit der Machete nutzte diesen Augenblick und schlug erneut zu.

Doch Nathan wich ihm auch dieses zweite Mal geschickt aus. Dann zögerte er nicht mehr. Er duckte sich, trat dem Mann mit der Machete in die Kniekehlen, sprang auf und hieb seinen Ellbogen in den Solarplexus eines zweiten Gegners, schwenkte herum, wollte wieder angreifen … und entspannte sich.

Shaé war in Aktion getreten. Ohne sich der Mühe einer Verwandlung zu unterziehen, hatte sie den anderen Mann niedergestreckt und stand jetzt dem letzten verbliebenen Angreifer gegenüber.

Sie ließ die Kraft der Metamorphen sich entfalten. Ihre Iris wurde orange, die Lippen spannten sich über furchtbaren Fangzähnen, während sich auf ihrer Stirn und den Wangen ein schwarzes Fell bildete.

Die Einfalt im Gesicht des Mannes wandelte sich in Erstaunen und dann in blankes Entsetzen. Er stieß einen schrillen Schrei aus, der lauter war als seine Flüche zuvor. Dann rannte er davon, ohne sich um die anderen zu kümmern.

»Shaé, hast du etwa …«

Sie brauchte eine Weile, um zu verstehen, dass Nathan beunruhigt war wegen der körperlichen Mittel, die sie eingesetzt hatte, um den ersten Gegner zu erledigen.

»Alles in Ordnung«, beruhigte sie ihn, »der war nicht wirklich gefährlich.«

Sie zuckte die Schultern, als Nathan näher trat, um ihr in die Augen zu blicken.

»Ich sag dir doch, es ist in Ordnung«, wiederholte sie hartnäckig.

»Aber ich muss mich vergewissern«, erwiderte er.

»Oh, Verzeihung! Ich bin froh, dass es der jungen Dame gutgeht, und finde es normal, dass der junge Mann sich vergewissern will, aber ich weise Sie darauf hin, dass diese drei Jungs gleich wieder auf die Beine kommen werden und es besser für uns ist, wenn wir verschwinden. Mein Auto steht gleich hier. Wenn Sie möchten, nehme ich Sie mit.«

Nathan und Shaé drehten sich zu dem Mann um, den sie soeben gerettet hatten. Er hatte schwarzes Haar, war dunkelhäutig und etwa so alt wie die anderen drei, um die dreißig. Im Unterschied zu ihnen wiesen seine Züge keinerlei Spuren von Einfalt auf, aber seine Unruhe war spürbar. Als Nathan nickte, seufzte er erleichtert auf.

»Einverstanden.«

Als sie weggingen, setzten sich ihre Angreifer mühsam wieder auf und rieben sich ihre schmerzenden Körper.

»Von weitem hatte ich geglaubt, einen Freund zu erkennen, und habe angehalten«, erklärte der Mann mit dem Haarband. Das hätte ich nicht tun sollen. Der Seuchengürtel ist durchlässig wie ein Sieb. Die vier Typen haben sie, und ohne euch wäre ich verloren gewesen.«

Er warf einen kurzen Blick zurück. Beruhigt stellte er fest, dass ihnen niemand folgte, und öffnete die Wagentür.

»Die vier Typen haben *was?*«, erkundigte sich Shaé, als der Unbekannte sich hinters Steuer setzte.

Er überhörte die Frage und redete mit Anerkennung in der Stimme weiter:

»Vielen Dank. Ihr habt mir das Leben gerettet. Ich heiße Gino und bin Führer.«

4

Gino stieß einen Schrei aus. Die Stahlklinge eines japanischen Schwerts drückte gegen seine Kehle.

Der Junge auf dem Beifahrersitz hatte es so schnell gezogen, dass er die Bewegung kaum wahrgenommen hatte.

»Was soll das?«, stammelte er.

Das Mädchen lehnte sich gegen die Wagentür und starrte ihn an. Mit einem unerbittlichen, wilden Blick.

»Wie heißt du und was bist du?«, fragte sie bohrend und eiskalt.

»Ich … ich …«

Der Druck des Schwerts auf seine Kehle wurde fester. Gino spürte, dass selbst ein Laie mit einer solchen Klinge problemlos seine Kehle durchschneiden konnte. Und der Junge, der sie in der Hand hielt, war alles andere als ein Laie.

»Ich heiße Gino«, wiederholte er und bemühte sich, seine zittrigen Hände auf dem Lenkrad zu kontrollieren. »Ich bin ein Führer.«

Er kapierte sofort, dass seine Antwort – aus welchen Gründen auch immer – nicht die richtige war. Der Blick des Mädchens wurde noch düsterer, während der Junge ein bedrohliches Pfeifen von sich gab.

»Was für ein Führer?«

Der Junge sah gut aus, hatte einen freundlichen, einnehmenden Blick und erstaunlich grüne Augen. Seine

Stimme klang hingegen ebenso wenig sanft wie die des Mädchens.

»Ein Führer, einfach so. Ich führe ... äh ... Leute, Touristen. Ein Touristenführer. Ich ... das ist doch nicht verboten, oder?«

Der Druck der Klinge lockerte sich ein bisschen.

»Gino, ist das nicht ein italienischer Vorname? Wie Georgio oder Emiliano?«

»Nein, nein, überhaupt nicht. Das heißt, er ist schon italienisch, aber ich bin kein Italiener. Ich stamme aus Mauritius und war nie in Italien. Ich schwöre ...«

Nathan zog das Schwert ein paar Zentimeter zurück, und Gino atmete wieder.

»Ich muss Ihre Augen sehen«, sagte der Junge in einem weniger drohenden Ton. »Drehen Sie den Kopf zu mir und blicken Sie nach oben.«

»Haben Sie es auch?«, fragte Gino beunruhigt. »Sind das die ersten Anzeichen?«

»Tun Sie, was ich Ihnen sage. Bitte!«

Die betonte Höflichkeit beruhigte Gino. Man sagt nicht bitte zu jemandem, dem man gleich die Kehle durchschneiden wird. Er gehorchte und blickte an die Decke. Der Junge beugte sich vor und sah lange seine Augen an.

»Ich glaube, wir müssen uns bei Ihnen entschuldigen«, erklärte er schließlich.

Das Mädchen, das bis zu diesem Zeitpunkt draußen geblieben war, setzte sich nun auf den Rücksitz.

»Die Typen von vorhin sind im Anmarsch. Wir sollten abhauen.«

Der Junge warf einen Blick auf das Gelände. Der vierte Gegner war nicht wieder aufgetaucht, aber die drei anderen hatten sich ihre Waffen geschnappt und kamen schwankend näher.

»Was ist mit ihnen los?«, fragte der Junge. »Sind sie betrunken?«

Die Frage überraschte Gino, also antwortete er vorsichtig:

»Nein, es ist schlimmer. Sie haben die Seuche.«

»Die was? – Nein, fahren Sie lieber zuerst los und erklären es uns dann.«

Gino folgte der Aufforderung gerne. So eigenartig und bedrohlich die beiden Unbekannten in seinem Wagen auch sein mochten, so gefährlich wie diese Typen, die sich die Seuche eingefangen hatten, waren sie nicht. Er bedauerte zwar, dass er ihnen vorgeschlagen hatte, sie im Auto mitzunehmen, doch er konnte sie schlecht zwingen, wieder auszusteigen.

Er warf den Motor an, legte den Gang ein und fuhr los. Von da an schenkten ihnen die drei Typen auf dem Gelände keinerlei Beachtung mehr.

»Wo wollt ihr hin? Ich meine, wo soll ich euch absetzen?«

»Sind wir weit weg von Saint-Louis?«

Gino entspannte sich. Der Junge hatte sein Schwert weggesteckt, und seine Stimme klang keine Spur mehr feindselig. Mit ein wenig Glück würde diese Geschichte ein gutes Ende nehmen.

»Eine halbe Stunde, wenn man am Meer entlangfährt, und eine Stunde durch die Berge. Aber ich weiß gar nicht, weshalb ich euch das erzähle, Saint-Louis liegt in der verbotenen Zone.«

»In der verbotenen Zone?«

Gino drehte sich zu seinem Beifahrer um, um zu

überprüfen, ob er sich über ihn lustig machte. Dies war nicht der Fall.

»Woher kommt ihr, dass ihr eine solche Frage stellt?«, rief er. Seine Angst war jetzt vollkommen verflogen. »Seit die Seuche aufgetaucht ist, verbreitet sie sich mit unglaublicher Geschwindigkeit. Ein Drittel der Insel ist von der Armee abgeriegelt. Es gibt keine Möglichkeit, durch die Straßensperren zu gelangen. Man kann das Sperrgebiet weder betreten noch verlassen. Es gibt eine strenge Quarantäne, niemand darf dagegen verstoßen!«

Der Junge drehte sich um, als suchte er die Zustimmung des Mädchens. Im Rückspiegel sah Gino, wie sie ihm einen argwöhnischen Blick zuwarf. Ihr Begleiter hatte sich entspannt, aber sie blieb auf der Hut. Ihr ganzer Körper drückte eine beinahe animalische Wachsamkeit aus. Gino war plötzlich davon überzeugt, dass nur von ihr eine Gefahr ausgehen konnte.

Schließlich nickte sie, und der Junge fuhr fort:

»Ich heiße Nathan, und das ist meine Freundin Shaé. Es tut mir leid, was eben passiert ist. Wir hatten große Probleme mit jemandem, der behauptet hatte, ein Führer zu sein. Und als Sie uns Ihren Beruf nannten …«

»Ich verstehe«, erklärte Gino. »Ich gerate immer wieder in Schwierigkeiten, weil ich nicht misstrauisch genug bin. Also kann ich euch nicht vorwerfen, wenn ihr vorsichtig seid. Davon abgesehen, habt ihr mir das Leben gerettet. Also, wo soll ich euch hinfahren?«

»Na ja, wir sind erst vor kurzem gelandet und nicht darüber informiert, was hier los ist. Können Sie uns vielleicht diese Geschichte mit dem Sperrgebiet und der Seuche erklären?«

Gino nahm eine Hand vom Steuer, um sein Haarband

zu richten. Er tat es vor allem, um einen Augenblick nachzudenken, bevor er antwortete:

»Ich habe eine bessere Idee. Ich wohne hier ganz in der Nähe und habe im Kühlschrank noch ein wenig Rougail, das ich gestern zubereitet habe. Dort können wir uns besser unterhalten.«

»Wir möchten Sie nicht belästigen«, sagte Nathan, von der Einladung überrascht.

»Leute zu treffen und mit ihnen zu reden ist nie eine Belästigung«, erwiderte Gino. »Vor allem mit einem kühlen Bier in der Hand und ein wenig Musik im Hintergrund.«

Nathan drehte sich erneut um zu Shaé, die zustimmend nickte.

»In diesem Fall sind wir gerne einverstanden«, sagte er.

»Perfekt«, freute sich Gino. »Ich habe nur eine Frage.«

»Ja?«

»Ihr müsst mir die Wahrheit sagen.«

»Wir haben nicht vor, Sie zu belügen.«

»Das fängt ja gut an«, sagte Gino ironisch. »Ihr müsst wissen, dass unter den derzeitigen Wetterbedingungen, die über dem Indischen Ozean herrschen, und der Epidemie, die auf der Insel grassiert, seit vierzehn Tagen kein einziges Flugzeug auf Réunion gelandet ist. Ich habe nicht die Absicht, euch eure Geheimnisse zu entlocken, und will nicht wissen, woher ihr kommt, aber wenn ihr erst vor kurzem hier gelandet seid, dann müsst ihr mit einer Fliegenden Untertasse gereist sein.«

»Ich … wir …«, stammelte Nathan.

»Warten Sie«, unterbrach ihn Gino, »ich möchte euch nicht in die Bredouille bringen, sondern versuche nur, mich zu schützen. Eine Lüge würde uns den Abend verderben. Man kann sich nur austauschen, wenn man sich vertraut.«

Er stieß einen langen Seufzer aus.

»Ich weiß nicht, woher ich diese Gabe habe, aber ich merke sofort, wenn man mich belügt.«

5

Nachdem sie einige Minuten gefahren waren, tauchte ein Ortsschild auf: Saint-Gilles-les-Bains.

»Hier habe ich mit meinen Eltern einmal zwei Tage verbracht«, erklärte Nathan Shaé. »Wir befinden uns an der Westküste, und Saint-Louis liegt ungefähr vierzig Kilometer weiter südlich.«

Shaé hielt den Kopf zum Fenster hinaus und ließ ihre Haare im Wind wehen. Sie hörte ihn nicht.

Der Umgebungswechsel war für sie eine Offenbarung. Trotz der Dunkelheit, in die ein Großteil der Landschaft getaucht war, erfreute sie sich an dem, was die Scheinwerfer anstrahlten.

Auf der rechten Seite brandete der Ozean mit tosenden Wellen im silbernen Mondlicht gegen das Korallenriff, während die Palmblätter am Strand in der feuchten Brise wogten.

Zu ihrer Linken ragte die Steilküste auf, von kleinen Schluchten unterbrochene senkrechte Wände, aus denen Berge wurden, die den Himmel zu berühren schienen. Dann zeugten Tausende kleiner Lichtpunkte, wie Löcher in der Nacht, von einem sich weit erstreckenden Ort, der jedoch gegen die riesigen, höher gelegenen Schattenzonen nicht ankam, die wie ein unberührter Urwald wirkten.

»Ich wohne in einem Dorf namens Trois-Bassins«, sagte Gino. »Der Sicherheitsgürtel, der einen Teil der Insel isoliert, liegt ungefähr einen Kilometer von meinem Haus entfernt.«

»Wie kann das bei dieser Vegetation und dieser Landschaft wirksam funktionieren?«, fragte Nathan.

»Es geht nicht. Auch wenn sie alle Straßen absperren, hat trotzdem jeder die Möglichkeit, durch die Berge zu kommen. Die Behörden haben die Sperren errichtet, um sich in der Illusion zu wiegen, die Situation unter Kontrolle zu haben. Die Typen von vorhin sind der Beweis dafür, dass es nichts nutzt. Der Sicherheitsgürtel hat nicht verhindert, dass sie sich anstecken.«

Shaé hielt den Kopf nicht mehr aus dem Fenster, unterdrückte aber die Frage, die ihr auf der Zunge lag. Sie würde früh genug erfahren, was das für eine Seuche war, wie man sich infizierte und ob sie mit dem Anderen zusammenhing. An dem letzten Punkt hatte sie übrigens keinerlei Zweifel. Wie Rafi es ihnen vorausgesagt hatte, wuchs die Macht ihres Feindes von Tag zu Tag an. Die Cholera-Epidemie in Südamerika oder die Meningitis in Europa, Sturmfluten, Schneestürme und Überschwemmungen gingen auf Onjüs Konto. Und Kriege, Attentate, Morde und Staatsstreiche auf das von Eqkter. Ein neues Virus zu schaffen schien für die beiden ein Kinderspiel zu sein.

***

Gino bewohnte eine kreolische Hütte aus Holz und Blech am Rand einer kleinen, schwindelerregend steilen Schlucht. Der Weg dorthin führte durch riesige Zuckerrohrplantagen und über eine Reihe von Serpentinen, die so schmal waren, dass kaum zwei Autos aneinander vorbeipassten.

Vor dem Eingang stand ein Mangobaum, der sich unter der Last seiner Früchte bog und dessen Zweige sich mit denen eines Flammenbaums vereinten. Ein Stück weiter markierten ungefähr zehn Bananenstauden die Grundstücksgrenze, hinter der der Tropenwald begann. Überall wuchsen große bunte Blumen, und auf dem Boden breiteten sich dichte Kriechpflanzen aus.

Vor der Hütte bedeckte ein raffiniert entwickeltes Dach aus Palmwedeln eine Terrasse, auf der Holzbänke aufgestellt waren. Neben dem erloschenen Feuer schlief ein Hund. Als der Wagen durch das rostige Eingangstor fuhr, kam er zur Begrüßung kläffend angelaufen.

Es war ein kleiner Bastard mit gelbem Fell und Hängeohren. Als Gino ausstieg, machte er Freudensprünge, dann beschnupperte er neugierig Nathans Beine. Anschließend näherte er sich Shaé, aber in drei Metern Entfernung blieb er plötzlich stehen. Er fing an zu zittern und winselte ängstlich, dann flüchtete er mit eingezogenem Schwanz hinter die Hütte.

»Das ist seltsam«, bemerkte Gino, »so hat er sich noch nie aufgeführt. Chik ist eher ein Typ, der den Dieben die Hand leckt oder umherstreunenden Kötern an die Gurgel springt, selbst wenn sie dreimal so groß sind wie er. Bis heute hatte ich geglaubt, dass er keine Angst kennt!«

Nathan zuckte die Schultern. Chik musste Shaés Eigenartigkeit bemerkt haben. Vielleicht hing in ihren Kleidern eine Spur von Pantherduft. Es war also nicht verwunderlich, dass er sich erschrak. Glücklicherweise suchte Gino nicht länger nach Erklärungen für das Verhalten seines Hundes. Er drückte auf einen Schalter, und eine Glühbirne erleuchtete die Terrasse.

»Setzt euch«, sagte er und zeigte auf die Bänke. Macht Feuer an, ich hole Rougail und Bier.«

Er öffnete die Tür, die nicht verschlossen war, und verschwand im Haus. Nathan und Shaé sahen sich an.

»Seltsamer Typ«, sagte Nathan.

»Weil er sein Haus nicht dreifach verriegelt und Unbekannte zu sich einlädt? Ich finde das eher sympathisch.«

»Du hast keine Bedenken, wie du sie gegenüber Emiliano hattest?«

Shaé überlegte einen Augenblick und erwiderte dann:

»Nein, überhaupt nicht. Eher im Gegenteil. Er sendet positive Wellen aus, die Vertrauen erwecken. Ich empfinde das Gleiche bei Rafi.«

»Dabei hätten wir ihn beinahe getötet«, sagte Nathan ironisch.

»Man muss zugeben, dass die Umstände eher gegen ihn sprachen. Wir geraten hinter der Tür gleich in Gefahr, dann taucht ein Führer auf, italienischer Vorname, gepflegte Ausdrucksweise – ganz schön viel auf einmal.«

In diesem Augenblick kam Gino wieder heraus. Er trug einen feuergeschwärzten Kochtopf und hatte drei Bier unter den Arm geklemmt. Er reichte seinen Gästen das Bier und zog ein Päckchen Streichhölzer aus der Tasche.

Rasch loderten helle Flammen zum Himmel. Gino stellte den Topf ins Feuer, und die Flammen züngelten an ihm empor. Dann ging er wieder ins Haus. Warme

Saxophontöne klangen durch die Nacht. Eine Trompete antwortete frech dazwischen, bevor sie das Saxophon zum Schweigen brachte.

»Charlie Parker«, sagte Gino und setzte sich auf eine Bank. »Nichts harmoniert besser mit dem Rougail.«

Er rührte den Inhalt des Topfes mit einem Holzlöffel um. Es duftete nach Fleisch und Gewürzen. Unwiderstehlich.

»So«, sagte Gino und nahm einen Schluck Bier aus der Flasche, »jetzt können wir reden.«

6

Was ist das für eine Seuche?«

Die Frage kam von Nathan, der Gino dabei in die Augen sah. Die Antwort schoss blitzartig aus ihm heraus.

»Eine Gefühlskrankheit, die die Leute zum Wahnsinn treibt und ihre Aggressivität verzehnfacht.«

»Ist es ein Virus?«

»Das glauben die Ärzte.«

»Sind die ersten Fälle erst kürzlich aufgetreten?«, fragte Shaé.

»Vor noch nicht einmal vierzehn Tagen. Ob es ein Virus ist oder nicht, die Seuche ist völlig unbekannt. Es scheint, als würde sie sich durch Körperkontakt übertragen, ohne tierische Überträger wie Mücken oder Flöhe, aber auch das ist noch nicht erwiesen.«

»Gibt es ein Gegenmittel?«, fragte Nathan besorgt.

»Nein. Die ersten Symptome treten schon ein paar Stunden nach der Infektion auf. Dann folgt eine Periode von drei, vier Tagen, in denen der Erkrankte eine unglaubliche Rohheit an den Tag legt. Anschließend leidet er an Fieberschüben und Erbrechen. Einen halben Tag später tritt dann plötzlich der Tod ein. Habt ihr wirklich nichts davon gehört? Redet man nicht darüber in der Hauptstadt?«

»Wir waren für mehrere Wochen von der Außenwelt abgeschnitten«, erklärte Nathan. »Ich glaube außerdem, dass die Hauptstadt und der Rest der Welt mit so großen Problemen zu kämpfen haben, dass die Schwierigkeiten auf Réunion dabei untergehen.«

Gino hob den Kopf, ohne überrascht zu sein. Nathan erwartete, dass er etwas über die internationale Lage sagte, aber das tat er nicht.

»Ja, ich spüre, dass irgendetwas nicht rund läuft«, sagte er nur.

»Sie spüren es?«

Shaé hatte sich vorgebeugt und beobachtete ihn aufmerksam.

Gino warf ihr ein rätselhaftes Lächeln zu.

»Jawohl. Seit meiner Kindheit spüre ich gewisse Dinge. Es tut mir leid, wenn ich dafür kein passenderes Wort finde. Ich spüre Dinge, Wellen, die die Leute aussenden, Orte, Situationen. Als könnte ich mit einem unsichtbaren Cursor eine Harmonieskala abtasten.«

»Und?«

»Gerade spielt der Cursor verrückt. Ohne zu wissen, weshalb, bin ich absolut davon überzeugt, dass es meine Aufgabe ist, ihn in eine Richtung zu ziehen, aber er entwischt mir unaufhaltsam in die andere Richtung.«

Auf seinem Gesicht zeichneten sich tiefe Sorgenfalten ab, während er sich Nathan und Shaé offenbarte, als wären sie seit ewigen Zeiten gute Freunde.

»Sie haben recht, der Cursor spielt verrückt«, sagte Nathan. »Und wir sind hier, um zu versuchen, ihn aufzuhalten.«

Gino nickte und zeigte sich kaum überrascht.

»Auch das habe ich gespürt.«

Das Rougail schmeckte köstlich. Nathan und Shaé aßen so viel davon, bis kein Bissen mehr in ihren Magen passte.

Sie hatten Gino alles erzählt, was ihnen möglich war, und sich an ihr Versprechen gehalten, nicht zu lügen.

»Manche Geheimnisse muss man bewahren«, hatte Nathan hinzugefügt, »zumindest vorerst.«

Gino hatte sie zu keinem Zeitpunkt gedrängt.

»Wenn wir ihn gewähren lassen«, fasste Nathan zusammen, »die Einheit, die wir den Anderen nennen, wird er die Welt zerstören. Es ist möglich, ihn zu besiegen oder ihn wenigstens zu stoppen. Deshalb müssen wir nach Saint-Louis.«

»Das ist schwierig, aber machbar«, sagte Gino.

»Wir sind auf der Suche nach einem Mitglied meiner Familie, die dort unten ein Haus hat. Mit Sicherheit eine luxuriöse Villa mit Namen *Les Margouillats*, die unter strenger Bewachung stehen muss.«

»Ich kenne die Gegend wie meine Westentasche, und wenn ich es richtig sehe, gibt es nur einen Ort, auf den deine Beschreibung zutrifft. Eine riesige Villa, von unüberwindbaren Mauern umgeben und die meiste Zeit über unbewohnt.«

»Das passt«, rief Nathan begeistert, ohne das Du zu bemerken, in das sie automatisch gefallen waren.

»Es gibt allerdings nur eine winzige Chance, dass sich dein Onkel noch dort aufhält. Saint-Louis ist nämlich das Epizentrum der Epidemie. Wenn er so reich ist, wie du sagst, hat er sich in Sicherheit gebracht.«

»Nicht unbedingt. Denn er kann sich nicht frei bewegen.«

»In diesem Fall ist es etwas anderes«, gab Gino zu.

»Die Sperren und die Wachsoldaten zu überwinden ist kein Problem. Aber …«

»Ja?«

»Man muss die Seuche einkalkulieren und die Verrückten, die in der Natur umherstreunen.«

»Wir werden uns darum kümmern.«

»Daran zweifle ich nicht«, sagte Gino und deutete auf das Schwert, das neben Nathan lag. »Ich habe euch bei der Arbeit zugesehen. Doch es gibt auch Gerüchte, dass in den Schluchten seltsame Kreaturen herumspuken. Nachts hört man manchmal wildes Geschrei, und da ist dieser Mann, der behauptet, er sei von einem …«

»Das kennen wir alles«, unterbrach ihn Nathan, »aber wir haben keine andere Wahl. Wir sind bestens gerüstet. Auch wenn unsere Chance zum Erfolg nur eins zu tausend betragen sollte, wir müssen versuchen, sie zu nutzen.«

»Sehr gut«, pflichtete Gino bei, »ich bringe euch bis …«

»Nein.«

»Warum nicht?«

»Wenn Shaé und ich durchkommen, wird uns niemand folgen können. Du wirst uns behindern, und am Ende wird man dich töten.«

Gino sah ihn einen Moment lang an. In Nathans Worten lag kein bisschen Überheblichkeit, sondern nur eine absolute Gewissheit. Auch wenn Gino die Pflicht verspürte, diese beiden jungen Leute zu begleiten, so musste er doch zugeben, dass er nicht die Fähigkeiten dazu besaß.«

»Einverstanden«, stimmte er bedauernd zu. »Ich

werde mich damit begnügen, euch den Weg zu weisen. Wann möchtet ihr aufbrechen?«

Nathan und Shaé tauschten nur einen flüchtigen Blick.

»Jetzt.«

7

Die Tamarindenstraße.

Früher war es eine Landstraße, die sich an der Bergflanke entlangschlängelte und dem Transport wertvoller Tropenhölzer diente, denen sie ihren Namen verdankte. Im Laufe der Zeit wurde sie zu einer Touristenstraße, die zwar schmal war, aber sorgfältig instand gehalten wurde.

»Sie führt hoch nach Saint-Louis«, teilte ihnen Gino mit. »Ihr werdet auf eine Absperrung stoßen, die ihr aber problemlos umgehen könnt.«

»Warum nicht quer durch den Wald?«, fragte Shaé über die Karte gebeugt, die Gino auf dem Fußboden ausgebreitet hatte.

»Der Wald auf Réunion ist undurchdringlich. Du müsstest dich in einen Vogel verwandeln können, um darüber hinwegzufliegen, oder in eine Katze, um durchs Unterholz zu schleichen. Zumindest in der Höhe, die für uns interessant ist, es sei denn, man hätte Lust, sich mit der Machete einen Weg zu bahnen.«

Ein Anflug von einem Lächeln huschte über Shaés Gesicht.

Gino fuhr sie mit dem Wagen so dicht wie möglich heran. Als das Risiko, von den Wachsoldaten bemerkt zu werden, zu groß wurde, hielt er an.

»Meine Gedanken begleiten euch, meine Freunde«, sagte er zum Abschied.

Als Nathan und Shaé sich entfernten, dachten sie an Rafi, der diese Worte viele Male ausgesprochen hatte.

Sie liefen jetzt.

Nathan mit langen, elastischen Schritten. Er verspürte weder Müdigkeit, noch machte ihm der Höhenunterschied etwas aus. Und Shaé war wieder ein Panther.

Sie hatte versucht, sich in einen Wolf zu verwandeln, weil sie wusste, dass der Panther für die lautlose Jagd, den blitzschnellen Angriff und die explosionsartige Kraftentfaltung geeignet war, aber nicht für die Ausdauer. Doch sie hatte es nicht richtig hinbekommen.

»Ich schaffe es nicht«, hatte sie Nathan erklärt. »Die Kraft, die mich zum Panther werden lässt, ist zu stark. Ich weiß nicht einmal, ob ich mich noch in einen Adler verwandeln kann.«

Die Nacht war klar, obwohl Regenzeit war. Gino hatte von besonders schwierigen Wetterverhältnissen gesprochen, aber der Himmel war klar, und der Mond stand hoch und schien hell genug, um sich zurechtzufinden.

Der Panther lief langsamer und blieb dann stehen. Ebenso Nathan in dem Moment, als Shaé wieder ihre menschliche Form annahm. Sie hatte ihr langes Kleid gegen eine Jeans und ein T-Shirt eingetauscht, die ihr Gino gegeben hatte.

»Ich habe sie gerochen«, flüsterte sie ihm zu.

»Wo?«

»Vor uns, keinen Kilometer entfernt. Wir müssen einen Umweg nehmen.«

Nathan war nicht verwundert über einen Geruchssinn, der fähig war, ein menschliches Wesen über eine solche Distanz wahrzunehmen. Er ließ seinen Blick über die Umgebung der Straße schweifen.

»Gehen wir«, beschloss er, und Shaé wurde wieder zum Panther.

Gino hatte recht gehabt. Sich in der Nacht einen Weg durch die wuchernde Vegetation der Insel zu bahnen, war eine schwierige und gefährliche Aufgabe. Obwohl Nathan über eine außergewöhnliche physische Kondition verfügte, verhedderte er sich mehrere Male im dornigen Dickicht oder stand vor einer schwindelerregenden Schlucht. Nur dank seiner erstaunlichen Fähigkeiten gelang es ihm jedes Mal, mit unglaublicher Akrobatik die Situation zu meistern.

Unbeirrt wies ihm Shaé den Weg. Sie fand sich mühelos in einer für sie maßgeschneiderten Umgebung zurecht. Sie verwandelte sich nur einmal, um ihm ins Ohr zu flüstern:

»Wir sind an der Absperrung vorbei. Wir befinden uns jetzt mitten im Sperrgebiet. Wir können wieder auf die Straße.«

Sie liefen noch eine halbe Stunde durch den Dschungel, bevor sie sich wieder hinauswagten. Nathan seufzte erleichtert, als er wieder Asphalt unter seinen Sohlen spürte. Seine Kleider waren von den dornigen Pflanzen zerrissen, und an der Stirn hatte er eine Schnittwunde.

Sie atmeten einen Moment tief durch, dann gab er das Zeichen, wieder aufzubrechen.

»Die Sonne wird gleich aufgehen. Beeilen wir uns.«

Mensch und Panther, Seite an Seite, machten sie sich wieder auf den Weg.

Sie liefen eine Stunde bis zu einer Gabelung, an der sich die Tamarindenstraße teilte. Gino hatte ihnen geraten, den linken Abzweig zu nehmen, der in die Berge führte. »Rechts kommt ihr nach Étang-Salé, das keine zehn Kilometer von eurem Ziel entfernt liegt. Aber es ist besser, diese Stadt nicht zu durchqueren, denn dort hat die Epidemie ihren Ursprung genommen. Soweit ich weiß, haben sich selbst die Gesundheitsdienste der Armee geweigert, dorthin zu gehen. Viel zu gefährlich.«

Ohne anzuhalten, nahmen sie den steilen Weg zu ihrer Linken in Angriff. Als sie zum Gipfel gelangten und die Straße einen langen Bogen in Richtung Ozean machte, ertönten vor ihnen spitze Schreie. Ein wildes Kreischen, das ihnen bekannt vorkam.

»Trotz ihrer Fähigkeit des Beamens und ihrer Wildheit sind die Imse in Malarkadien mehr Beute als Räuber. Um ihre Ausrottung zu verhindern, haben sie sich mit der mächtigsten der malarkadischen Kreaturen verbündet. Sie sind eifrige Helfer der Kharxe, entfernen sich niemals von ihren Herren und müssen also nichts Großartiges befürchten.«

»Bleib stehen, Shaé!«

Der Panther, den die Schreie der Imse nicht eingeschüchtert hatten, kam zurück und nahm wieder eine menschliche Form an.

»Was ist los?«, erkundigte sie sich. »Das sind doch nur Affen.«

»Nein. Ein Kharx ist auch dabei.«

»Bist du sicher?«

»Kharxe. Nach jahrelangen Auseinandersetzungen fanden die Führer heraus, dass die Regenerationsfähigkeiten der Kharxe nicht bei Brandverletzungen wirkten. Alle anderen Mittel als das Feuer wurden untersagt, woraufhin die Familien nicht mehr ihre Krieger in hoffnungslosen Kämpfen verloren.«

»Absolut«, versicherte er, »wir müssen durch Étang-Salé.«

Als sie kehrtmachten, waren wieder die Schreie der Imse zu hören, diesmal ganz aus der Nähe. Nathan lief mit immer größeren Schritten, und das Geschrei legte sich.

Es war verblüffend, wenn man sah, wie schnell er rannte, ohne auch nur ein bisschen außer Atem zu geraten. Shaé, die neben ihm lief, blickte öfter zu ihm herüber. Trotz der animalischen Wildheit, die in ihren Adern pulsierte, und dem Pantherinstinkt, der sich ihrer Sinne bemächtigt hatte – oder vielleicht gerade deswegen –, fand sie ihn unglaublich schön. Jede seiner Bewegungen hatte etwas Anmutiges und Kraftvolles, und sein ganzer Körper strahlte eine wunderbare Energie aus. Eine Energie, die er über Jahre hinweg unter Kontrolle halten musste, damit er nicht auffiel. Jetzt konnte sie sich entfalten.

Sie erreichten die ersten Häuser, bunte Hütten, umgeben von üppiger Vegetation. Der blasse Himmel kündigte den bevorstehenden Sonnenaufgang an. Auf dem Weg stiebten ein paar Hühner auseinander und ein Hund bellte, aber kein Bewohner war zu sehen.

Nach einer Reihe abschüssiger Serpentinen, die Nathan erlaubten, noch schneller zu laufen, tauchte das Ortsschild von Bras-Sec-les-Bas auf.

Am Straßenrand waren überall Autos geparkt, manchmal auch mitten auf der Straße. Auf einem Haufen Obst, das von einem zusammengestürzten Stand heruntergefallen war, lag ein Fahrrad. Die Türen der Häuser standen weit offen.

Keine Menschenseele weit und breit.

Shaé und Nathan verlangsamten ihr Tempo und gingen nun vorsichtig weiter. Shaé wurde wieder menschlich.

»Wo sind die Leute?«, fragte sie. Ihre Stimme klang ein wenig angespannt.

Nathan sah sich um. Die Sonne war inzwischen aufgegangen und beleuchtete eine gespenstische Szene. Die Straße war voller Geschäfte. Die meisten von ihnen hatten geöffnet und boten in ihren Auslagen jede Menge verlockender Früchte an. Der Kofferraum eines Wagens stand sperrangelweit offen und wartete auf eine große Ladung. Aber es war niemand da. Absolut niemand.

»Ich fürchte, die Seuche, von der Gino sprach, grassiert schlimmer, als er ahnte«, antwortete Nathan.

»Aber sie werden doch nicht alle tot sein …«

»Nein. Ich hoffe nicht. Manche wurden wahrscheinlich von den Sicherheitskräften aus dem Sperrgebiet evakuiert.«

Sie flüsterten, als wäre lautes Sprechen unanständig. Da erklang hinter ihnen eine feste Stimme, und sie zuckten zusammen:

»He, ihr dort hinten! Kommt mal her!«

8

Nathan und Shaé schwenkten gleichzeitig herum. Nathan legte die Hand an den Griff des Schwerts, das über seiner Schulter hing. Shaé spannte ihre Muskeln an und war bereit zum Sprung.

Sie hielten inne.

Sieben Männer hatten sich ihnen gegenüber aufgebaut. Zwei von ihnen waren in weiße Overalls gezwängt und trugen Masken, die ihnen das Aussehen von Tauchern verliehen. In der Hand hielten sie tickende Geräte. Die anderen fünf trugen Kampfanzüge und richteten ihre Maschinenpistolen auf die beiden.

»Kommt her!«, wiederholte einer der Soldaten in einem Ton, der keinerlei Widerspruch duldete.

Nathan und Shaé sahen sich an.

»Abhauen?«, fragten Shaés Augen.

»Wir gehorchen«, entgegnete Nathan, nachdem er die Situation eingeschätzt hatte.

In dieser geraden Straße hatten sie keine Chance zu entkommen, wenn die Soldaten das Feuer eröffneten. Um Missverständnisse zu vermeiden, hoben Shaé und Nathan die Hände und gingen auf die Gruppe zu.

»Stopp!«, bellte ein Soldat. »Was tragen Sie auf dem Rücken?«

»Ein Schwert«, antwortete Nathan sachlich.

»Legen Sie es auf den Boden und vermeiden Sie dabei jede abrupte Bewegung.«

Die Soldaten wirkten jetzt bedrohlicher. Einer der Männer im weißen Overall flüsterte demjenigen, der das Kommando zu haben schien, ein paar Worte ins Ohr.

»Es ist mir egal, dass sie keine verdächtigen Symptome aufweisen«, entgegnete Letzterer. »Ich habe schon vier Männer verloren. Auch als Wissenschaftler können Sie sich irren, und es kommt gar nicht in Frage, dass ich meine verbleibenden Leute auch nur dem kleinsten Risiko aussetze.«

Nathan löste den Riemen, mit dem er das Masamune auf dem Rücken trug, und ließ das Schwert zu Boden gleiten.

»Jetzt kommt her. Und keine Tricks!«

Nathan und Shaé folgten.

»Was, zum Teufel, habt ihr hier zu suchen?«, fragte der Soldat, ein Unteroffizier, empört. »Warum habt ihr euch nicht bei der Evakuierungsstation gemeldet?«

»Wir wollten nach Saint-Louis«, erklärte Nathan. »Einer meiner Onkel ist noch dort und …«

»In Saint-Louis ist niemand mehr. Die Stadt wurde vor drei Tagen evakuiert!«

»Aber …«

»Das Betreten der Zone ist verboten. Mitkommen!«

»Wohin?«, fragte Shaé.

»Zur Evakuierungsstation. Dort werdet ihr zwei Tage unter Bewachung bleiben. Dann bekommt ihr eine Genehmigung, das Gebiet zu verlassen, aber nur, um dem Richter zu erklären, was ihr hier zu suchen habt.«

Nathan schüttelte den Kopf. Es war nutzlos, zu diskutieren.

»Können Sie mein Schwert mitnehmen?«, erkundigte er sich höflich. »Ich hänge sehr an ihm.«

Nach kurzem Zögern bedeutete der Unteroffizier einem seiner Männer, er solle das Schwert aufheben. Die gesamte Truppe steuerte anschließend einen Militär-Lkw mit Plane an.

Die Gewehrläufe waren nicht mehr auf Nathan und Shaé gerichtet. Obwohl die Soldaten keine Aggressivität mehr zeigten, blieben sie doch wachsam.

Der Unteroffizier, ein Soldat und die Männer im weißen Overall stiegen vorne ein. Die anderen nahmen Shaé und Nathan in die Mitte, kletterten nach hinten und setzten sich auf Holzbänke.

»Ist die Epidemie wirklich so schlimm?«, fragte Nathan den Wissenschaftler, der vor ihm saß.

»Es ist eine Katastrophe«, antwortete der Mann, während der Lkw losfuhr. »Glücklicherweise überträgt sich das Virus nur durch Körperkontakt, und wir haben es in einem genau umfassten Gebiet eingegrenzt. Das sind die beiden einzigen Dinge, die uns relativ zufrieden machen.«

Nathan hätte ihm beinahe von den drei Einheimischen erzählt, die sie vor ein paar Stunden angegriffen hatten, aber er verwarf den Gedanken. Die Nachricht, dass die Epidemie den Sicherheitsgürtel durchbrochen hatte, würde sich bald herumsprechen. Es war viel wichtiger, eine Möglichkeit zu finden, den Soldaten zu entwischen.

Er warf Shaé einen besorgten Blick zu. Sie ertrug es nicht, eingeschlossen zu sein. Und wenn ihre Phobie erwachte, hätte sie sich nicht mehr unter Kontrolle. Das konnte sehr gefährlich werden.

Als er ihren ungerührten Gesichtsausdruck sah, entspannte er sich wieder. Sie waren zwar zu mehreren auf engstem Raum, aber durch die offene Plane gelangte ausreichend Luft, um jedwede Erstickungsangst zu verhindern. Die Soldaten hatten nichts zu befürchten.

Im Augenblick nicht.

Shaés Gehirn ratterte. Wenn sie sich einsperren ließen, würden sie wahnsinnig viel Zeit verlieren und Barthélemy möglicherweise nicht mehr antreffen. Dann hätte der Andere einen entscheidenden Vorsprung. Um das zu vermeiden, musste sie sich nur verwandeln und auf die Soldaten springen.

Darauf wären sie nicht gefasst, und Shaé zweifelte nicht daran, dass sie sie mit Nathans Unterstützung kaltstellen würde. Doch sie hatte auch das Gefühl, dass Nathan nicht damit einverstanden wäre, Männer anzugreifen, die ihnen nichts getan hatten.

Da flüsterte ihr Onjüs schwarzes Gift etwas ein.

Die Kraft, die ihr dieses Gift verlieh, war verblüffend. Wenn sie mit bloßen Händen einen Kharx fertigmachen konnte, wäre ein Sieg gegen die Soldaten ein Kinderspiel.

Shaé verwarf diese Verlockung so schnell, wie sie gekommen war. Rafi hatte sie gewarnt, und in ihrem tiefsten Inneren spürte sie, dass sie in die Finsternis stürzen würde, wenn sie Onjüs Kraft gebrauchte.

Also schluckte sie einmal kräftig und ließ sich nichts anmerken. Sie wartete nun auf eine Gelegenheit, und sei sie noch so winzig. Doch es war ein gewaltiger Schlag, den ihr das Schicksal versetzte.

Der Lastwagen rollte seit zehn Minuten dahin. Durch einen Schlitz in der Plane beobachteten sie radikale Veränderungen der Vegetation. Der undurchdringliche Dschungel und die riesigen Bäume, die einen Tunnel über der Straße bildeten, waren verschwunden. Stattdessen zogen Zuckerrohrfelder und vom Wind gebeugte Palmen und Kasuarinabäume an ihnen vorbei. Der Ozean musste ganz nah sein.

Die Luft wurde stickig. Nathan wollte gerade um Wasser bitten, als ihm ein Aufschrei aus der Fahrerkabine das Wort abschnitt:

»Was soll denn der Mist? Achtung! Brems!«

Das letzte Wort wurde von dem Quietschen der Reifen übertönt.

Der Lkw schleuderte nach links, drohte umzukippen, fing sich erstaunlicherweise wieder und drehte sich dann um die eigene Achse. Auf der Ladefläche kugelten die meisten Soldaten durcheinander und schrien vor Überraschung und Schmerz.

Nathan hielt sich mit aller Kraft an einer der Planenstangen fest. Er packte Shaés Arm in dem Augenblick, als der Lkw von der Straße abkam. Unkontrolliert fuhr er zwischen den Bäumen hindurch. Er musste gegen einen Stein geprallt sein, als er sich plötzlich aufbäumte. Die Plane riss über die ganze Länge hinweg auf, und man sah ein Stück unglaublich blauen Himmel. Dann krachte der Wagen mit ohrenbetäubendem Lärm wieder herunter. Die Räder hielten dem Aufprall nicht stand.

Mit dem Geräusch von quietschendem Blech, vermischt mit Schreckensschreien, kippte der Lastwagen um. Er rutschte noch zwanzig Meter und blieb dann liegen. Das Fahrgestell war verbogen, der Laderaum aufgeschlitzt, das Führerhaus auseinandergerissen.

Überall Stöhnen und Wimmern.

Doch alles wurde übertönt vom Gekreische der Imse, die jetzt angriffen.

9

Nathan hatte im Moment des Aufpralls losgelassen. Mühsam rutschte er auf Knien auf dem, was einmal die Seitenwand des Lkw gewesen war, und suchte Shaé. Sie war nirgendwo zu entdecken.

Neben ihm lag ein Soldat bewusstlos auf dem Rücken, mit einer hässlich blutenden Wunde an der Schläfe. Die anderen standen unter Schock und blickten entgeistert um sich.

»Meine Güte«, sagte einer, »was ist passiert?«

Die feinen Umrisse eines Ims tauchten lautlos in einem Riss der Plane auf, und schon sprang er. Als Nathan eingreifen wollte, biss er dem Soldaten bereits in die Kehle. Der Mann taumelte schreiend rückwärts. Während er fieberhaft versuchte, seinen Angreifer loszuwerden, stürzten sich vier weitere Imse auf ihn. Der Schreckensschrei des Mannes erstickte in einem Todesröcheln.

Die Imse ließen von ihrem Opfer ab und sprangen mit lautem Gepiepse den nächsten Soldaten an. Eine Maschinengewehrsalve mähte sie auf halbem Weg um und zerfetzte die Plane.

Im selben Augenblick stieß Nathan einen Warnschrei aus. Der Soldat, der geschossen hatte, fand keine Zeit mehr, sich umzudrehen. Zehn Imse landeten auf seinem Rücken und begannen, ihn in Stücke zu reißen.

In wenigen Sekunden trat völliges Chaos ein. Eine Horde Affen drang kreischend durch alle Ritzen des

Lastwagens und stürzte sich auf die Soldaten, die viel zu verdutzt waren, um sich zu wehren. Der Kampf geriet zum Massaker.

Nathan fluchte, dass er sein Schwert nicht hatte, und wich dem Angriff eines Ims durch einen Sprung nach draußen aus. Ein Affe ließ von dem Wissenschaftler, dessen weißer Overall nur noch ein blutiger Fetzen war, ab und sprang ihm an die Kehle. Bevor er sie erreichte, beamte er sich weg. Nathans Faust schlug ins Leere.

Nadelspitze Zähne bohrten sich in Nathans Fußknöchel. Nathan fluchte vor Schmerz und bückte sich, um den Ims loszuwerden. Doch der hatte schon wieder losgelassen und sich woanders hingebeamt.

Ohne zu zögern, schnappte sich Nathan eine Maschinenpistole und machte einen Hechtsprung durch die zerrissene Plane.

Er rollte weich ab, stand aus derselben Bewegung wieder auf und spähte in die Umgebung. Die drei Passagiere im Führerhaus waren tot. Ein Dutzend Imse war gerade dabei, durch die zersplitterte Windschutzscheibe aus dem Lkw zu klettern. Ihre Nasenlöcher waren rot, und sie piepsten hysterisch, als sie Nathan entdeckten. Der eröffnete auf der Stelle das Feuer. Die Waffe zitterte in seinen Händen, und mit ohrenbetäubendem Lärm zerfetzte ein Kugelhagel die Affen.

Ohne die Hand vom Abzug zu nehmen, schwenkte Nathan herum. Die Imse, die ihm vom Lkw aus gefolgt waren, brachen zusammen. Doch aus dem Wageninnern tauchten weitere auf, genau in dem Moment, als das Stakkato der Kugeln durch ein mehrfaches klickendes Metallgeräusch abgelöst wurde. Das Magazin der Maschinenpistole war leer.

Als sich die Affen gerade anschickten, auf ihn zu springen, schoss von hinten ein dunkles Etwas heran, das sie zu Boden warf.

Der Panther nutzte den Überraschungsmoment, um zuzuschlagen. Die wenigen Imse, die seinen Hieben entkommen konnten, suchten das Weite. Der Panther lief zu Nathan und nahm wieder seine menschliche Form an.

»Mir hinterher!«, rief Nathan. »Da kommen noch mehr.«

»Aber die Männer im Lastwagen?«

»Zu spät! Komm jetzt!«

In diesem Moment zeichneten sich die Umrisse eines Ims auf dem Führerhaus des umgestürzten Lkws ab. Er stieß einen kurzen Schrei aus, als er Nathan und Shaé entdeckte. Neben ihm erschienen drei weitere Imse. Dann fünf. Und noch einmal acht.

Nathan und Shaé gingen langsam rückwärts.

Die Imse hüpften auf der Stelle, piepsten, stießen sich an, verschwanden manchmal und tauchten einen Meter weiter wieder auf, ohne dabei ihre Beute aus den Augen zu lassen.

»Bist du bereit?«, flüsterte Nathan.

»Ja.«

»Also los!«

Sie drehten sich auf dem Absatz um und flohen zum Meer.

Dutzende von Imsen stürzten ihnen hinterher.

Die Affen waren sehr viel schneller, als man ihnen von ihrer Größe her zugetraut hätte. Sie bildeten sofort eine langgezogene Linie, deren Enden sich nach innen krümmten, um jegliches Ausbrechen der Fliehenden nach rechts oder links zu vermeiden. Sie kamen immer näher.

Aus dem Sandboden, auf dem Shaé und Nathan liefen, traten schwarze Felsbrocken hervor, die zunehmend größer wurden und immer schwieriger zu überwinden waren. Nathan sprang leichtfüßig von Stein zu Stein und blickte sich dabei immer wieder zu Shaé um, die Mühe hatte, ihm zu folgen. Vor ihnen lag das tosende Meer. Riesige Wellen brandeten gegen ein wundervoll zerklüftetes Vulkangestein und spritzten wie schäumende Geysire gen Himmel.

Die beiden blieben plötzlich stehen.

Eine ungefähr fünfzehn Meter breite Wasserrinne versperrte ihnen den Weg. Welle für Welle stürzte sich der wilde, brüllende Ozean dort hinein und zerstieb am Ende mit gigantischer Kraft.

Sie betrachteten eine Sekunde lang das beeindruckende Naturschauspiel. Neben ihnen stand ein einfaches Holzschild mit der Aufschrift »Der Schlund«. Ein paar Kreuze und Blumenkränze zeugten davon, welche Bedeutung dieser Schlund für die Verzweifelten hatte.

Eine Sackgasse.

Endstation.

Im selben Augenblick wurde Shaé und Nathan gewahr, dass die Imse hinter ihnen zwar immer noch kreischten, aber nicht mehr näher kamen.

Sie drehten sich um.

Die Affen saßen in einer großen Bogenformation auf den schwarzen Felsen, um so jegliche Fluchtmöglichkeit zu verhindern. Sie gestikulierten, hüpften und schrien, aber sie bewegten sich nicht von der Stelle.

Dann verstummten sie plötzlich.

Auf der anderen Seite des Wegs tat sich ein Spalt im Zuckerrohrfeld auf.

Die riesige Masse eines Kharx trat hervor.

Sein Brustpanzer und seine knochigen Zacken auf der Schulter schimmerten in der Sonne. Aus seinem Maul, das mühelos einen menschlichen Schädel zermalmen konnte, ragten zehn Zentimeter lange messerscharfe Zähne heraus, und am Ende seiner baumelnden Arme rasselten schreckliche Krallen.

Er bewegte sich schwerfällig auf sie zu, aber sein muskulöser Körper war anscheinend in der Lage, blitzartig zu beschleunigen. Der nahende Tod.

Die Imse, immer noch stumm, machten ihm den Weg frei.

»Verwandle dich in einen Adler«, befahl Nathan Shaé.

Sie schüttelte den Kopf.

»Ich lasse dich nicht allein.«

»Sei nicht dumm«, rief er empört. »Flieg davon, ich komme schon zurecht.«

Der Kharx breitete seine überdimensionalen Arme aus und brüllte die Sonne an.

»Tu ein einziges Mal, was ich dir sage!«, schrie Nathan und packte Shaé am Arm. »Flieh! Sofort!«

»Nein«, brummte sie, ohne zu versuchen, sich loszureißen, »es gibt noch eine andere Möglichkeit.«

»Was soll das …«

Er verstummte.

Shaé hatte sich zu ihm umgedreht und sah ihn mit zwei vollkommen schwarzen Augen an.

Mit den Augen des Anderen.

10

Nathan war unfähig, einen Ton zu sagen, und blieb wie angewurzelt stehen. Auch die Imse bewegten sich nicht mehr. Ihr Affenhirn kapierte, dass sich gerade ein unglaubliches Phänomen ereignete. Selbst der Kharx hielt inne.

Dann löste sich die Erstarrung explosionsartig.

Shaé ging zum Angriff über.

Nathan hatte das Gefühl, einen Film im Zeitraffer anzusehen, obwohl Shaé der einzige Beschleunigungsfaktor war. Mit einem Satz war sie bei den Imsen, trat oder schlug sie weg, ohne ihnen die geringste Chance zur Flucht zu lassen. Ein Dutzend Affen sackten zusammen.

Doch Shaé war schon wieder weiter.

Sie turnte von Fels zu Fels und erzeugte in Sekundenschnelle einen Sturm der Panik. Die Imse konnten Shaés Bewegungen nicht mehr folgen, sie nicht mehr erahnen. Ihre Schläge waren zu schnell und willkürlich, um ihnen ausweichen zu können.

Obwohl sie noch in der Überzahl waren, flohen sie und schrien dabei entsetzlich.

Dann setzte sich der Kharx in Bewegung.

Unbeeindruckt hatte er dem Debakel seiner Diener zugesehen. Er empfand kein bisschen Furcht darüber, dass sie ihn im Stich ließen, dazu war er zu selbstsicher. Er hatte soeben beschlossen, dass dieser Gegner, trotz seiner zerbrechlichen Erscheinung, ihm einen Kampf liefern würde, der seinen Namen verdient hätte. Dabei störte es ihn nicht, dass er in der Energie, die das Mädchen verströmte, die Kraft des Anderen spürte.

Im Gegenteil.

Er, als konkurrenzloser Herrscher über ein riesiges Territorium, war in dieses seltsame Universum von einer dunklen Einheit namens Der Andere gerufen worden. Trotz seiner Macht war er nicht in der Lage gewesen, sich dieser Aufforderung zu widersetzen. Er musste dienen wie ein vulgäres Ims. Und gehorchen. Er empfand glühenden Hass gegenüber dem unbarmherzigen Herrn, dem er sich zu beugen hatte. Deshalb wäre es Balsam für seinen verletzten Stolz, wenn er eine Kreatur in Stücke reißen könnte, die dessen Zeichen trüge.

Er gab ein ohrenbetäubendes Gebrüll von sich und griff an.

***

Die Imse waren weg.

Shaé hatte sie dezimiert. Sie hatte Onjüs Kraft akzeptiert, um seine Kreaturen zu eliminieren. Nathan ballte die Fäuste so fest, dass sie ihm weh taten, er biss die Zähne vor Angst verkrampft zusammen und sah, wie sie sich zu ihm umdrehte.

Sie war zwanzig Meter weit entfernt, doch er nahm mühelos ihren erschreckenden schwarzen Blick wahr. Sie hatte ihm das Leben gerettet. Aber um welchen Preis?

War sie noch Shaé?

Nathans Verstand wurde erfasst von einer Welle der Verzweiflung.

»Achtung!«

Obwohl er merkte, dass es zu spät war, hatte er geschrien. Der Kharx war schnell. Schneller, als irgendjemand ahnen konnte.

Selbst schneller als Shaé, die trotz ihrer schrecklichen Fähigkeiten nicht in der Lage war, rechtzeitig zu reagieren. Die Masse des Monsters prallte mit voller Wucht auf sie. Arme, so dick wie die Beine eines Gorillas, schlossen sich um ihre Brust, gigantische Kiefer öffneten sich, und fürchterliche Reißzähne traten hervor. Shaé brach zusammen.

Nathan schrie vor Angst und lief auf sie zu. Dann hielt er inne.

Jetzt schrie Shaé.

Ein entsetzlicher Schrei vor Wut, Schmerz und irgendetwas anderem, vollkommen Unmenschlichem.

Der Kharx, der sie mit seiner enormen Masse erdrückte, wurde plötzlich nach hinten geschleudert, als sei er nur ein kleines Kätzchen.

Shaé stand wieder auf.

Ihre Kleider waren blutdurchtränkt, auf ihrem Rücken klaffte eine scheußliche Wunde vom Hals bis zu den Hüften. Ihr rechter Arm hing reglos herab, aber ihre Heilfähigkeit funktionierte. Sie begann zu wirken.

Mit unglaublicher Geschwindigkeit wuchsen die Wundränder zusammen. Die Wunde schloss sich, während gleichzeitig ihr Arm wiederbelebt wurde. Sie ballte die Fäuste.

Und stürzte sich auf den Kharx.

Ihr linkes Bein schoss hoch und traf das Monster an der Kehle. Die teuflische Kraft, die Shaé besaß, war so stark, dass der Tritt den Kharx hätte köpfen müssen, doch der geriet nur ins Taumeln.

Shaé nutzte ihren Vorteil sofort aus. Sie sprang unglaublich akrobatisch rückwärts und befand sich dadurch außerhalb der Reichweite des Kharx.

Nathan stand vor Angst wie versteinert da und sah, wie sie auf ihn zugerannt kam, mit einem Tempo, das er trotz seiner Kogisten-Fähigkeit nie erreichen könnte.

»Shaé, bist du …«

Schon stand sie vor ihm.

Er begriff blitzartig, dass sein Gegenüber nicht mehr Shaé war. Indem sie Onjüs Kraft akzeptierte, hatte sie ihr Menschsein aufgegeben.

Ihr Gesicht war zu einer schrecklichen Grimasse verzerrt, scharfe Fangzähne ragten aus ihrem Mund, und ihre Augen waren so schwarz geworden, dass sie jedem Licht das Existenzrecht versagten.

Während er zögerte, ob er schreien, um Gnade winseln oder fliehen sollte, bückte sie sich, packte ihn unglaublich fest an den Hüften und hob ihn in die Höhe.

Nathan stieß einen Schrei aus.

Einen einzigen.

Shaé schleuderte ihn durch die Luft. In Richtung Schlund, ohne die geringste Mühe. Beinahe lässig. Angsterregend.

Nathan sah gerade noch, wie der Kharx wieder zum Angriff überging und Shaé sich wie eine feurige Flamme ihrem Gegner zuwandte.

Dann holte ihn das tosende Meer.

11

Obwohl Nathan ein außergewöhnlicher Schwimmer war, sank er nach unten wie ein Stein, wurde von einer Unterströmung erfasst, in alle Richtungen hin und her gerollt und dann mit ungeheurer Gewalt wieder an die Oberfläche geschleudert.

Außer Atem tauchte er auf. In dem Moment brandete eine Welle mit einem drei Meter hohen schäumenden Kamm in den Schlund.

Wenn sie mich packt, bin ich verloren, dachte er gerade noch.

Als die gewaltige und schnell näher kommende weiße Walze sich krümmte und zu brechen begann, tauchte er ab. Vergebens. Das Wasser in der Tiefe war ebenso aufgewühlt wie an der Oberfläche. Er wurde von einem unglaublichen Sog mitgerissen und bis zur Orientierungslosigkeit umhergewirbelt. Er dachte, er würde gevierteilt, glaubte, dass seine Gliedmaßen brechen, und plötzlich fand er sich oben auf dem Wellenkamm wieder, einen knappen Meter vor der tropfnassen Felswand des Schlundes.

Der Aufprall war schrecklich.

Nathan verdankte sein Leben nur einem außergewöhnlichen Reflex, der ihn die Beine nach vorn werfen ließ, um den Aufprall zu mindern, und einer phänomenalen Bewegung des Wassers, das aus der Tiefe brüllend in die Höhe schoss.

Die beiden gigantischen Kräfte, die vertikale und die der Brandung, neutralisierten sich in einer dröhnenden und schäumenden Explosion.

Halb benommen, wurde Nathan wieder hinausgeworfen, bevor ihn die nächste Welle erfasste, die noch größer als die vorhergehende war. Seine verzweifelten Versuche, der Kraft des Ozeans zu trotzen, erschöpften ihn schließlich. Er war ein erbärmliches Wesen, angesichts einer Kraft, die fähig war, Felsen zu zerschmettern. Er sank erneut nach unten, schluckte Wasser und zappelte sinnlos an der Oberfläche. Er wusste nicht mehr, wo er war, und auch nicht mehr, in welche Richtung er schwimmen sollte.

Schwimmen?

Er schwamm nicht.

Er ertrank.

Was vielleicht besser war, als an den Felsen zu zerschellen.

Vielleicht.

Orientierungslos und halb tot, unternahm er einen letzten Versuch, er streckte den Arm aus und berührte eine weiche und zugleich feste Oberfläche. Eine lebendige.

Ein langer Körper schob sich an ihn. Ein Profil, um mit dem Ozean zu spielen, mit seinen Kräften und mit seinen Tücken.

Ein muskulöser Körper, der sich in Tausenden von Jahren ans Meer angepasst hat, mit einer Rückenflosse, um durch die Tiefen der See zu pflügen, und einer Schwanzflosse, die eine unglaubliche Kraft entwickeln kann.

Ein Delphin.

Nathan krallte sich an ihm fest mit der Energie der

Verzweiflung. Auf der Stelle verlor er das Gefühl, ein Spielball des tosenden Ozeans zu sein. Auch wenn er sich am Rand der Ohnmacht befand, verströmte der Delphin eine solche Kraft und Heiterkeit, dass Nathan sich in Sicherheit wog.

Eine leichte Wellenbewegung, und schon waren sie wieder an der Oberfläche. Genau zwischen zwei riesigen Wellen. Nathan fand gerade genügend Zeit, seine leeren Lungen mit Sauerstoff zu füllen, dann tauchten sie wieder ab.

Die Strömung im Schlund war phänomenal. Auch wenn der Körper des Delphins für das Meer geschaffen war, musste er doch kräftig schlagen, um gegen die Strömung anzukommen. Er musste noch fünfmal abtauchen und zwischendurch wieder auftauchen, damit Nathan Luft holen konnte – erst dann schaffte er es.

Als sie das offene Meer erreicht hatten, löste Nathan seine Umklammerung und sorgte sich, seinen Retter verletzt zu haben, so fest hatte er sich an ihn gekrallt. Er versuchte, sich an der Oberfläche aufzurichten, um das Ufer abzusuchen.

Wo war Shaé?

Kämpfte sie immer noch gegen den Kharx?

Entweder hat sie es geschafft, ihn zu besiegen, oder …
Eine Welle schwappte über seinen Kopf. Er verschluckte sich, ging unter … Der Delphin schob sich unter ihn und drückte ihn wieder nach oben. Als sich Nathan hustend und prustend an seiner Schwanzflosse festhielt, bemerkte er zum ersten Mal die Farbe des Tieres.

Schwarz.

Vollkommen schwarz.

Nathans Herz galoppierte. Oft hatte er in tropischen

Gewässern getaucht, und er wusste, dass es keine Delphine mit einer solchen Hautfarbe gab. War es möglich, dass … Shaé hatte ihm neulich anvertraut, dass es ihr nicht gelang, eine andere Form als den Panther oder den Adler anzunehmen. Hatte sie dieses Hindernis überwunden? War sie es, die ihm in dem Schlund das Leben gerettet hatte?

Oder irrte er sich?

Er hatte seine Widerstandskraft überschätzt. Seine Glieder, erschöpft vom Kampf gegen den Ozean, waren schwer und beinahe unbeweglich. Er ging unter, zappelte fieberhaft mit den Beinen, stieg wieder auf und sank erneut hinab. Der Delphin tauchte, glitt unter ihn und hob ihn sanft wieder an die Wasseroberfläche.

Nathan hatte keine Kraft mehr zu sprechen und noch weniger, sich zu bewegen. Der Delphin schwamm behutsam, während Nathan immer mehr in einen unruhigen Dämmerschlaf abglitt.

Eigenartige, spitze Schreie rissen ihn aus seinem Schlaf. Er hob den Kopf und versuchte, über den Wellenkämmen zu erkennen, woher sie kamen. Ein graues Wesen tauchte weniger als fünf Meter von ihm entfernt an der Oberfläche auf, gefolgt von drei weiteren derselben Art. Elegant und geschmeidig. Kräftig und harmonisch.

Vier Delphine.

Graue.

Sie kamen neugierig näher und betrachteten ihren dunkelhäutigen Artgenossen und den Menschen, den er auf dem Rücken trug.

Die Erleichterung, die Nathan empfand, seit ihm der Delphin in der Tiefe des Schlundes zur Seite geschwommen war, durchströmte ihn erneut. Noch tiefer.

So ähnlich wie das Gefühl, das er empfand, wenn der Schnee vom Himmel fiel und er die Arme ausbreitete und nach oben blickte.

Die seltsame Truppe schwamm zehn Minuten lang in südliche Richtung. Dabei tummelten sich die grauen Delphine um Nathan herum und machten keinerlei Anstalten, sich zu entfernen. Bald konnte man auf der linken Seite eine Stadt erkennen, noch größer als diejenige, in der ihnen die Soldaten begegnet waren.

Saint-Louis, dachte Nathan, wir sind da.

Als hätte er seine Gedanken erraten, änderte der schwarze Delphin die Richtung. An dieser Stelle gab es kein Korallenriff und er schwamm bis zehn Meter an den Strand heran. Dann ließ Nathan seine Rückenflosse los und begann zögerlich zu schwimmen. Sobald er Grund unter den Füßen spürte, hörte er auf.

Mit einem kurzen Flossenschlag kam der Delphin näher. Er hielt den Kopf aus dem Wasser und sah Nathan lange mit seinen schwarzen Augen an.

Jetzt hatte Nathan nicht mehr die geringsten Zweifel.

Er hatte Shaé vor sich. Sie hatte den Kharx besiegt, sich in einen Delphin verwandelt und ihm das Leben gerettet.

Aber Onjü hatte Besitz von ihr ergriffen!

Er ahnte, was nun geschehen würde. Und er wusste, dass er nichts daran ändern konnte.

Er litt.

Draußen auf dem Meer ertönten die Schreie der anderen Delphine. Nathan wurde bleich. Sie riefen Shaé.

»Die Horden aus Malarkadien brachen über die Welt herein. Plündernd, mordend und brandschatzend, und

nichts schien ihren Schreckenszug aufhalten zu können. Sie dezimierten die menschlichen Armeen und veränderten für immer das Gesicht der Erde. Eines Morgens standen sie am Meer.

Zum ersten Mal hielt der Andere inne. Auf sein diabolisches Gebrüll gen Himmel erklang aus den Wogen ein Gesang.

Der Gesang der Delphine.

Der Andere machte kehrt.«

Nie zuvor hatte sich die Stimme der Mnemiker mit einer solchen Intensität an Nathan gewandt. Er stammelte einige unzusammenhängende Worte, als sich die Erkenntnis in ihm Bahn brach:

Sie musste weggehen. Das war lebensnotwendig.

Als Delphin hatte sie eine Chance, Onjüs Gift zu widerstehen. Als Mensch nicht die geringste.

Sie musste fort, um sich nicht selbst zu verlieren.

Er musste sie verlieren, damit sie sich wiederfinden konnte.

»Adieu«, sagte er leise.

Sie wandte sich ab, und ihre wunderschöne Silhouette schwamm zu den anderen Delphinen. Man hörte ein paar scharfe Rufe, Schaum spritzte auf, dann gehörte die Oberfläche des Ozeans wieder den Wellen.

»Ich liebe dich«, fügte Nathan noch flüsternd hinzu.

Nur der Wind hörte seine Worte.

12

Nathan drehte sich um und lief taumelnd zwischen den Kasuarinabäumen, die am Strand standen, hindurch. Als er gegen einen Stein stieß und beinahe stürzte, merkte er, dass er stehenbleiben musste.

Er blickte hinter sich auf die riesige Weite des Indischen Ozeans, und es brach ihm fast das Herz.

Shaé war fort.

Auch wenn er versuchte, sich einzureden, dass die Delphine sie heilen würden, dass sie Onjüs Gift besiegen und zu ihm zurückkehren würde, so wusste er doch, dass das falsch war.

Er hatte sie verloren.

Für immer.

Er hockte sich in den Sand und schloss die Augen.

***

Ein Sonnenstrahl drang durch die Blätter der Kasuarinabäume und riss ihn aus dem Schlaf, der ihn eine Stunde zuvor übermannt hatte. Das war wenig, aber ausreichend, um seinen Schmerz durch Entschlossenheit zu verdrängen. Shaé hatte ihm das Leben gerettet und musste sich jetzt mit einem schrecklichen Gift herumschlagen, das sie zu zerstören drohte. Er hatte kein Recht darauf, schwach zu werden.

»Zweifle nie an ihr«, hatte ihm Rafi geraten.

Er suchte die Umgebung ab. Ein Vorort von Saint-Louis erstreckte sich bis ans Meer, ganz in der Nähe zu seiner Linken. Aber das Stadtzentrum lag genau vor ihm, auf der anderen Seite der Schnellstraße, die rund um die Insel führte. Eine vollkommen verlassene Schnellstraße.

Auf der rechten Seite mündete ein Fluss ins Meer. Er führte wenig Wasser, hatte aber eine breite und steinige Mündung. Nathan identifizierte ihn als den Fluss Saint-Étienne, von dem ihm Gino erzählt hatte.

Wenn Gino recht hatte, wohnte Barthélemy am Ufer dieses Flusses, oberhalb von Saint-Louis. Wenn er sich nicht verlief, brauchte er zu Fuß höchstens zwei Stunden bis zur Villa.

Er näherte sich der Schnellstraße, als er plötzlich Motorenlärm hörte. Nathan blieb stehen. Der Lärm kam aus der Ferne, wurde aber immer stärker, bis er dröhnte. Ein Konvoi.

Nathan verkroch sich in die Straßenböschung. Ungefähr zehn Militärlastwagen tauchten auf und fuhren schnell in Richtung Norden.

Kamen die Soldaten ihren Kameraden zu Hilfe, die kurz zuvor von den Imsen angegriffen worden waren, oder verließen sie das Gebiet?

Er verwarf die Frage sofort wieder, denn die Antwort war für ihn im Moment bedeutungslos.

Als der Konvoi weit genug weg war, überquerte er die Straße, lief am Fluss entlang und erreichte bald die ersten Häuser von Saint-Louis. Es herrschte eine tödliche Stille, die Straßen waren verlassen, die Türen standen sperrangelweit offen, Autos und Geschäfte waren leer.

Eine Geisterstadt.

Nathan betrat ein Lebensmittelgeschäft, bei dem

sämtliche Türen offen standen. Die Kühltruhen waren in Betrieb, eine Tasche stand auf der Theke, eine Neonröhre beleuchtete ein Regal, aber es war niemand da.

Nathan zögerte kurz, dann nahm er sich eine Tafel Schokolade, ein Paket Toastbrot und eine Flasche Fruchtsaft. Er suchte in seinen Taschen nach Geld, aber dann musste er müde lächeln. Eine tödliche Epidemie wütete über der Insel, und es wimmelte nur so von teuflischen Kreaturen – war es da sinnvoll, sich um solche Kleinigkeiten zu sorgen?

Nichtsdestoweniger fand er in einer seiner Taschen noch einen Fünf-Euro-Schein – nass, aber in Ordnung – und legte ihn auf die Theke. Dann verließ er den Laden und verschlang gierig das Brot und die Schokolade. Jetzt musste er einen sicheren Ort finden, um sich auszuruhen, wenn er eine realistische Chance haben wollte, um Barthélemy zu befreien.

Er vermisste das vertraute Gewicht des Masamune auf seinem Rücken. Schon öfter, seit er ohne Schwert war, hatte er das Gefühl gehabt, man hätte ihm etwas aus dem Leib gerissen. Doch nun paarte sich zum ersten Mal dieses Gefühl mit einem schlechten Gewissen.

In einem Anflug von Erkenntnis wurde ihm klar, dass er weniger die relative Sicherheit, die ihm das japanische Schwert vermittelte, vermisste, sondern eher das Gefühl der Allmacht, das ihn erfüllte, wenn er es in der Hand hielt. Diese unerwartete Erkenntnis war für ihn wie eine kalte Dusche.

Als hätte man ihm die Augen geöffnet, realisierte er im selben Moment, dass seit seiner Begegnung mit Sensei Kamata sein Weg mit Toten übersät war. Die Menge Blut, die er, Nathan, mit diesem Säbel vergossen hat.

Viel Blut. Zu viel Blut. Er ahnte, dass ihm der alte japanische Meister das Masamune in dieser Absicht überreicht hatte. Er zog die Augenbrauen hoch.

Auf welchen Weg begab er sich da? Riskierte er nicht, genauso zu werden wie diejenigen, die er bekämpfte, wenn er ihre Methoden anwandte? Gab es keine andere Möglichkeit, sich gegen das Böse zur Wehr zu setzen als mit Gewalt?

Wie ein Echo auf seine Gedanken bot das Schaufenster eines Metallwarenladens seinem Blick eine eindrucksvolle Auswahl an Macheten und Messern. Nach kurzem Zögern stieß Nathan die Tür auf.

Ein Glockenspiel ertönte und ließ ihn zusammenzucken. Doch niemand erschien, und sofort kehrte wieder Stille ein.

Die Vitrine war abgeschlossen. Nathan drückte widerwillig, aber wirksam dagegen und nahm sich ganz schnell eine Machete heraus.

Der Griff lag gut in der Hand. Die Klinge war ungefähr vierzig Zentimeter lang, zehn Zentimeter breit und perfekt geschliffen. Er brauchte sich nur noch entschließen, sie zu behalten. Mit der Machete in der Hand hatte er das Gefühl, in die Rolle eines blutrünstigen Barbaren zu schlüpfen.

Unbewaffnet zu bleiben wäre allerdings auch unsinnig. Er wog mehrere Dolche in der Hand, bevor er einen auswählte, dessen verjüngte und perfekt ausbalancierte Klinge aus ihm ein furchterregendes Wurfmesser machte. Er steckte es in eine Scheide, die er an seinem Gürtel befestigte.

Als er den Laden verließ, stellte er überrascht fest, dass sich am Himmel große, schwarze Wolken bedrohlich zusammenzogen. Eine warme Windbö fegte durch die Straße, und er verzog das Gesicht.

Er war besorgt über die Geschwindigkeit, mit der sich die dunklen Wolken aufschichteten, und hätte seinen Plan, sich auszuruhen, beinahe verworfen, aber eine innere Stimme rief ihn wieder zur Vernunft. Er musste schlafen. Und angesichts des Unwetters, das gerade aufzog, sollte er lieber Schutz suchen.

Er betrat ein kleines Schuhgeschäft, das dafür wie geschaffen war. Dicke Mauern, eine stabile Tür und ein imposanter Riegel. Er suchte sich einen Platz hinter einem Regal, so war er von der Straße her nicht zu sehen.

Er legte sich auf den Teppichboden, schloss die Augen und schlief ein.

***

Sintflutartiger Regen, der auf die Stadt niederging, und der Wind, der über die Dächer heulte, weckten ihn auf. Eine Pendeluhr an der Wand zeigte ihm an, dass er fast sechs Stunden geschlafen hatte. In weiteren sechs Stunden würde die Nacht hereinbrechen, aber der Laden war schon jetzt in Dämmerlicht getaucht.

Er trat ans Schaufenster und blickte beunruhigt nach draußen. Der befürchtete Sturm tobte jetzt über Saint-Louis. Unglaubliche, tornadoartige Windböen fegten fast waagerecht durch die Straßen, die die Regengüsse in schlammige Sturzbäche verwandelten, die in Richtung Küste strömten.

Nathan verwarf seine Überlegungen, trank einen großen Schluck Fruchtsaft und streckte sich wieder aus. Trotz der Dringlichkeit der Situation wäre es töricht, das Haus zu verlassen. Er musste warten, bis sich das Unwetter beruhigt hatte, und diesen Zwangsaufenthalt nutzen, um sich auszuruhen.

Er zwang sich zur Entspannung, atmete kontrolliert, bis er hinwegdämmerte. Erinnerungen kamen in ihm auf und trugen ihn fort.

Seine Eltern.

Der Schmerz des Verlusts, Trauer und Vorwürfe.

Rafi.

Der gefährliche Weg, auf dem der alte Berber sie führte.

Der Andere.

Seine unermessliche und dabei ständig anwachsende Macht.

Shaé.

Shaé.

13

Der Ozean ist ein Universum.

Ich stürze mich hinein, während das Gift in meinen Adern brodelt.

Lebhafte Lichtstrahlen, die Delphine schwimmen an meiner Seite.

Ihr Gesang ist so schön, dass ich nicht mehr weiß, ob ich im Wasser schwimme oder in den harmonischen Akkorden ihrer perfekten Triller.

14

Am frühen Morgen wachte Nathan auf und wunderte sich, dass er so lange geschlafen hatte. Seine Glieder waren ein wenig steif, aber er war in Topform. Er war froh, wieder die vertraute Energie in sich zu spüren, und seine Muskeln waren bereit, auch jeden Befehl auszuführen. Mit einem Sprung stand er auf.

Draußen wütete immer noch das Unwetter. Nathan drückte seine Nase an die Fensterscheibe und beobachtete es eine ganze Weile. Eine phänomenale Wassermenge fiel ohne Unterlass vom Himmel, heftige Sturmböen mit einer unglaublichen Geschwindigkeit tobten, dunkle und aufgeblähte Wolken zogen vorbei. Der Sturm entwickelte sich zum Orkan.

Er zwang sich, positiv zu denken. Er konnte zwar nicht nach draußen, aber die Imse und der Kharx waren ebenso ohnmächtig wie er und hatten sich darüber hinaus keinen Schutz suchen können.

Doch sein Optimismus war nicht von Dauer. Was bedeuteten schon die Kreaturen, die der Andere gerufen hatte. Während Nathan in dem Laden festsaß, weiteten sie ihre Herrschaft über die Welt aus. Der Sturm war ganz nach ihrem Geschmack. Vielleicht war Onjü sogar der Anstifter.

Nathan trat wütend gegen einen Schuhkarton, dessen Inhalt quer durch den Raum flog. Doch sofort bedauerte er diese Aktion, denn jedes Zeichen von Schwäche war ein Geschenk für den Anderen.

Er setzte sich und dachte über die nahe Zukunft nach, über die Schwierigkeiten, die er haben würde, Barthélemy wiederzufinden. Er musste ihn wahrscheinlich von seinen Wächtern befreien, ihm von Enolas Tod berichten, ihn davon überzeugen, sich auf seine Seite zu schlagen, um den Anderen zu bekämpfen und sämtliche Kogisten für diese gemeinsame Sache zu vereinigen. Er analysierte seine Situation unter allen Aspekten. Eine möglichst objektive Analyse, die eine ganze Weile dauerte und zu zwei Gewissheiten führte:

Die Chancen, das Ziel zu erreichen, waren minimal.

Er musste sich durchbeißen, um die Wahrscheinlichkeiten Lügen zu strafen.

Im hinteren Teil des Ladens entdeckte Nathan eine Treppe. Leider konnte er durch den Heidenlärm, den das Unwetter machte, keine Geräusche im Haus hören. Vorsichtig stieg er hinauf. Er gelangte in eine kleine Wohnung, die nur aus zwei Zimmern bestand. Er stöberte in allen Schränken, aber etwas zu essen fand er nicht. Er benutzte das Bad und ging dann wieder hinunter.

Er öffnete die Haustür. Der Sturm brüllte heftiger als je zuvor. Durch einen dichten Regenvorhang hindurch, der die Sicht auf wenige Meter beschränkte, erspähte Nathan auf der anderen Straßenseite das Schaufenster eines Lebensmittelgeschäfts.

Es war eine Ewigkeit her, dass er das Brot und die Schokolade verschlungen hatte, jetzt hatte er einen Mordshunger. Das bedeutete allerdings nicht, dass er unnötige Risiken einging. Also wartete er eine kurze Beruhigung ab, bevor er hinausstürzte.

Es hätte ihn beinahe das Leben gekostet.

Der Wind blies stärker, als er dachte, doch vor allem war es das Wasser in der Straße, das einen reißenden Sturzbach bildete, dem er sich nur mit allergrößter Mühe widersetzen konnte. Er benötigte jedes Quäntchen seiner außergewöhnlichen Energie, um sich Schritt für Schritt voranzukämpfen, bis er sich schließlich erschöpft in dem Lebensmittelladen in Sicherheit befand.

Er zog seine nassen Kleider aus, wrang sie aus und hängte sie über eine Stuhllehne.

Anschließend versuchte er, seinen Hunger zu stillen. Er pickte sich ungeniert aus allen Regalen etwas heraus, bis sein Magen Ruhe gab. Er kochte sich auf einem Gaskocher einen Kaffee. Während er ihn schlückchenweise trank, bemerkte er die Entwicklung seines Verhaltens und das Verschwinden von Prinzipien, von denen er geglaubt hatte, sie wären unumstößlich.

Am Vorabend hatte er noch die Nahrung, die er mitgenommen hatte, auf Heller und Pfennig bezahlt.

Seitdem hatte er eine Scheibe eingeschlagen, einen Dolch gestohlen, ein Haus durchwühlt und ein Lebensmittelgeschäft geplündert. Ohne die geringsten Skrupel. Als hätte die von ihren Bewohnern verlassene Stadt und die außergewöhnliche Situation die Jahre seiner Erziehung ausradiert.

Zerbrachen die moralischen oder sozialen Regeln unter bestimmten Umständen?

Er dachte an Paris, das er verlassen hatte, als es unter einer meterdicken Schneedecke lag. Wie lange würde es dauern, bis seine Einwohner – genau wie er – glaubten, dass das Ende alle Mittel rechtfertigte und Hunger alles

Fehlverhalten? In einer Zwei-Millionen-Stadt wären solche Überlegungen dramatisch.

Nach kurzem Zögern legte er ein Blatt Papier auf den Tresen und kritzelte darauf eine Liste der Waren, die er konsumiert hatte, ebenso Barthélemys Adresse in Marseille. Er legte den Zettel gut sichtbar hin. Es war eine lächerliche Geste, aber sie beruhigte ihn.

Auf einem kleinen, runden Tisch stand ein Radio. Er schaltete es ein und fand nach ein paar Sekunden einen Sender, der Kurznachrichten brachte.

Die Situation auf Réunion war katastrophal. Die Zahl der Kranken, die von der Seuche infiziert waren, betrug mehr als hunderttausend, was innerhalb kurzer Zeit zu ebenso vielen Toten führen würde. Die Armee und die Gesundheitsbehörde hatten den Sicherheitsgürtel aufgegeben. Er war durch das tobende Unwetter sinnlos geworden, und die Wetterlage würde sich – nach optimistischsten Schätzungen – frühestens in zwei Tagen ändern.

Der Nachrichtensprecher berichtete auch von erschreckenden Aggressionen wilder Tiere, die zweifelsohne auch vom Seuchenvirus infiziert worden waren – was die wichtige Frage nach der Übertragung der Krankheit aufwarf, zumal es noch kein Medikament dagegen gab, nicht einmal eines im Versuchsstadium.

Am Ende skizzierte er kurz ein pessimistisches Panorama der Katastrophen, die die Welt erschütterten. Überschwemmungen, Erdbeben, Vulkanausbrüche, Sturmfluten, man könnte meinen, die Kräfte der Erde hätten sich verschworen, um die Menschheit von ihrer Oberfläche auszuradieren.

Nathan schaltete das Radio aus. Ihm war schlecht vor Angst. Barthélemy wiederzufinden erschien ihm plötzlich lächerlich: Der Andere stand kurz vor seinem Triumph!

***

Der Sturm dauerte drei ganze Tage.

Drei Tage, die an Nathan nagten. Er nutzte die kurzen Momente der Beruhigung, um einen Laden nach dem anderen abzuklappern, eher um sein Bedürfnis, etwas zu tun, zu stillen als aus reiner Notwendigkeit, sich zu versorgen.

Und in jeder Minute dachte er an Shaé.

Wo war sie? Was tat sie? War es ihr gelungen, Onjüs Gift zu besiegen, oder war sie endgültig umgekippt, auf die Seite des Anderen? Würden ihr die grauen Delphine, die sie riefen, helfen?

Er hatte nicht die Spur einer Antwort, und diese Unkenntnis rieb ihn noch mehr auf als das Warten. Um die Zeit totzuschlagen, übte er sich im Messerwerfen, las alles, was ihm in die Finger kam, und bereitete Argumente vor, mit denen er Barthélemy überzeugen konnte.

Noch nie zuvor hatte er etwas so verabscheut wie diesen Regen.

Am Morgen des dritten Tages wachte er mit einem eigenartigen Gefühl auf. Er brauchte ein paar Sekunden, bevor er begriff: Der Regen hatte aufgehört!

Er eilte auf die Straße hinaus.

Der Himmel war wieder klar, der Wind hatte nachgelassen. Die Schäden waren enorm, der Boden war voller Schlamm und Wasserpfützen, aber der Sturm war vorbei.

Nathan überprüfte, ob der Dolch leicht in die Scheide glitt, und machte sich auf den Weg.

15

Der Gesang der Delphine webt einen Stoff aus Licht und Leben um mich herum.

In mir.

Während sich das Gift in diesen hellen Maschen verfängt und auflöst, werde ich zum Ozean.

16

Gino hatte ihm eine so genaue Beschreibung gegeben, dass Nathan Barthélemys Villa problemlos lokalisieren konnte. Er musste lachen, als er sich erinnerte, wie er Gino bedroht hatte, als dieser sich als Führer vorstellte. Der Mann aus Réunion war gewiss kein Führer im Sinne der Familien, aber seine Fähigkeiten, einen Weg zu beschreiben, ließen keinen Zweifel daran, dass er einer war.

Die Villa mit einer kühnen Terrasse lag am äußersten Rand einer tiefen Schlucht. Sie war großzügig und elegant, und das Anwesen war von einer Mauer umgeben, auf der im Zickzack gespannte Elektrozäune verliefen. Auf der Mauer waren in regelmäßigen Abständen Schilder angebracht, die die Passanten warnten: Tödliche Stromschläge!

Nachdem Nathan die Villa in sicherem Abstand einmal umrundet hatte, versteckte er sich hinter dem Stamm eines riesigen Seemandelbaums und dachte nach. Er hatte nur ein einziges Eingangstor ausgemacht, das so hoch wie die Mauer und mit scharfen Zacken versehen war. Es zu überwinden war ausgeschlossen, zumal es noch im Blickfeld einer Überwachungskamera lag.

Man konnte keinen Baum benutzen, um auf das Grundstück zu gelangen, und ein Auto abzupassen, um sich damit hineinzuschmuggeln, war illusorisch. Schließlich fragte sich Nathan, ob es in dieser Festung eine Lücke gäbe.

Aus Verzweiflung schlich er sich bis an die Schlucht. Die Einfriedungsmauer erstreckte sich wie eine Verlängerung des Hangs nach oben, so dass auch von dieser Seite ein Zugang unmöglich war. Die Terrasse war der einzige nicht von einer Mauer umringte Ort der Villa und ebenfalls unzugänglich.

In Nathans Kopf keimte eine etwas verrückte Idee.

Die Hänge der Schlucht waren steil, aber er wäre in der Lage, ohne größere Mühe hinabzusteigen und ein Stück weiter wieder hinauf, um direkt unter die Terrasse zu gelangen. Könnte er vielleicht …

Nein. Der Überhang lag jenseits seiner Fähigkeiten.

Nathan wollte den Plan gerade aufgeben, als ihm ein winziges Detail auffiel, das ihm vorher entgangen war. Die Terrasse bestand aus einer dicken Betonplatte, auf deren Unterseite die Enden zahlreicher Eisenstäbe herausragten.

Dank der Sträucher und Schlingpflanzen, die aus den kleinsten Rissen wuchsen, konnte er bis ans Ende der Schlucht klettern. Der Bach, der in den Fluss Saint-Étienne mündete, war durch die sintflutartigen Regenfälle, die drei Tage über der Insel niedergegangen waren, stark angestiegen.

Von Stein zu Stein springend, stieg Nathan nach oben, bis er sich unterhalb der Terrasse befand.

Von unten sah sie noch eindrucksvoller aus. Sie lag in vierzig Meter Höhe und ragte mehr als zehn Meter weit über die Schlucht. Nathan war oft geklettert, in der Halle, an der Kletterwand und in den Bergen. In allen Sportarten, für die er sich begeisterte, hatte er immer ein erstaunliches Niveau erreicht, aber diese Herausforderung war neu für ihn.

Er begann, den Steilhang der Schlucht zu erklimmen.

Nach dem Unwetter war die Luftfeuchtigkeit sehr hoch, und die Sonne schien wieder erbarmungslos. Bald war Nathan schweißgebadet. Das unangenehme Gefühl verschwand, als er den Schatten der Terrasse erreichte. Noch ein paar Meter, dann konnte er den Beton berühren.

Es war so weit.

Er keilte sich in einer Ritze fest und untersuchte sorgfältig seine Umgebung. Von den Stahlenden, an denen er sich festhalten konnte, gab es weniger, als er gehofft hatte. Auch wenn manche gebogen und somit ideal waren, sich an ihnen entlangzuhangeln, ragten die meisten gerade nach unten, und er müsste mit aller Kraft die Hände zusammenpressen, um sich daran festhalten zu können. Aber wenn seine Kraft nachließ oder seine feuchten Hände abrutschten … Er warf einen Blick nach unten. Ein Sturz wäre tödlich.

Er war nicht hier hinaufgeklettert, um wieder umzukehren.

Er wählte sorgfältig seinen Parcours, entschied sich für den sichersten, nicht für den kürzesten Weg, wischte seine Handflächen lange an der Hose trocken und packte dann das erste Eisen.

Er hing in der Luft und bewegte sich zunächst sicher vorwärts, kontrollierte seine Atmung und seinen Puls. Bei der ersten richtigen Schwierigkeit wurde sein Atem hektischer. Der Abstand zum nächsten Griff war beträchtlich, und er konnte ihn nur mit einem beherzten

Schwung erreichen. Die heikle Aufgabe brachte ihn vollkommen aus dem Gleichgewicht.

Nathan packte fester zu und betete, dass der Schweiß seine Hände nicht feucht machte. Dann warf er seine Beine nach vorne. In dem Moment, wo das Eisen in Reichweite war, ließ er die andere Hand los. Nur mit einem kräftigen Hüftschwung schaffte er es, sich an dem rettenden Eisen einzuhängen.

Er hing einen Augenblick schaukelnd und versuchte verzweifelt, die aufkommende Panik zu verdrängen. Als es ihm mit enormer Willensanstrengung gelang, seine Emotionen wieder unter Kontrolle zu bekommen, setzte er seinen Weg fort.

Auf halber Strecke wurde ihm bewusst, dass er sein Vorhaben nicht zu Ende bringen konnte. Er zog sich an den Armen hoch, hob seine Beine an und schob sie durch den Ring, den ein gebogener Eisenstab bildete. Es war höchste Zeit. Seine Hände und Unterarme reagierten nicht mehr. Er ließ los und hing kopfüber an den Füßen.

Seine Position war alles andere als bequem, aber da er sich weigerte, sich von der Angst beherrschen zu lassen, zwang er sich, tief durchzuatmen und seine Finger zu bewegen, damit sie sich erholten. Als er spürte, dass sich seine Muskeln entspannten und das Blut wieder durch seine Glieder floss, zog er sich hoch, griff mit jeder Hand ein Eisen und zog die Beine aus dem Ring.

Er verbannte aus seinem Gehirn selbst den Anflug eines Zweifels und hangelte sich weiter.

Als er den Rand der Terrasse erreicht hatte, schossen unerträgliche Schmerzen in seine gelähmten Unterarme. Während seine Muskeln schrien, zwang er seinen Körper, ihm zu gehorchen.

Noch ein bisschen.

Er bekam mit einer Hand die Betonkante zu fassen, rutschte fast ab, griff mit der zweiten Hand über die Kante … und hing unbeweglich.

Er besaß nicht mehr die notwendige Kraft, sich nach oben zu ziehen.

Er konnte sich gerade noch festhalten.

Noch ein paar Sekunden.

Er schloss die Augen und bereitete sich geistig auf den Sturz vor.

Doch der Gedanke an Shaé ließ seine tödliche Resignation verfliegen. Sie hätte niemals aufgegeben. Niemals.

Er zündete sein allerletztes Fünkchen Energie, stieß einen heiseren Schrei aus und zog sich hoch.

Dann lag er bäuchlings auf der Terrasse.

17

Heute hatte ich einen seltsamen Traum.

Als der Mond das Universum silbern färbte und mich die Wogen im Schlaf wiegten, träumte ich, ich wäre nicht immer ein Delphin gewesen.

18

Nathan blieb eine ganze Weile regungslos auf dem Bauch liegen. Wäre in diesem Moment ein Feind aufgetaucht, er hätte ihn einfach in den Abgrund schubsen können.

Doch es war niemand zu sehen.

Als die Schmerzen in Armen und Schultern nachließen, stand Nathan auf. Als er sich umsah und sich zu orientieren versuchte, bemerkte er ein kurzes Funkeln. Er duckte sich. Der Stahl eines Gewehres hatte einen Sonnenstrahl reflektiert.

Der Mann mit der Waffe war nicht allein. Nathan zählte fünf weitere Männer, die über den Park verteilt waren – soweit er das von hier aus überblicken konnte. Es waren mit Sicherheit noch viel mehr, und es handelte sich um Milizionäre der Kogisten. Er erkannte sie an ihren Kevlar-Westen und den Sturmgewehren.

Diese Entdeckung beruhigte Nathan. Wenn die Kogisten nicht von der Insel geflohen waren, sondern die Villa mit solch einer außergewöhnlichen Sorgfalt bewachten, bedeutete das, dass Barthélemy sich mit Sicherheit noch dort aufhielt.

In der Hocke, damit man ihn nicht bemerkte, überquerte Nathan die Terrasse. Er schlich zwischen luxuriösen Möbeln aus Tropenholz hindurch und näherte sich der Villa.

Eine weit offenstehende Tür führte in einen Salon, in

dessen Mitte ein Billardtisch thronte. Nathan sah sich kurz um und schlich hinein.

Er hatte sich wieder vollkommen erholt, und seine Bewegungen waren weich und geschmeidig. Er betrat einen Flur, von dem aus mehrere leere Zimmer abgingen, bevor man in die Küche gelangte.

Als er ein Geräusch hörte, wollte er umkehren, doch dann besann er sich. Die Villa war riesig, und sie vollständig zu erkunden erforderte viel Zeit, die er nicht hatte.

Er brauchte Informationen.

***

Bétina bereitete gerade das Hühnchen-Curry mit Vanille zu, das Monsieur Barthélemy so sehr liebte, als sie die kalte Klinge eines Dolchs an ihrer Kehle spürte, während sich hinter ihr eine drohende Stimme erhob.

»Kein Laut!«

Bétinas erster Reflex war, das Feuer unter dem Topf auszumachen. Es war ihr gleichgültig, on sich der Witzbold über sie lustig machte – das Essen anbrennen zu lassen kam nicht in Frage. Dann schob sie seelenruhig die Hand mit dem Dolch beiseite und drehte sich um.

Vor ihr stand ein junger Mann, der sich über ihre Reaktion wunderte. Bétina hatte ihn noch nie gesehen, aber er sah Monsieur Barthélemy verblüffend ähnlich. Dieselbe Statur, dieselben grünen Augen, dieselbe Körperhaltung.

»Was soll das? Wer bist du?«, fragte sie ihn mit starkem kreolischen Akzent. »Und was hast du in meiner Küche verloren?«

Der Junge verdrehte die Augen.

»Ich … ich brauche eine Auskunft«, antwortete er. »Geben Sie sie mir, und Ihnen wird nichts geschehen.«

Bétina runzelte die Stirn.

»Hat dir deine Mutter nicht beigebracht, wie man höflich fragt?«

Ihr Angreifer wurde rot wie eine Tomate, und das zeigte ihr deutlicher als Worte, dass er kein Strolch war.

»Na?«, hakte sie nach und stemmte dabei die Hände in ihre breiten Hüften.

»Ich suche Barthélemy. Wo ist er?«

»Monsieur Barthélemy.«

»Wie bitte?«

»Man sagt Monsieur Barthélemy, nicht einfach Barthélemy. Und was willst du von Monsieur Barthélemy?«

Der Junge zögerte einen Augenblick, weil er nicht genau wusste, was er antworten sollte. Die Wahrheit? Lügen? Als er tief Luft holte, merkte Bétina, dass er sich für die erste Lösung entschieden hatte.

»Ich bin sein Neffe. Und bin hier, um ihn zu befreien.«

Der Köchin entglitten ihre Gesichtszüge. Sie blickte beunruhigt um sich und packte dann Nathan am Arm.

»Komm mit, Kleiner. Dieser Scheißkerl Jason steckt manchmal seine Nase hier rein, und der muss dich ja nicht sehen.«

Für ihre Körperfülle war sie erstaunlich behände. Sie zog ihn in einen Vorratsraum mit Regalen voller Lebensmittel und machte die Tür hinter sich zu.

»Seit mehreren Wochen wird Monsieur Barthélemy hier festgehalten. Die früheren Aufpasser hat man ersetzt durch andere, die ihn Tag und Nacht bewachen und ihm verbieten, aus dem Haus zu gehen. Zuerst habe ich daran gedacht, die Polizei oder irgendjemand aus seiner Familie zu informieren, aber Monsieur Barthélemy hat gesagt, ich soll nichts unternehmen. Er hat gesagt, er sei eingesperrt, weil es in der Familie einen Verräter gebe, der nicht gewarnt werden sollte. Man müsse den richtigen Zeitpunkt abwarten, bevor man handelt. Und dann kamen diese verfluchte Epidemie und die Teufelskreaturen, die auf der Insel umherstreifen. Seit zwei Wochen hat niemand mehr das Haus verlassen.«

»Wo ist er?«, fragte Nathan.

»Im Nordflügel. Stell dir mal vor, er ist Tag und Nacht gefesselt. Diese Mistkerle binden ihn nur zu den Mahlzeiten los. Was willst du jetzt tun?«

»Ich muss ihn befreien!«

»Das wird nicht leicht. Ich hab schön aufgepasst, dass ich zu diesen Hurensöhnen nichts Böses sage. Sie sind nicht misstrauisch mir gegenüber, aber es sind viele. Sie sind bewaffnet und überhaupt nicht zimperlich.«

»Ich habe keine andere Wahl«, erwiderte Nathan entschlossen. »Ich …«

Bétina legte den Zeigefinger auf die Lippen.

»Lass mal, die Köchin wird sich schon was einfallen lassen, Kleiner.«

Sie spielte einen Moment mit ihrer Halskette, dann erhellte ein breites Lächeln ihr Gesicht.

»Wenn du nur halb so stark bist wie Monsieur Barthélemy, dann hab ich, glaub ich, eine Lösung.«

19

Echowellen vom durchsichtigen Eis der schmelzenden Eisberge.

Schillernde Fischschwärme, die vor mir fliehen.

Harmonie einer feinen Kurve, die sich von den dunklen Tiefen des Meeres bis zur silbrig schimmernden Oberfläche zieht.

Meine Nase pflügt durch den Ozean und meine Zukunft.

Und immerzu der Gesang.

Der Gesang der Delphine.

20

Der Milizionär, der die Tür zu Barthélemys Zimmer bewachte, blickte von seiner Zeitung auf, als er den Wagen der dicken Bétina hörte. Er sah auf die Uhr: zehn vor zwölf. Die Köchin war pünktlich, wie immer.

Aber diesmal war sie nicht allein.

Ein Typ mit weißer Kochweste und Mütze schob den Wagen, während Bétina nebenherschlenderte. Der Milizionär stand auf und hielt sein Gewehr vor sich. Aber nicht im Anschlag. Obwohl die Situation ungewöhnlich war, gefährlich war sie nicht.

»He!«, rief er. »Wer ist dieser Junge?«

»Wer soll das schon sein?«, entgegnete Bétina. »Der Papst?«

Der Milizionär zog die Augenbrauen hoch. Diese Köchin hatte ein verdammt loses Mundwerk.

»Ich hab dich was gefragt!«, insistierte er in verschärftem Ton und hob sein Gewehr an.

»Das geht dich einen feuchten Dreck an, du Miststück! Ich reiß mir hier die ganze Zeit allein den Hintern auf, und jetzt hilft mir mein Neffe, um dich und deinen Haufen zu bekochen.«

Der Gewehrlauf senkte sich. Der Wagen war nur noch fünf Meter von ihm entfernt.

»Weshalb bin ich darüber nicht informiert?«, erkundigte er sich.

»Das kann ich dir nicht sagen, mein Lieber«, erwiderte Bétina. »Das hat Jason bestimmt vergessen!«

»Schon möglich. Er ist … Was soll …«

Der Milizionär besaß ausgezeichnete Reflexe und befand sich oft in Gefahrensituationen. Als er sah, wie der Junge, der die Köchin begleitete, den Wagen losließ und auf ihn sprang, riss er seine Waffe hoch.

So schnell, wie es nur geht, wenn man täglich trainiert.

So schnell wie ein Profi.

Zu langsam.

Beinahe lächerlich.

Der Junge bewegte sich mit einer unglaublichen Geschwindigkeit. Noch bevor er seine Bewegung ausgeführt hatte, war der Junge bei ihm und riss ihm das Gewehr aus der Hand. Der Milizionär wollte schreien, um seine Kameraden zu alarmieren, aber ein gezielter Schlag auf den Solarplexus sorgte dafür, dass ihm die Luft wegblieb.

Er krümmte sich.

Er spürte kaum noch die Handkante, die ihn im Genick traf. Er war schon bewusstlos, als er zu Boden sank.

»Mein Gott, bist du schnell«, sagte Bétina voller Bewunderung.

Dann deutete sie auf den Milizionär.

»Pack ihn da hinten in den Wandschrank. Dort gibt es Bettzeug, damit kannst du ihn fesseln und knebeln.«

Innerhalb von zwei Minuten hatte Nathan den Mann weggesperrt und stand nun wieder neben Bétina, die zweimal an die Tür klopfte.

»Wer ist da?«, fragte eine Stimme.

»Der Weihnachtsmann«, antwortete Bétina.

»Schon gut, großes Mädchen, mit deinen Witzen lockst du niemand mehr hinter dem Ofen hervor.«

Ein Milizionär machte die Tür auf.

Und verdrehte die Augen, als er dem Unbekannten gegenüberstand.

»Was hat das zu ...«

Nathan war schon voll in Aktion. Sein Ellbogen traf den Mann unter dem Adamsapfel und ließ ihn zu Boden gehen. Er hielt sich mit beiden Händen die Kehle und konnte nicht mehr atmen.

Am anderen Ende des Raumes hörte man das typische Klicken, wenn eine Waffe entsichert wird.

Nathans Wurfmesser zischte durch die Luft.

Es bohrte sich in die Schulter des Milizionärs. Schmerzerfüllt ließ er sein Gewehr fallen, wollte sich bücken, um es aufzuheben, und brach zusammen.

Nathan war gesprungen und hatte zwei Treffer gelandet. Mit dem Fuß und mit der Faust. Gegen den Kopf und in den Bauch.

Er achtete nicht auf den am Boden liegenden Milizionär, sondern lauschte auf mögliche Geräusche in der Villa.

»Drinnen sind sie zu dritt«, hatte ihm Bétina gesagt.

Ein leises Geräusch hinter einer verschlossenen Tür sagte ihm, dass sich dort der dritte Milizionär befand. Und sicherlich auch Barthélemy.

Nathan nahm seinen Dolch wieder an sich und setzte alles auf eine Karte. Er drückte die Klinke hinunter.

Der Milizionär stand da und richtete sein Sturmgewehr auf Nathan, den Finger am Abzug.

»Keine Bewegung!«, befahl er.

Nathan blieb stehen.

»Lass dein Messer fallen! So ist's brav. Und jetzt rückwärts, und zwar langsam, wenn du nicht willst, dass ich dir eine Kugel in den Bauch jage.«

Nathans Hirn ratterte mit Hochgeschwindigkeit, aber es gelang ihm nicht, auch nur den kleinsten Lösungsansatz für diese Situation zu finden. Er hätte vorsichtiger sein und sich Zeit nehmen sollen, um einen ordentlichen Plan auszuarbeiten. Einen funktionierenden. Zu spät. Er war geliefert.

Es sei denn … Er hielt die Hände über den Kopf und machte einen Schritt rückwärts, dann noch einen. Dabei achtete er darauf, dass er nicht aus der Schusslinie des Milizionärs geriet, damit dieser keinen Verdacht schöpfte.

Mit dem Gewehr im Anschlag trat der Milizionär aus der Tür und bückte sich nach dem Dolch, ohne ihn aus den Augen zu lassen.

Dann gab es eine Explosion aus Fleisch, Sauce und Reis, und er brach zusammen.

Bétina hatte hinter der Tür gelauert und ihm den schweren gusseisernen Topf mit Barthélemys Essen gegen den Schädel geschmettert. Der Mann gab ein kurzes Grunzen von sich und rührte sich nicht mehr.

Als sie ihn so vor sich liegen sah, hielt sich Bétina entsetzt die Hände vors Gesicht.

»Er ist nicht tot«, beruhigte Nathan sie, »er ist nur …«

»Mein Vanille-Curry«, schluchzte Bétina. »Es stand den ganzen Morgen auf dem Herd!«

Nathan verdrehte die Augen Richtung Decke und schlich in den hinteren Raum.

Barthélemy saß dort geknebelt auf einem Stuhl, die

Hände hinter der Stuhllehne zusammengebunden und die Füße gefesselt. Mit ein paar geschickten Handgriffen befreite Nathan ihn und nahm ihm den Knebel aus dem Mund.

Barthélemy streckte sich mit schmerzverzerrtem Gesicht, und das Blut begann wieder in seinen Adern zu zirkulieren. Bétina, die sich mit dem Schicksal ihres Hühnchens in Vanille-Curry abgefunden hatte, trat näher, um ihm beim Aufstehen behilflich zu sein. Auch Nathan half ihm, doch Barthélemy kam sehr schnell wieder alleine zurecht.

»Danke«, sagte er und sah Nathan in die Augen. »Ich war selten so glücklich darüber, dass jemand gekommen ist. Weißt du, was hier vorgeht?«

»Ich glaube schon.«

Barthélemy nickte mit dem Kopf.

»Sehr gut. Wir müssen miteinander reden, aber nicht sofort. Gleich ist Wachablösung. Dann kommen neue Wärter.«

»Wir könnten …«

Barthélemy hörte ihm schon nicht mehr zu. Er schnappte sich das Sturmgewehr, überprüfte fachmännisch das Magazin und stand wieder auf.

In seinen grünen Augen loderte ein brutales Feuer.

»Bétina, bringen Sie Nathan in Sicherheit«, befahl er.

»Warte«, warf Nathan ein, »ich …«

»Nein«, schnitt ihm Bathélemy das Wort ab, »du tust, was ich dir sage. Ich kenne diese Männer. Wir haben keine Chance, hier rauszukommen, solange sie da sind.«

Seine Stimme klang jetzt eiskalt, tödlich:

»Ich kümmere mich um alles.«

21

Das Universum ist wie ein Gesang.
Der Gesang der Delphine.

Jeder Ton ist vollkommen, verbindet das Wesen mit der Materie, das Wasser mit dem Traum, das Wollen mit dem Werden.

Schnelle Jagd oder fröhliches Gedrängel, sanftes Träumen in den Wellen oder Tauchen in die Tiefen der Vergessenheit, bunte Luftbläschen oder schäumende Explosionen der Wellenkämme – der Gesang versprüht seine süße Harmonie über die Welt.

Nur zwei Misstöne.

Zwei Gesichter.

Liebe und Hass.

Erinnerungen.

22

Sind Sie sicher, dass es gehen wird, Monsieur Barthélemy?«

»Gewiss, Bétina. Möchten Sie wirklich auf der Insel bleiben?«

»Ja. Ich hab keine Angst vor dem blöden Virus. Machen Sie sich um mich keine Sorgen.«

Die dicke Köchin verschränkte die Arme vor der Brust, um die Fassung zu bewahren.

»Seien Sie vorsichtig, Monsieur Barthélemy, und vergessen Sie nicht, mir beim nächsten Mal ein bisschen früher Bescheid zu sagen, damit ich auch gute Vanille für Ihr Hühnchen-Curry besorgen kann.«

»Ich werde daran denken, Bétina. Seien Sie auch vorsichtig. Und nochmals vielen Dank für Ihre Hilfe.«

»Nicht der Rede wert. Ihr Neffe kriegt den Orden für Ihre Befreiung, nicht ich.«

Barthélemy nahm sie in die Arme und drückte sie ungeschickt an sich. Sie gab ihm auf jede Wange einen Schmatz und trat dann einen Schritt zurück.

»Ich weiß, was ich Ihnen schuldig bin, Bétina. Ich werde es niemals vergessen.«

Seine Stimme zitterte vor Rührung, und der Köchin rann eine Träne über die Wange.

»Ihr müsst jetzt los«, sagte sie.

Sie drehte sich um zu Nathan.

»Auf Wiedersehen, mein Kleiner.«

»Auf Wiedersehen, Bétina.«

»Passt gut auf euch auf, versprochen?«

»Versprochen«, antworteten Nathan und Barthélemy wie aus einem Mund.

Sie stiegen in einen bereitstehenden Wagen, und während Bétina noch winkte, startete Barthélemy den Motor. Langsam fuhren sie davon. Die Umrisse der Köchin, die vor seinem Haus stand, verschwanden im Rückspiegel.

Barthélemys Lächeln verblasste. Aus seinem Gesichtsausdruck sprach jetzt totale Konzentration. Nathan schob sich tief in seinen Sitz.

***

»Ich kümmere mich um alles!«

Barthélemy duldete keinen Widerspruch. Nathan hatte ihm hinterhergesehen, sein Gang erinnerte an den eines Raubtieres auf der Jagd. Wie konnte er sich, nachdem er tagelang an einen Stuhl gefesselt war, so kraftvoll und geschmeidig bewegen? Die Frage blieb unbeantwortet. Mit dem ersten Schuss hatte sie sich erledigt.

Nathan wollte Barthélemy zu Hilfe eilen. Aber Bétina hatte ihn mit aller Macht zurückgehalten.

»Bleib hier, mein Kleiner. Monsieur Barthélemy hat gesagt, du sollst auf ihn warten. Er braucht dich nicht.«

Beeindruckt durch die Bestimmtheit der Köchin, gehorchte Nathan. Weitere Schüsse fielen, zuerst vereinzelt, dann in kurz aufeinanderfolgenden Salven.

Dann kehrte Ruhe ein.

Die Atmosphäre war so drückend, dass sie das Atmen erschwerte.

»Ist er …?«, stammelte Nathan.

Ein trockener Schuss schnitt ihm das Wort ab.

Ohne zu wissen, woher diese Überzeugung kam, wusste Nathan, dass das der letzte Schuss gewesen war.

Kurz darauf tauchte Barthélemy auf. Er hielt ein Gewehr in der Hand und trug über der Schulter einen japanischen Säbel. Von weitem glaubte Nathan, es handele sich um seinen, den sein Onkel wie durch ein Wunder gefunden hätte, aber als Barthélemy näher kam, bemerkte er den Unterschied: Das Stichblatt war feiner ausgearbeitet, das Seidenband war blau und nicht violett und der Griff ein wenig länger.

»Der Weg ist frei«, verkündete Barthélemy, als sei nichts gewesen.

Im Park erwartete sie absolute Trostlosigkeit.

Nathan hatte Mühe, seinen Brechreiz zu unterdrücken. Er zählte zwölf Leichen, von denen mindestens drei mit einem Gesichtsausdruck dalagen, als habe sie der Tod total überrascht.

Mit unbewegter Miene ging Barthélemy in die Garage, in der ein nagelneuer Geländewagen stand. Per Fernbedienung öffnete er das Grundstückstor, und sie fuhren davon.

Zuerst in Richtung Entre-Deux, um Bétina nach Hause zu fahren, dann in Richtung Norden zu dem Tor, durch das sie die Insel verlassen konnten. Ein Tor, das Barthélemy bis heute nicht gekannt hatte und dessen Existenz ihn zufrieden lächeln ließ.

»Mein Flugzeug wartet am Flughafen Saint-Pierre auf mich«, hatte er Nathan erklärt, »aber da ich nicht genau sagen kann, was in meiner Familie vor sich geht, ziehe ich es vor, meinem Piloten nicht zu vertrauen.«

Er hatte in den Himmel geschaut, der sich wieder zuzog.

»Und die Wettervorhersagen sind auch nicht ideal zum Fliegen.«

Danach herrschte Stille im Auto.

***

Sie fuhren durch Les Avirons, ohne einer Menschenseele zu begegnen. In Saint-Leu hingegen sahen sie mehrere sehr schnell fahrende Fahrzeuge und entdeckten ein paar Menschen, die sich zwischen den Häusern versteckten. Sie konnten nicht herausfinden, ob es sich um Personen handelte, die von der Seuche infiziert waren, oder um Einwohner, die sich aus Angst verkrochen.

Beim Verlassen von Saint-Leu fuhren sie durch die Überreste einer Straßensperre. Kein Militär war zu sehen. Die Armee und die Gesundheitsbehörden hatten sich offensichtlich zurückgezogen.

Ein Stück weiter bog Barthélemy auf einen Weg ein, der zum Meer hinunterführte. Er parkte den Geländewagen an einem Felsbrocken, der den Wellen trotzte, schaltete den Motor aus und drehte sich um zu Nathan.

»Nun«, hob er an, »sag mir, was dich bedrückt.«

Als Nathan stumm blieb, fuhr er fort:

»Es gab viele Tote, und ich verstehe, dass du schockiert bist, aber ich hatte keine andere Möglichkeit. Sie hatten den Auftrag, niemanden rein- oder rauszulassen, und hätten keine Sekunde gezögert, uns zu töten, wenn sie die Möglichkeit dazu gehabt hätten. Entweder sie oder wir.«

Nathan nickte zustimmend. Er wusste, dass sein Onkel

recht hatte und dass ihm Barthélemy nach seiner Befreiung das Leben gerettet hatte, indem er die Milizionäre tötete. Auch wenn er es nur schwer akzeptieren konnte, musste er dieses Blutbad für den Moment vergessen.

Es gelang ihm nicht.

In seinem Kopf mischte sich das Blutvergießen Barthélemys mit dem, das er selbst angerichtet hatte, und er verspürte ein schreckliches Ekelgefühl, das dem Abscheu über seine Taten entsprang. Die Idee des Tötens erschien ihm nicht tolerierbar.

Unter Barthélemys überraschtem Blick kurbelte er das Fenster herunter und warf seinen Dolch hinaus.

Die symbolische Geste beruhigte ihn, und als er sich wieder seinem Onkel zuwandte, hatte er seine Fassung wiedergewonnen.

Barthélemy, der ihn aufmerksam beobachtete, bemerkte seine Veränderung. Er fuhr fort, ohne auf das Wegwerfen des Messers einzugehen:

»Bétina hat versucht, mich über die Ereignisse zu informieren, die die Welt bewegen, und ich hatte Zeit, darüber nachzudenken. Ich habe für mich meine Schlüsse daraus gezogen, doch bevor ich sie dir mitteile, möchte ich, dass du mir alles erzählst, was du erlebt hast, seit wir uns das letzte Mal in meinem Haus in Marseille getroffen haben, als uns die Grœne angriffen und ich gegen Jaalab kämpfte. Denn das war doch Jaalab, nicht wahr?«

Nathan nickte, erschüttert von der schrecklichen Nachricht, die er Barthélemy nun verkünden musste. Doch genau damit musste er beginnen. Alles andere wäre unwürdig gewesen.

Er blickte seinem Onkel in die Augen.

»Enola ist tot.«

23

Nathan würde Barthélemys Reaktion niemals vergessen können.

Er verzog keine Miene.

Kein Zucken.

Kein Stöhnen.

Er war vollkommen und unmenschlich gleichmütig. Nur die Flamme, die beim Verkünden der Nachricht in seinem Blick aufglühte, zeugte vom Gegenteil.

Eine Flamme aus Sprachlosigkeit, Not, Entsetzen, Schmerz und Wut.

»Erzähl«, sagte er nur, »erzähl alles, von Anfang an.«

Seine Stimme klang wie die eines Sterbenden.

Nathan wählte seine Worte vorsichtig und erklärte ihm zuerst, dass der Andere Enola auf seine Seite gezogen hatte. Er berichtete von dem Pakt, den sie mit Jaalab geschlossen hatte – zunächst, um ihr Leben zu retten, anschließend, um Stärke und Macht zu erlangen. Er berichtete von ihrer ersten Lüge, als sie behauptet hatte, Nathan und Shaé seien die Urheber des Angriffs auf die Villa in Marseille gewesen, dann von all ihren anderen Lügen.

Er beschrieb die Schwierigkeiten, die Shaé und er hatten, um die Inkunabeln von Valenciennes zu entschlüsseln, die Treibjagd, die die Kogisten mit ihnen veranstaltet hatten, ihre Flucht ins Haus und die Schlacht mit Jaalab.

Schließlich erzählte er, wie es Onjü gelungen war, Enola vollkommen umzudrehen und teilweise auch Anton. Detailgenau schilderte er die Vorfälle in der Wohnung am Marsfeld und die grausame Rolle, die Enola bis zu Shaés Eingreifen gespielt hatte. Und die finale Konfrontation.

Es blieb noch, von ihrer Ankunft auf der Insel zu berichten, der Seuche, der Armee, den Imsen, dem Kharx, Onjüs Gift, das Shaé gezwungen hatte, sich in den Ozean zurückzuziehen, und wie er aus Verzweiflung alleine in die von den Milizionären bewachte Villa gelangt war.

Er schilderte das in kurzen Sätzen und achtete darauf, dass er nicht seinen Schmerz über den Verlust von Shaé in den Vordergrund stellte und auch nicht seine Angst, dass sie nie mehr zurückkommen könnte.

Dann schwieg er.

Barthélemy hatte ihm regungslos zugehört, ohne einen Mucks von sich zu geben.

Auf die lange Rede folgte drückende Stille. Für Nathan war sie unerträgllch und er versuchte sie gequält aufzuheben:

»Ich … ich … es tut mir leid. Ich …«

»Es braucht dir nicht leidzutun«, unterbrach ihn Barthélemy erstaunlich milde. »Du hast dich bemerkenswert mutig geschlagen, und wenn uns eine Hoffnung bleibt, dann liegt sie ganz in deiner Hand. Auch deine Freundin Shaé hat ihr Bestes getan. Ich hasste sie, wie ich noch nie jemanden gehasst habe, aber ich mache ihr keine Vorwürfe.«

»Ich …«

»Ich war davon überzeugt, dass Anton hinter meiner Gefangenschaft auf Réunion steckte. Alle Indizien sprachen dafür, ich konnte nur nicht erkennen, weshalb. Aus gutem Grund. Anton hatte nichts damit zu tun. Meine eigene Tochter hatte das veranlasst!«

Er redete und blickte dabei geradeaus, ins Leere.

»Ich bin für das verantwortlich, was geschehen ist. Ich bin verantwortlich für Enolas Tod.«

Nathan wollte etwas sagen, aber Barthélemys Hand drückte seinen Arm und hinderte ihn daran wirksamer als ein Knebel.

»Ich bin dafür verantwortlich, weil ich kein guter Vater war. Ihre Mutter Isabella ist sehr früh gestorben. Ich habe meine Tochter erzogen, aber ich habe sie nicht beobachtet, ihr nicht zugehört, sie nicht bei ihren Entdeckungen begleitet. Ich habe die wenige Zeit der Aufmerksamkeit, die ich für sie hatte, durch zu viele Geschenke kompensiert, habe sie wie eine Prinzessin behandelt und war davon überzeugt, das würde genügen. Es hat nicht genügt. Enola wuchs heran, ohne dass ich mir dessen bewusst wurde. Ich war sicher, ihr alles gegeben zu haben. In den letzten Monaten habe ich öfter ihre Gier bemerkt, ihre Maßlosigkeit und ihre fehlende Besonnenheit. Ich wollte es nicht sehen. Enola besaß sehr viel, aber sie brauchte immer noch mehr, da ihr das Wesentliche fehlte.«

Barthélemy drückte einen Moment seine Stirn gegen das Lenkrad. Dann richtete er sich mit hartem Blick wieder auf.

»Genug geredet. Wir müssen die Insel verlassen, um die Familie zu warnen und uns dem Anderen zu widersetzen. Wenn es dazu noch nicht zu spät ist.«

Gesagt, getan, er warf den Motor an.

Ein Sonnenstrahl, der zwischen zwei schwarzen Wolken hindurchschien, wurde von einer Träne in seinem Augenwinkel reflektiert.

Barthélemy wischte sie mit einer zaghaften Handbewegung weg. Nathan tat so, als habe er es nicht gesehen.

***

Die schreckliche Ausbreitung der Epidemie hatte die Straßen und die Ortszentren der Insel menschenleer gemacht. Aus Angst und Entsetzen versteckten sich die Einwohner zu Hause oder hatten sich in die schwach besiedelten höheren Regionen zurückgezogen. In der Hoffnung, der Seuche zu entrinnen, überließen sie die Straßen den Plünderern.

»Wo sind Polizei und Armee?«, fragte Nathan besorgt, als er eine Gruppe Männer entdeckte, die aus einem offenstehenden Lebensmittelgeschäft kamen, vollbepackt mit gestohlenen Waren.

»Stürme, Überschwemmungen, Epidemien, kein Land kann eine solche Anhäufung von Katastrophen bewältigen. Militärs und Mediziner sind keine Zauberer!«

»Willst du damit sagen, sie haben resigniert?«

»Ich sage nur, dass ihre Mittel lächerlich sind angesichts der Situation. Wie soll eine Handvoll Soldaten eine Insel mit fast einer Million Einwohnern kontrollieren? Und wie soll eine noch geringere Zahl von Ärzten die Seuche bekämpfen, wo man zig bestausgerüstete Wissenschaftler bräuchte, um eventuell einen Impfstoff zu entwickeln?«

»Aber das ist doch schrecklich«, sagte Nathan entrüstet. »Die Seuche ist hochansteckend und führt in weniger als drei Tagen zum Tod!«

Wie zur Bestätigung seiner Worte entdeckten sie ihr erstes Epidemie-Opfer, eine junge Frau, die mit verzerrtem Gesicht auf dem Gehsteig lag.

Ein Stück weiter musste Barthélemy zwei Männern ausweichen, die mitten auf der Straße lagen. Genau in diesem Moment stürzte eine Horde von zehn fluchenden Individuen aus einer Gasse und kam auf den Wagen zugerannt. Sie alle hatten von der Seuche gezeichnete Gesichter.

Barthélemy stieß einen Fluch aus und trat aufs Gaspedal. Sie hängten die Armseligen problemlos ab, die nicht einmal versuchten, ihnen hinterherzulaufen.

Nathan drehte sich um und sah, wie sie sich in ein Haus stürzten. Er hoffte, dass niemand auf die dumme Idee gekommen war, sich dort zu verstecken.

Die Zahl der Toten am Straßenrand nahm unvorstellbare Ausmaße an. Nathan konnte die von der Seuche in grauenhafter Haltung erstarrten Körper nicht länger ansehen.

Bei jeder Ortsdurchfahrt versuchten Kranke, den Wagen anzuhalten, und gingen manchmal so weit, dass sie sich vor die Räder warfen. Doch sie schienen unfähig zu gemeinsamen Aktionen oder zu überlegten Handlungen, so dass Nathan und Barthélemy zu keinem Zeitpunkt ernsthaft in Gefahr gerieten.

***

Nathan fand ohne Schwierigkeiten die verlassene Verladestation, in deren Nähe sich das Tor befand. Auch wenn ihm der Gedanke widerstrebte, Réunion ohne Shaé zu verlassen, wusste er doch, dass es zwecklos war, hierzubleiben. Er wusste vor allem eines: Wenn das Unwahrscheinliche eintreten und sie den Ozean verlassen würde, hätte sie keinerlei Mühe, ihn wiederzufinden. Wo auch immer er sein würde.

Der Himmel hatte sich den ganzen Tag über immer mehr verdunkelt und sah aus wie kurz vor der Dämmerung. Als sie aus dem Auto ausstiegen, rissen unter gewaltigem Donnern die Wolken plötzlich auf, und ein sintflutartiger Regen ging auf sie nieder, während sie eine heftige warme Windbö ins Wanken brachte.

Sie rannten zu dem Felsen aus schwarzem Stein. Nathan fand sehr schnell das Tor, das für niemanden, der nicht zu einer der sieben antiken Familien gehörte, erkennbar war. Er legte die Hand an die Klinke.

Verschlossen.

Er stieß einen dumpfen Fluch aus, während der Wind und der Regen stärker wurden.

Verschlossen.

Er erinnerte sich daran, wie Shaé die Tür hinter ihnen zugeschlagen hatte. Hatte sie sie mit ihrer Fähigkeit als Baumeisterin verriegelt, aus Furcht, dass jemand mit schlechten Absichten ihnen folgen könnte? Das war möglich.

Nein, das war sicher.

Es war sinnlos, an der Klinke zu rütteln. Eine Tür, die eine Baumeisterin verriegelt hatte, könnte genauso gut auf dem Mond sein. Sie würden sie nicht passieren können.

In Barthélemys regennassem Gesicht zeichnete sich Verärgerung ab, als Nathan ihm das Problem erläuterte.

»Wenn wir keine andere Wahl haben«, knurrte er,

»dann müssen wir uns eben einen schützenden Ort suchen.«

Nathan überlegte eine Sekunde.

»Ich kenne jemanden, der uns solange aufnimmt, bis wir eine Lösung gefunden haben.«

24

Als Barthélemy auf den Hof einbog, kam Chik, der kleine Köter mit dem gelben Fell, laut bellend angerannt. Er glaubte sich stark genug, diesen Eindringling aufzuhalten.

Als Nathan seinen Fuß auf die Erde setzte, änderte er seine Haltung schlagartig, kläffte fröhlich und wedelte mit dem Schwanz.

Nathan ignorierte seine Zuneigung und lief bis zum Vordach. Barthélemy folgte ihm. Er hielt das Gewehr, das er einem Milizionär abgenommen hatte, in der Hand und blickte sich verwundert um.

»Bescheiden«, sagte er.

»Aber nett«, fügte Nathan hinzu und deutete auf die weit offen stehende Tür der Hütte.

Sie redeten laut, um den Regen, der auf das Blechdach prasselte, zu übertönen. Nathan sah Barthélemys Waffe.

»Ich gehe zuerst rein«, schlug er vor. »Ich möchte nicht, dass Gino sich erschrickt.«

Barthélemy stimmte mit einem Kopfnicken zu. Nathan lief weiter bis zur Hütte, wobei er erfolglos versuchte, nicht in die Pfützen zu treten. Obwohl es noch nicht einmal Mittag war, war der Himmel so dunkel, dass man glauben konnte, die Nacht würde gleich hereinbrechen. Innen brannte Licht.

»Ist da jemand?«, rief Nathan von der Türschwelle aus.

»Komm rein, Nathan«, antwortete ihm Ginos Stimme. »Und sag deinem Begleiter, er soll auch reinkommen. Mit oder ohne Gewehr, wie er mag.«

Nathan drehte sich überrascht zu Barthélemy um und gab ihm ein Handzeichen. Wieso hatte Gino erraten, wie viele sie waren, und woher wusste er von dem Gewehr?

Sie wischten sich die Schuhe ab und betraten die Hütte. Aus einer Stereoanlage drang gedämpfte Opernmusik. Nathan schätzte, es war Puccini, wegen der manchmal überraschenden Instrumente. An den Wänden hingen ein paar Grünpflanzen, und die Stimmung in dem großen Raum wirkte heiter, ganz im Gegensatz zu dem Unwetter, das draußen tobte.

»Ich bin hier«, sagte die Stimme.

Nathan und Barthélemy gingen durch eine Tür und betraten einen weiteren Raum. Gino lag im Bett, die Augen halb zu, blass im Gesicht, und atmete pfeifend.

»Bist du krank?«, fragte Nathan besorgt.

»Nicht in Topform, das muss ich zugeben.«

»Ist das … ich meine …«

»Nein, es ist nicht die Seuche«, beruhigte Gino ihn mit einem verkrampften Lächeln. »Es ist etwas anderes.«

»Was denn? Ist dir unwohl? Ist etwas passiert?«

Gino setzte sich auf. Mit zittriger Hand wischte er sich die Stirn ab, bevor er antwortete:

»Nein, nichts von alledem. Als wir uns das letzte Mal trafen, habe ich dir erklärt, dass ich wüsste, wenn man mich belügt, dass … dass ich Dinge spüre. Seit ihr aufgetaucht seid, ist es stärker geworden.«

»Was heißt das?«

»Ich habe den Eindruck, ich werde verrückt. Ich höre

Stimmen im Schlaf, ich besitze Informationen, die ich nie erhalten habe, ich drücke mich in Worten aus, die nicht zu meinem Vokabular gehören. Ich …«

»Ja?«

»Ich habe immer mehr das Gefühl, als würde der Schleier, der die Zukunft verhüllt, verschwinden.«

»Du kannst die Zukunft sehen?«

»Ja, es ist, als würde eine Vielzahl von Straßen von einem einzigen Punkt ausgehen, unserer Gegenwart, und dann in Milliarden unterschiedlicher Richtungen laufen. Es ist erschreckend, aber es ist noch viel mehr: Ich habe die Gewissheit, dass ich die Leute auf diese Wege führen kann. Ich wusste, dass du wiederkommen würdest, Nathan, dass Shaé nicht bei dir sein würde und dass mich dein Onkel fragen würde …«

»Wie heißen deine Eltern?«, unterbrach ihn Barthélemy.

»… wie meine Eltern heißen«, beendete Gino seinen Satz.

Ein Lächeln legte sich auf sein Gesicht.

»Ich weiß nicht, wer meine Eltern waren«, beantwortete er Barthélemys Frage. »Als Baby hat mich eine nette Familie auf Mauritius aufgenommen, als ich, ausgesetzt, weinend am Strand lag.«

Barthélemy trat an sein Bett. Sein Gewehr auf den Boden gerichtet und das Schwert in der Scheide, redete er ruhig und gleichförmig, doch Nathan konnte die Bedrohung, die von ihm ausging, beinahe physisch spüren.

Er sah Gino aufmerksam an, dann wich er einen Schritt zurück.

»Ein Führer«, verkündete er.

Nathan fragte sich, wie ein einziges Wort mit so viel Misstrauen beladen sein konnte.

***

Während der Wind doppelt so stark blies und die Hütte auseinanderzufallen schien, nahmen die drei Männer gemeinsam eine kalte Mahlzeit ein.

Als hätte ihn das Reden erleichtert, hatte Gino jetzt ein wenig Farbe im Gesicht und war wieder bei Kräften, sehr zur Freude von Chik, der seine Schuhsohlen nicht losließ.

Barthélemy hatte sich in ein feindseliges Schweigen gehüllt; er war offensichtlich angewidert davon, sich mit Gino unter einem Dach aufzuhalten. Er hatte jedoch nicht den Wunsch geäußert, das Haus zu verlassen, auch nicht, als ihr Gastgeber wenig später Shaés Rückkehr voraussagte.

»Das ist ein Teil dessen, was ich weiß«, hatte er beinahe entschuldigend zu erklären versucht. »Wenn der Schleier verschwindet und ich die Wege der Zukunft erkenne, so sehe ich auf jedem von ihnen Shaé. Wenn es eine solche Konvergenz zwischen den Möglichkeiten gibt, bedeutet das, dass sie bald eintreffen wird.«

Nathan schlug das Herz bis zum Hals. Eine bedrückende Mischung aus Freude und Ungewissheit.

»Wie geht es ihr?«, drängte er Gino.

»Ich weiß es nicht.«

Nachzuhaken hatte keinen Sinn. Gino beherrschte seine Fähigkeiten nicht und war sich auch der Bedeutung dessen, was er sah, nicht sicher. Obwohl er Nathan helfen wollte, konnte er es nicht.

»Was ist ein Führer?«, fragte Gino Nathan, nachdem der Tisch abgeräumt war. »Wenn ich mich richtig erinnere, hast du, als du dieses Wort zum ersten Mal von mir gehört hast, dein Schwert gezogen und wolltest mir die Kehle durchschneiden.«

»Schade, dass er's nicht getan hat«, sagte Barthélemy, ohne sich umzudrehen, die Stirn ans Fenster gedrückt.

Nathan zuckte zusammen, machte den Mund auf, um etwas zu erwidern, aber Gino bedeutete ihm zu schweigen.

»Weshalb hätte ich Ihrer Ansicht nach den Tod verdient?«, fragte er in ruhigem Ton.

Barthélemy schwenkte herum, um ihn mit seinen grünen Augen zu mustern.

»Weil Sie ein Führer sind, und was Sie für eine Gabe halten, ist in Wirklichkeit ein Fluch. Seit es Führer gibt – und es gibt sie schon lange –, haben ihre sogenannten Vorhersagen und ihr lächerliches Streben nach Verbrüderung zu nichts anderem geführt, als die Menschen ins Unglück zu stürzen. Meine Frau … Isabella hat … Ist nicht so wichtig! Ich habe nichts gegen Sie persönlich, aber wenn Sie tot wären, gäbe es eine Gefahr weniger auf der Erde, das ist alles.«

Nathan schlug mit der Faust auf den Tisch.

»Du vergisst, dass es ein Führer war, durch den ich die Inkunabeln von Valenciennes gefunden habe!«, schrie Nathan. »Du vergisst, dass es ein Führer war, mit dessen Hilfe ich Jaalab besiegt habe und der mir den Weg zu Onjü gewiesen hat. Dass ich dich nur mit Hilfe eines Führers befreien konnte. Du vergisst, dass es im Augenblick die Kogisten sind, deine eigene Familie, die dem

Anderen in die Hände spielen und den Menschen Unglück bringen. Nicht die Führer!«

Er hatte mit unverhohlener Wut gesprochen. Barthélemy erbebte, wollte etwas erwidern, aber Nathan ließ ihn nicht zu Wort kommen.

»In Rafis Weisheit und Ginos Großzügigkeit liegen mehr Edelmut als in der Macht aller Kogisten zusammen. Es ist würdelos, dass du das nicht wahrnimmst, und es ist würdelos, dass du unfähig bist, deine Irrtümer und die deiner Familie zuzugeben!«

Chik gab ein kurzes Bellen von sich, als Zeichen seiner Unterstützung.

Ein Bellen, das sich plötzlich in ein ängstliches Gewinsel verwandelte.

Drei erstaunte Blicke richteten sich auf den kleinen Hund.

Versteinert vor Entsetzen und am ganzen Körper zitternd, starrte er auf den schwarzen Panther, der sich in den Raum schlich.

25

Nathan stieß einen Schrei aus, wich einen Schritt zurück und blieb stehen.

Irgendetwas stimmte nicht.

Shaé nahm nicht ihre menschliche Form an. Schlimmer noch, sie würdigte ihn keines Blickes, sie richtete ihre Raubkatzenaugen auf Barthélemy, und nur auf ihn.

»Mein Gott, was will dieses Tier denn hier?«, stammelte Gino und wich vorsichtig zurück.

Der Panther triefte vor Nässe, hatte die Ohren angelegt, spannte die Muskeln an, bereit zum Sprung. Ein dumpfes Fauchen drang aus seiner Kehle, als er die Lefzen hochzog und seine imponierenden Fangzähne zeigte.

Barthélemy schätzte die Entfernung bis zu seinem Gewehr ab. Die Waffe lehnte an der Wand und war zu weit weg. Ohne das Raubtier aus den Augen zu lassen, schob er seine Hand an den Griff seines Schwerts.

»Shaé!«, flehte Nathan. »Was machst du?«

Davor hatte er vor Glück gezittert, als er die orangefarbene Iris des Panthers entdeckte – der Beweis dafür, dass Shaé Onjüs Gift erfolgreich bekämpft hatte. Aber jetzt kapierte er gar nichts mehr.

Falsch. Eine Sache kapierte er: Wenn er nicht eingriff, würde sie sich auf Barthélemy stürzen, der sich wiederum verteidigen würde. Als Panther war Shaé furchterregend, aber sein Onkel war mit einem Schwert in der Hand noch gefährlicher.

Ihre Auseinandersetzung würde in ein Massaker münden.

Er bemühte sich, Ruhe zu bewahren, um die Situation nicht zu verschlimmern. Er schob sich zwischen Barthélemy und Shaé, wobei er seinem Onkel den Rücken zudrehte, um dem Panther den Weg zu versperren.

»Geh weg!«, befahl Barthélemy in schneidendem Ton.

Nathan ignorierte den Befehl. Langsam kniete er sich hin und versuchte mit aller Macht, Shaé in die Augen zu sehen.

»Es besteht keine Gefahr«, sagte er sanft, um sie zu beruhigen. »Du kannst …«

Shaé sprang.

Ihre kräftigen Muskeln katapultierten sie über Nathan hinweg, geradezu auf Barthélemy. Mit einer außerordentlich fließenden Bewegung zog er sein Schwert und hielt es vor sich.

Gino stieß einen Schrei aus. Er verstand nicht, weshalb Nathan das Raubtier, das in seiner Hütte aufgetaucht war, unbedingt Shaé nannte, aber er erkannte die Dramatik, die sich hier abspielte. Die unendlich vielen Möglichkeiten der Zukunft, die Tag für Tag seine Träume prägten, mündeten plötzlich in einer Explosion von – Traurigkeit.

Aus der sich eine Gewissheit herauskristallisierte: Dieser Kampf darf nicht stattfinden!

Der Killerkörper des Panthers beschrieb eine perfekte Kurve. Barthélemy packte den Griff fester und bereitete sich auf den Zusammenprall vor. Da sprang Nathan.

Bei jedem anderen hätte es lächerlich ausgesehen, ein todgeweihter Versuch und eine ruhmreiche Niederlage. Kraftvoll aus der Hocke hochschnellen, um eine Raubkatze, die entschlossen ist, ihre Beute zu zerreißen, mitten im Sprung aufzuhalten.

Unmöglich!

Nathans Arme schlossen sich um den Panther.

Die Gliedmaßen ineinander verschränkt, stürzten sie zu Boden, stießen den Tisch um, rollten bis zur Wand und prallten dagegen.

Nathan nahm seine ganze außergewöhnliche Energie zusammen und drückte sich an Shaé. Er versuchte mit aller Kraft, sie zu bändigen, und hoffte, sie würde sich beruhigen und wieder ihre menschliche Form annehmen.

Vergeblich.

Der Panther fauchte wild. Er wand sich und riss Nathan den Rücken auf. Blut spritzte.

Nathan stieß einen erstickten Schrei aus und ließ los.

Die Kiefer des Panthers gruben sich in seine Schulter, dicht am Hals. Der Knochen knirschte fürchterlich.

»Nein, Shaé, nein!«, schrie er, während sich ihre Krallen in seinen Bauch bohrten, um ihm die Eingeweide rauszureißen.

Nathan kippte hintenüber und konnte den Kampf nicht fortsetzen. Sein T-Shirt war innerhalb kürzester Zeit blutgetränkt, und in seiner Schulter pochten wahnsinnige Schmerzen.

»Hör auf, Shaé, ich flehe dich an«, hechelte er und versuchte vergeblich aufzustehen.

Ein grauer Nebel verschleierte ihm die Sicht. Dennoch konnte er die schwarze Silhouette des Panthers neben ihm erkennen.

Eine Silhouette, deren Konturen verschwammen.

An Stelle der Raubkatze erschien Shaé.

Mit angstverzerrtem Gesicht und Tränen in den Augen.

»Nat!«, schrie sie. »Nat!«

Genau in diesem Augenblick griff Barthélemy an. Während sie ihm den Rücken zuwandte, niederkniete und sich ihre Aufmerksamkeit auf Nathan fokussierte, gab sie ihr Genick dem Schwert preis.

Das Katana zischte durch die Luft.

»Keine Bewegung!«

Der Befehl klang so energisch, dass er sogar die Zeit anzuhalten schien.

Barthélemys Schwert stoppte genau zehn Zentimeter über Shaés Hals. Er schwenkte langsam herum.

Gino drückte ihm das Sturmgewehr in die Wange.

Sein Blick war hart und seine Hände zitterten nicht.

»Ich weiß nicht, was hier vorgeht«, sagte er erbittert, »aber eines ist sicher: Ihr bringt euch hier nicht gegenseitig um. Los, zurück!«

Und wieder duldete der Befehl keinerlei Widerspruch. Barthélemy gehorchte.

»Leg dein Schwert auf den Boden und schieb es mit dem Fuß unter den Schrank!«

Als das Katana außer Reichweite war, wandte sich Gino um zu Shaé.

»Hast du dich unter Kontrolle?«

»Ich … ich …«

»Antworte!«

»Ich … ja.«

Sie zitterte und betrachtete entsetzt die Verletzungen, die sie demjenigen zugefügt hatte, den sie liebte.

»Hört zu, ich sage euch, was wir jetzt tun werden. Nathan muss sofort versorgt werden. Aber ihr beiden seid wahnsinnig, und ich entziehe euch mein Vertrauen. Also werde ich euch in Schach halten, während ihr euch um ihn kümmert. Es gibt Verbandmaterial, Desinfektionsmittel und Nähzeug im Zimmer. Legt ihn in mein Bett und macht euch an die Arbeit!«

Die schwarze Welle, die Nathan überrollte, brach sich in diesem Augenblick. Er fiel in Ohnmacht, ohne das Ende von Ginos Tirade mitzubekommen:

»Bei der kleinsten verdächtigen Bewegung, beim geringsten Zeichen von Aggressivität schieße ich. Das klingt zugegebenermaßen paradox, aber ich verspreche euch, dass ich auf keinen Fall zulasse, dass dieser Junge wegen eurer Blödheit stirbt!«

26

Ich glaube, dass nichts gebrochen ist«, erklärte Barthélemy und tastete vorsichtig Nathans Schulter ab.

Shaé reinigte seine Bauchverletzungen und hob dann den Kopf. Die Angst war aus ihrem Gesicht gewichen, ihr Ausdruck war jetzt seltsam leer. Nur in den Augen ließ sich ein Gefühl ablesen: Hass.

Barthélemy war nicht sensibel genug, diesen Blick zu erkennen, und warf ihr ein spöttisches Lächeln zu.

»Kannst du nähen?«, fragte er sie und nahm den Faden und die gekrümmte Nadel, die er in Ginos Zimmer gefunden hatte.

»Nein.«

»Dann verbinde du ihm die Schulter, und ich werde nähen.«

Unter Ginos wachsamem Auge tauschten sie die Plätze.

Shaé legte eine Kompresse auf die Wunde, die ihre Fangzähne nahe am Hals gerissen hatten, und verband sie. Warum hatte sie das getan? Um ein Haar hätte sie Nathan die Kehle durchtrennt! Blind vor Hass und Rachegelüsten, hätte sie ihn beinahe getötet. Besser gesagt: Sie wollte ihn töten.

Beim ersten Nadelstich zuckte Nathan und stöhnte. Shaés und Barthélemys Blicke kreuzten sich.

»Warum?«, fragte er nur.

Er bemerkte, dass Gino reagierte, und bemühte sich,

ihn zu beruhigen, ohne jedoch den ironischen Tonfall aufzugeben.

»Das ist nur eine Frage. Eine simple Frage.«

Er machte einen Knoten. Und bereitete einen zweiten vor.

»Nun?«, hakte er nach.

»Weil du meine Eltern ermordet hast und ich dich dafür hasse.«

Barthélemys Gesicht wurde aschfahl.

»Du hasst mich? Für etwas, worüber du nichts weißt? Und obwohl du meine Tochter getötet hast?«

»Deine Tochter ist zu einer Kreatur des Anderen geworden. Eine Verräterin!«

»Wer sagt dir denn, dass deine Eltern nicht auch Verräter waren?«

Gino räusperte sich.

»Ihr solltet euch auf eure Aufgabe konzentrieren!«

Barthélemy und Shaé stimmten wortlos zu.

Als Nathans Bauch vernäht und seine Schulter verbunden war, drehten sie ihn behutsam um, und Barthélemy kümmerte sich um die klaffende Wunde auf seinem Rücken.

Shaé sah ihm mit geballten Fäusten zu, wie er die Verletzung nähte. Wenn sie nicht befürchtet hätte, man könnte es ihr als Feigheit auslegen, wäre sie auf der Stelle weggerannt.

Dann hob Barthélemy Nathan hoch, während Shaé die blutgetränkten Laken wechselte. Anschließend legten sie ihn wieder hin.

»Er wird schon wieder«, sagte Barthélemy und fühlte seinen Puls. »Der Schock und die Verletzungen haben ihn bewusstlos gemacht.«

Shaé seufzte erleichtert, woraufhin Barthélemy ein wenig lächelte. Ein leichtes Lächeln, nicht herablassend oder aggressiv, wie er es zuvor an den Tag gelegt hatte.

»Wie lange wird es Ihrer Meinung nach dauern, bis er wieder zu sich kommt?«, fragte Gino.

Barthélemys Lächeln wurde breiter.

»Sieh an, Sie duzen mich gar nicht mehr?«

Gino schämte sich. Seine Hände schlossen sich fester um das Gewehr. Dadurch versuchte er seine Fassung zu bewahren. Barthélemy lachte kurz und ging zu ihm hinüber.

»Was machen Sie?«, fragte Gino beunruhigt.

Barthélemy streckte den Arm aus und nahm ihm, ohne dass Gino etwas dagegen tun konnte, mit einer diskreten Handbewegung das Gewehr ab.

»Diese Art Waffe ist mit einer doppelten Sicherung versehen«, erklärte er, als würde er mit einem Kind reden. »Die erste ist hier und dort die zweite. Sie hatten also gar keine Chance, irgendjemand zu verletzen. Umso weniger, als das Magazin nicht eingerastet war.«

Er lehnte das Gewehr an die Wand, außerhalb von Ginos und Shaés Reichweite.

»Um auf Ihre Frage zurückzukommen: Nathan sollte in ungefähr zehn Minuten wieder zu sich kommen. Sollte das nicht der Fall sein, muss man ihn so schnell wie möglich ins Krankenhaus fahren.«

Gino kratzte sich besorgt am Kopf.

»Und was machen wir in der Zwischenzeit?«, erkundigte er sich.

»Was wohl?«, antwortete Barthélemy. »Wir warten.«

Er setzte sich auf einen Stuhl und verschränkte die Arme. Gino tat es ihm nach, ein wenig beleidigt, aber froh darüber, dass niemand seiner drei »Gäste« tot war.

Er wusste weder, was ein Führer war, noch, welche Rolle er für die drei dort spielte. Aber er wusste, dass ihre Schicksale für die Zukunft untrennbar miteinander verknüpft waren.

Falls es eine Zukunft gab.

***

Nathan öffnete die Augen.

Er versuchte, sich aufzurichten, verzog schmerzverzerrt das Gesicht und unterdrückte einen Schrei.

»Kannst du mir verzeihen?«

Er zuckte zusammen. Shaé saß neben ihm und sah ihn mit einem Blick an, der zwischen Besorgnis und Schuld schwankte.

»Was hat dich geritten?«, fragte Nathan mit brüchiger Stimme. »Wo ist Barthélemy? Und Gino? Was ist passiert?«

»Barthélemy und Gino sind nebenan. Es geht ihnen gut. Nat, ich … es tut mir leid.«

Er sah sie an, kein bisschen liebenswürdig.

»Mir tut es auch leid, das kannst du mir glauben. Erklärst du's mir jetzt?«

»Er hat meine Eltern getötet, Nat. Barthélemy hat meine Eltern ermordet, als ich sechs Jahre alt war. Er hat mir mein Glück gestohlen. Seit ich es erfuhr, habe ich nur noch einen Wunsch: dass er für sein Verbrechen bezahlt. Als ich vorhin hier ankam und ihn sah, so hart und misstrauisch, packte mich eine rasende Wut. Ich wusste nicht mehr, was ich tat. Und hätte ihn beinahe getötet, Nat.«

Sie vergrub ihr Gesicht in den Händen und brach in Schluchzen aus. In ein heiseres, qualvolles Schluchzen.

»Am einfachsten wäre es, zu sagen, wir sind quitt.«

»Was?«

»Wir sind quitt«, wiederholte Nathan. »Du hast mich beinahe getötet, aber davor hast du mir das Leben gerettet. Ohne dich hätten die Imse und der Kharx mich fertiggemacht. Also kann man sagen, dass wir quitt sind.«

Shaé atmete tief durch.

»Heißt das, dass du mir nicht mehr böse bist?«

»Es tut mir leid, ich habe nicht die Kraft, dich zu beruhigen. Weißt du, Shaé, als du dich in den Ozean zurückgezogen hast und ich glaubte, ich hätte dich verloren, ist mein Leben ohne dich weitergegangen. Vorhin, als du hereinkamst, glaubte ich zuerst an eine Halluzination, aber dann verstand ich, dass es Wunder gibt. Und jetzt liege ich hier, von oben bis unten bandagiert. Versteh mich nicht falsch, Shaé. Das Einzige, was zählt, ist, dass du es geschafft hast, Onjüs Gift zu besiegen. Aber ich hätte mir natürlich ein romantischeres Wiedersehen gewünscht.«

Er befühlte seine bandagierte Schulter.

»Gebrochen?«, fragte er.

»Fast.«

»Und Barthélemy? Ich meine, wie ist der Stand eurer Abrechnung?«

»Gino hat uns zu einem Scheinfrieden gezwungen, indem er uns mit dem Gewehr bedrohte. Ich hasse ihn, Nat. Noch nie habe ich jemandem so sehr den Tod gewünscht!«

Shaés Blick war düster. Nathan sah ihr tief in die Augen.

»Ist dir Barthélemys Tod wichtiger als mein Leben? Wichtiger als wir?«

Sie schüttelte den Kopf.

»Nein, Nat, ganz sicher nicht.«

»Umso besser, denn wir müssen noch viel erledigen, und unser Weg und der meines Onkels verlaufen noch eine Weile zwangsläufig parallel.«

Sie machte den Mund auf, um zu protestieren, aber Nathan ließ ihr keine Zeit dazu. Er stellte die Füße auf den Boden und stand auf. Ihm wurde schwindelig, und er musste sich am Bettpfosten festhalten, um nicht umzufallen. Er wartete, bis sich in seinem Kopf nichts mehr drehte, und versuchte es erneut.

Shaé hatte sich nicht von der Stelle gerührt.

»Gehen wir«, sagte er, ohne sie anzusehen.

Es war offensichtlich, dass ihre Unfähigkeit, ihn zu berühren, ihn mehr verletzte, als ihre Krallen es getan hatten.

27

Wenn Gino ein Führer ist, hat er das Recht, es zu erfahren.«

»Ich bin nicht sicher, dass das eine gute Idee ist.«

Nathan und Barthélemy blickten sich trotzig an.

Dabei hatte alles gut angefangen. Nathan wurde erleichtert empfangen, nachdem seine Schmerzen, die er aufgrund seiner Verletzungen hatte, offenbar erträglich waren. Und da sich Barthélemys Feindseligkeit gegenüber Shaé in Grenzen hielt, begannen sie sehr bald über die nahe Zukunft und die bevorstehenden Entscheidungen zu sprechen.

Bei diesem Gespräch saß Gino nur schweigend daneben. Endlich fasste er Mut und stellte eine Frage:

»Ihr werdet Réunion verlassen. Nun gut. Bevor ihr fahrt, möchte ich jedoch mehr über diese Familien wissen, von denen ihr spracht, erfahren, weshalb sich Shaé in einen Panther verwandelt und, vor allem, wer diese berühmten Führer sind. Seid nicht misstrauisch, das ist nicht einfach Neugier, sondern es ist notwendig für mich, das, was ich fühle, mit etwas Umfassendem zu verknüpfen. Mit etwas Verständlichem.«

Nach seinen Ausführungen herrschte zunächst Stille. Dann fingen Barthélemy und Nathan an zu streiten.

Der eine ertrug nur mit größter Mühe, von einer Metamorphen abhängig zu sein, um die Insel verlassen zu können, und auch nicht, dass ein Führer irgendetwas einforderte, während der andere die Führer verteidigte und auf die Gleichheit unter den Familien pochte.

Gino schämte sich, dass er dieses Wortgefecht ausgelöst hatte, hörte zu und wagte nicht, sich einzumischen.

»Es kommt überhaupt nicht in Frage, diesem Mann irgendwelche Informationen zu geben!«, schrie Barthélemy.

»Ich habe ihm schon sehr viel erzählt«, entgegnete Nathan und verschärfte den Ton. »Und ich habe nicht die Absicht, es dabei bewenden zu lassen.«

»Das verbiete ich dir!«

Das Schweigen, das nach Barthélemys Befehl eintrat, wurde durch Shaés Lachen durchbrochen. Ein Lachen wie Glas, das unter der Schuhsohle zersplittert.

»Du willst etwas verbieten?«

Es wäre schwer gewesen, noch mehr Misstrauen in eine einzige Frage zu legen. Barthélemy wurde steif. Sein Blick fiel auf das Schwert, das nicht mehr unter dem Schrank lag, sondern an seinem Stuhl lehnte.

»Shaé!«, riefen Nathan und Gino.

Sie lächelte gezwungen.

»Keine Angst«, beruhigte sie die drei, »ich wollte damit nur sagen, dass die Frage schlecht formuliert war.«

»Worauf willst du hinaus?«, erkundigte sich Nathan.

»Gino ist ein Führer. Und wenn es eine Person auf dieser Welt gibt, die ihm erklären kann, worin diese Zugehörigkeit zu einer Familie besteht, dann ist es Rafi. Wenn wir dann noch bedenken, dass ein tödliches Virus grassiert und blutrünstige Kreaturen frei herumlaufen, gibt es nur eine Schlussfolgerung: Gino muss uns begleiten!«

Während Barthélemy sich noch anschickte zu protestieren, kam Nathan ihm zuvor.

»Shaé hat recht!«, rief er. »Außerdem ist Anton unverzichtbar, um alle Kogisten für unsere Sache zu gewinnen. Und der hält sich bei Rafi auf. Nein, warte, Barthélemy, hör mir zu, bis ich fertig bin. Du kannst nicht leugnen, dass der Hass zwischen den Familien dem Anderen den Boden bereitet hat. Derselbe Hass, mit dem ihr euch beinahe gegenseitig umgebracht habt, Shaé und du, und der dich Gino gegenüber misstrauisch sein lässt. Allein hat keiner von uns gegen den Anderen eine Chance, das weißt du ebenso gut wie ich. Nur gemeinsam können wir ihn besiegen. Vergessen wir dabei nicht, dass das Wort ›gemeinsam‹ Vertrauen und Respekt erfordert.«

Dann schwieg er und sah Barthélemy an. Sein Onkel sah nachdenklich aus, als würden Nathans Argumente langsam seinen Panzer aus Vorurteilen durchdringen.

Und Shaé konnte der Versuchung, ihm den Todesstoß zu versetzen, nicht widerstehen.

»Die Tür ist verriegelt«, rief sie in Erinnerung, »und ich werde sie nicht aufschließen, wenn wir nicht alle gemeinsam hindurchgehen.«

Ein müdes Lächeln umspielte Barthélemys Lippen.

»Eine Metamorphe, die entschlossen ist, mich zu töten, ein verwundeter Kogist, ein Führer, der nicht führen kann, und ein alter Idiot, der seine Tochter verloren hat«, resümierte er. »Wir bilden ein tolles Team. Der Andere kann sich auf was gefasst machen!«

***

Das Schwierigste war nicht, dass Gino sein Haus verlassen musste oder dass Shaé und Barthélemy in denselben Wagen steigen würden, sondern, dass Chik sie begleiten sollte. Der kleine gelbe Hund drehte durch, wenn sich Shaé ihm mehr als fünf Meter näherte. Als er begriff, was ihn erwartete, flüchtete er unter den Schrank und rührte sich nicht von der Stelle.

Gino wollte nicht ohne ihn losfahren und brachte eine Engelsgeduld auf, ihn zu beruhigen. Als er den Hund endlich aus seinem Versteck hervorlocken konnte, war es bereits dunkel.

Es regnete unablässig. Trotz des Allradantriebs und des kräftigen Motors war es schwierig, die Bodenplatten, die den Weg befestigten, zu befahren. Zweimal wären sie beinahe von Schlammbächen, die aus den Bergen herabstürzten, fortgespült worden.

Trotzdem gelang es ihnen, die Schnellstraße zu erreichen, die am Meer entlangführte. Sie war vollkommen leer. Als Barthélemy gerade nach rechts abbiegen wollte, um in Richtung Norden zu fahren, rief Shaé:

»Sind wir in der Nähe von Étang-Salé und dem Schlund?«

»Ungefähr zwanzig Minuten entfernt. Warum?«

»Nathans Schwert liegt vielleicht noch dort unten.«

»Ist nicht so schlimm«, sagte Nathan, »ist doch nur ein Schwert.«

Barthélemy, der ein Katana besaß, das von einem großen japanischen Meister geschmiedet wurde, hielt an und dachte nach.

»Der Umweg ist es wert. Ich weiß nur nicht, ob …«

Er hielt inne, weil die hintere Wagentür aufging und Shaé nach draußen sprang. Sie war sofort klatschnass.

»Ich kümmere mich um dein Schwert«, sagte sie zu Nathan durch das halboffene Fenster. »Wir treffen uns an der Verladestation.«

»Das ist doch Quatsch«, entgegnete Nathan. »Ich brauche die Waffe nicht, und wir haben es eilig.«

»Bei der Dunkelheit und dem Unwetter bin ich viel schneller als ihr mit dem Auto«, erklärte sie. »Keine Sorge, wenn ich unangenehme Bekanntschaften mache, suche ich keinen Streit, sondern mache mich aus dem Staub. Ich glaube nicht, dass ein Ims Lust hat, mich zu verfolgen, oder dass ein Kharx dazu in der Lage ist.«

Und schon verwandelte sie sich. Unter Ginos erstauntem Blick wurde sie zum Panther und verschwand in der Dunkelheit.

»Weshalb tut sie das?«, fragte Gino verwundert. »Ich meine, warum holt sie dein Schwert, wenn du es nicht brauchst?«

»Das ist die einzige Möglichkeit für Panther, um Entschuldigung zu bitten«, murmelte Nathan und starrte hinaus in die Nacht.

Sie fuhren eine halbe Stunde, ohne ein Zeichen menschlichen Lebens zu entdecken. Sie bemerkten nur ein paar kurze Lichtschimmer oder flüchtige Bewegungen, als sie durch Saint-Gilles fuhren. Das konnte bedeuten, dass sich die Leute vor dem Sturm in Sicherheit gebracht hatten oder, schlimmer noch, dass die Epidemie weiter fortgeschritten war. In diesem Fall würde die Insel bald ein einziger riesiger Friedhof sein.

Der strömende Regen und die immer stärkeren Sturmböen zwangen sie, langsamer zu fahren. Als sie die Verladestation erreichten, die unterhalb der Straße lag, waren sie kaum überrascht, dass sie unter Wasser stand.

Barthélemy fuhr mit dem Geländewagen weiter, aber als das Wasser bis zu den Türen reichte, starb der Motor ab und weigerte sich, wieder anzuspringen.

»Wir müssen ungefähr noch hundert Meter zurücklegen«, sagte Nathan. »Das sollten wir zu Fuß schaffen.«

Es gelang ihnen mit knapper Not. Nathan war verletzt und kam nur mühsam voran. Er hätte es nicht geschafft, wenn Barthélemy ihn nicht gestützt und das letzte Stück praktisch getragen hätte. Gino lief gebückt und hielt Chik fest an sich gedrückt.

»Wenn Führer zu sein so etwas bedeutet«, brummte er, »dann lass ich's bleiben.«

Dann stieg das Gelände ein wenig an, und auch wenn es immer noch eimerweise auf sie herabschüttete, so standen sie doch nicht mehr mit jedem Schritt halb unter Wasser. Plötzlich tauchte der Felsen, früher als erwartet, hinter dem Regenvorhang auf.

Shaé erwartete sie bereits.

Wortlos reichte sie Nathan das Schwert und öffnete die Tür.

Wie eine zauberhafte Aura breitete sich das helle Licht eines sonnigen Nachmittags um sie herum aus.

»Nach Ihnen, meine Herren«, sagte sie und trat zur Seite.

28

Bis zur Tür, die nach Ouirzat führte, musste man Gino regelrecht zerren, denn er war vor lauter Verwunderung über das Haus im Irgendwo wie gelähmt.

»Aber wo sind wir?«, stammelte er. »Es ist Tag. Und diese Prärie, dort draußen, hier, diese Treppe, wohin führt sie? Wartet! Was ist das denn für ein Ort? Das gibt's doch nicht! Dieser Balkon, warum ist er …? Seht mal hier!«

»Sei still!«, befahl ihm Nathan schließlich, packte ihn am Arm und zwang ihn, ihm in die Augen zu sehen.

»Aber …«

»Nein, sei still! Dieser Ort heißt Irgendwo und wir sind in *dem* Haus. Alles, was du im Augenblick wissen musst, ist, dass jede dieser Türen um dich herum zu einem anderen Ort auf der Welt führt.«

»Zu einem … ich verstehe gar nichts mehr. Wer hat dieses Gebäude errichtet? Wieso kann es hier Tag sein, während …«

»Halt, Gino. Es ist sehr kompliziert, und wir haben keine Zeit, es dir zu erklären.«

»Aber …«

»Nein, später! Wir müssen weiter.«

Gino musste man ziehen oder schieben, bis sie die gesuchte Tür erreichten. Als sie sie öffneten, wehte ein trockener, warmer Wind in den Raum, während das intensive Licht eines sich neigenden Tages sie in ein orangefarbenes Licht tauchte.

»Wo sind wir hier?«, fragte Gino besorgt.

»In Nordafrika«, antwortete Nathan.

Shaé nickte zustimmend. Sie schätzte Nathans Diskretion und war offensichtlich froh darüber, dass er Barthélemy nicht vollkommen vertraute. Auch wenn dieser jetzt lammfromm wirkte, wäre es doch töricht zu glauben, er habe plötzlich eine Zuneigung für die anderen Familien, insbesondere für die Führer, entwickelt. Es war überhaupt nicht nötig, dass er wusste, wo Rafi lebte.

Sie gingen den Weg entlang, der sich zwischen den riesigen, ockerfarbenen Felsen, die wie die Wächter des Tores wirkten, hindurchschlängelte. Von da aus ging es hinunter ins Dorf. Nathan und Shaé liefen voran, gefolgt von Barthélemy; dann kam Gino, der sich immer noch unablässig wunderte, wenn auch weniger als im Haus.

»Ich kann es nicht fassen! Wie kann man über sechstausend Kilometer in wenigen Minuten zurücklegen? Dort hinten ist doch die Wüste? Aber doch nicht etwa die Sahara? Doch? Und diese Berge? Wo, hast du gesagt, sind wir, Nathan?«

Er gab erst Ruhe, als sie Ouirzat erreichten.

Die Abendluft duftete, und die Dorfbewohner gingen friedlich ihren Beschäftigungen nach. Nathan grüßte mit der Hand einen Jungen, der eine Ziegenherde begleitete, und eine alte Frau, die dabei war, einen Korb zu flechten.

Vor Rafis Haus stand ein Arganbaum mit knotigem Stamm und dichtem Blattwerk. Darunter saßen zwei weißhaarige Männer im Schneidersitz. Einer hatte langes, der andere kurzes Haar. Sie waren offenbar in eine leidenschaftliche Diskussion vertieft und bemerkten die Besucher erst, als sie kurz vor ihnen standen.

Nathan und Shaé, die Rafi auf den ersten Blick erkannt hatten, zuckten zusammen, als sie entdeckten, wer die zweite Person war: Anton!

Der alte Kogist erhob sich und trug ein strahlendes Lächeln im Gesicht.

»Nathan!«, rief er und breitete die Arme aus.

Nathan blieb sprachlos stehen. Das letzte Bild, das er von seinem Großvater in Erinnerung hatte, war das eines Mannes, der mit nachtschwarzen Augen mitleidslos seinen Tod befahl. War das derselbe, dessen Züge heute, bei ihrem Wiedersehen, Heiterkeit ausstrahlten?

Anton spürte Nathans Zögern, und sein Lächeln verschwand.

»Es tut mir leid«, sagte er. »Ich habe mich wie ein unausstehlicher Idiot benommen und hätte Verständnis dafür, wenn du nie mehr mit mir reden wolltest, ganz zu schweigen davon, dass du mir wieder deine Zuneigung schenkst. Ich muss für vieles um Vergebung bitten, dessen bin ich mir bewusst, und wenn ich mich nicht in ein Erdloch verkrieche, dann nur, weil ich nicht vor mir selbst fliehen kann. Ich habe mich verändert, das versichere ich euch, und es wäre schlimm, wenn euch das unwahrscheinlich erschiene. Onjüs Gift ist in meine Adern gedrungen und hat sich mit den Fehlern vermischt, die ich seit über einem halben Jahrhundert in mir trage. Es hat mich zum Äußersten getrieben. Rafi hat das Gift verscheucht, aber er hat auch die Schlacke entfernt, die sich im Laufe meiner Existenz in mir abgesetzt hatte.«

Nathan stieß einen erstaunten Pfiff aus.

Sein Großvater hatte so offen und spontan gesprochen, er war Lichtjahre von der Person entfernt, die sich um ein Haar auf die Seite des Anderen geschlagen hätte, und er ähnelte auch in keiner Weise mehr dem Familienoberhaupt, das sich im Laufe der Jahre zum Despoten entwickelt hatte. Rafi hatte Nathan zwar erzählt, dass jeder, der Onjüs Gift überlebte, sich radikal veränderte. Doch auch er war nicht weniger erstaunt über Antons Sinneswandel.

Shaé war von Onjüs Gift durch den Beistand der Delphine und die Kraft des Ozeans geheilt worden. Das hatte sie ihm zumindest berichtet. Im Gegensatz zu Anton war sie aber nicht vollkommen verändert.

Nathan wandte sich Rafi zu und suchte nach Worten. Doch im Moment konnte er nichts sagen, er war dazu nicht in der Lage.

Rafi sah Gino mit aufgerissenen Augen an. Er schien sehr bewegt.

»Wer sind Sie?«, fragte er schließlich.

»Ich?«, antwortete Gino verwundert.

»Ja, Sie.«

»Na ja, ich bin Gino, und nach Ansicht einiger hier anwesenden Personen bin ich auch das, was sie einen Führer nennen.«

Rafi gab einen Juchzer von sich.

»Das war nicht vorauszusehen!«, rief er. »Ich habe es nicht gesehen, und es geschieht doch!«

Einen Schritt weit im Hintergrund stand Barthélemy und beobachtete das Geschehen weniger entspannt, als er es sich gewünscht hätte.

Er machte Anton keine Vorwürfe, obwohl dieser Enolas Verfall und ihren Tod miterlebt, aber nicht eingegriffen hatte. Er war erleichtert, dass es seinem Onkel gelungen war, sich aus den Fängen des Anderen zu befreien und sich zu bessern. Wenn doch nur Enola diese Chance gehabt hätte! Barthélemy schob den Gedanken weg. Dieser Wunsch hatte nichts mit dem zu tun, was geschehen war. Enola war dem Anderen verfallen, weil er, ihr Vater, versagt hatte. Er schloss die Augen, um seine Tränen zurückzuhalten, die er ruhig hätte laufen lassen können.

Als er seine Augen wieder öffnete, fiel sein Blick auf Rafi. Er erinnerte sich an den alten Berber und an seine erstaunlich blauen Augen. Und dann wurde ihm klar, dass der alte Führer alles getan hatte, damit Nathans Eltern sich begegneten. Damit das Blut aus drei verschiedenen Familien in den Adern des Kindes floss, das aus ihrer Ehe hervorgehen sollte.

Hatte er Ähnliches für Shaé getan, die die Fähigkeiten der drei übrigen Familien geerbt hat?

Barthélemy dachte zurück an die dunkle Winternacht, als er in der Überzeugung, zum Wohl der Kogisten zu handeln, Shaés Eltern getötet hatte. Er wusste zu jenem Zeitpunkt nicht, dass sie ein Kind hatten. Hätte er sie, wenn er es gewusst hätte, dennoch ermordet? Hätte er kaltblütig auch ein sechsjähriges Mädchen getötet? Eine Welle des Entsetzens überrollte ihn.

Nathan und Shaé.

Er beobachtete sie. Nathan war stumm vor Verwunderung über seinen Großvater, und Shaé sah ihn scheu an. Die Liebe dieser beiden strahlte in die Gegenwart und in die Zukunft wie ein Leuchtturm. Allerdings war ein kleiner Schatten erkennbar, ein schwarzer Punkt im Licht ihrer Gefühle.

Plötzlich wusste er, was nicht stimmte. Er konnte sich nicht erinnern, ein einziges Mal gesehen zu haben, wie sie sich küssten oder berührten. Wollten sie das so oder war das auf das feindselige Verhalten der Kogisten zurückzuführen?

Barthélemy verzog das Gesicht. Auf einmal war ihm der Gedanke an sein bisheriges Verhalten sehr unangenehm.

Chiks Gekläff unterbrach die eingetretene Stille. Rafi räusperte sich.

»Gehen wir nach drinnen«, schlug er vor. »Dort wartet seit heute Morgen eine Tajine auf euch. Wir müssen wichtige Entscheidungen treffen.«

DAS HERZ

1

Du kannst uns wirklich über nichts berichten, das uns weiterhelfen würde?«

»Nichts, Nathan. Ich bin ein Führer, kein Zauberer. Ihr werdet gegen Onjü kämpfen, das ist gewiss, aber alle Wege in die Zukunft hängen von dieser Auseinandersetzung ab. Und der Lärm, den sie verursacht, hindert mich daran, den einen Weg zu erkennen, der günstiger wäre als ein anderer. Ich kann euch nur raten, vorsichtig und mutig zu sein. Meine Gedanken begleiten euch, meine Freunde.«

Rafi hielt seine Hand aufs Herz und verneigte sich. In dem Augenblick, als Anton ins Haus gehen wollte, erhob Gino zögerlich seine Stimme:

»Darf ich ein paar Worte hinzufügen?«

Fünf Augenpaare richteten sich auf ihn und er errötete.

»Wir hören dir zu«, sagte Rafi, als würde nichts anderes zählen.

»Ich bin nicht sehr gebildet, und es fällt mir schwer, all das zu verstehen, was ihr mir seit gestern Abend mühsam zu erklären versucht, aber ich bin Rafi Hâdy Mamnoun Abdul-Salâm sehr dankbar, dass er mich hierbehält und mir sein Wissen vermittelt. Ich fürchte, ich werde nicht seinen Erwartungen entsprechen.«

»Du stellst dich schon recht gut an, was die Bildung langer Sätze angeht«, merkte Nathan ironisch an.

Gino lächelte.

»Was ich sagen wollte, ist, dass der Andere aus drei unterschiedlichen Teilen besteht: aus Jaalab, der Kraft, Onjü, dem Herz, und Eqkter, der Seele.«

»So ist es«, hakte Barthélemy ein, »aber Sie haben alle Zeit der Welt, um mit Rafi die Geschichte der Familien durchzusprechen. Wir müssen unsererseits nach Paris zurückkehren und uns mit Onjü auseinandersetzen. Wenn er sich noch dort aufhält.«

»Genau.«

»Genau was?«, fragte Barthélemy verärgert.

»Jaalab wurde durch die Kraft besiegt, und das war kein Zufall. Onjü kann nicht mit denselben Mitteln bekämpft werden.«

»Onjü ist das Herz«, sagte Nathan nachdenklich.

»Ein Herz kann durchbohrt werden«, merkte Barthélemy an.

»Ich drücke mich schlecht aus«, entschuldigte sich Gino, »und ich gebe wahrscheinlich absurdes Zeug von mir. Behaltet trotzdem meine Worte in einer Ecke eures Gedächtnisses. Jaalab war die Kraft, und er starb durch die Kraft. Onjü kann nur durch das Herz umkommen.«

»Wir werden daran denken«, versprach Shaé.

Dann wandte sie sich an Rafi:

»Möchtest du, dass ich diese Tür verriegele, wenn wir durch sie hindurchgegangen sind? Damit nicht irgendjemand ohne weiteres nach Ouirzat gelangt.«

Sie hatte keine Namen genannt, aber es war klar, dass sie auf die Kogisten anspielte. Rafi machte eine beruhigende Handbewegung.

»Das ist nicht nötig. Wie auch immer die Schlacht,

die euch erwartet, ausgehen wird – danach wird nichts mehr so sein, wie es einmal war.«

Nathan bewegte seine verletzte Schulter. Rafi hatte sie mit einer Salbe eingerieben, die die Schmerzen linderte, das Gewebe festigte und die Vernarbung beschleunigte. Genauso hatte er seinen Bauch und seinen Rücken behandelt. Nathan fühlte sich wieder kräftig und war bereit, den Kampf gegen Onjü aufzunehmen.

»Gehen wir«, sagte er.

Selbstsicher betrat er das Haus. Shaé und Barthélemy folgten ihm. Anton nahm sich noch die Zeit, Ginos und Rafis Hand zu schütteln.

»Danke, mein Freund«, sagte er zu dem alten Berber. »Ich danke dir aus tiefstem Herzen.«

Nathan war nicht sicher, ob er sich nicht verhört hatte.

***

Die Tür nach Paris ließ sich zunächst nicht öffnen, obwohl sie nicht verriegelt war. Mit vereinten Kräften gelang es Nathan und Barthélemy schließlich, sie ein paar Zentimeter aufzudrücken. Durch den Spalt sahen sie eine Schneedecke, die bis zum Türsturz reichte. Sie war nicht fest, und zu viert schafften sie es, ausreichend Raum zu schaffen, um graben zu können. Dennoch benötigten sie zwei Stunden, um ins Freie zu gelangen.

Paris war vollkommen eingeschneit und zugefroren.

Der Schneesturm, der vor einer Woche begonnen hatte, hatte sich zwar beruhigt, aber die Ruhe in der Hauptstadt war offensichtlich nur vorübergehend. Die Verwehungen in den Straßen erreichten teilweise eine

Höhe von drei Metern, und die Sachschäden waren immens.

Doch das war nicht das Schlimmste.

»Traurig, aber vorhersehbar«, erklärte Barthélemy, als sie die kleine Straße verließen.

Er blieb gefasst, aber die anderen erschauerten, weniger wegen der Kälte als wegen des Anblicks, der sich ihnen bot.

Schaufensterscheiben waren eingeschlagen, und die wenigen Autos, die die Schneemassen nicht unter sich begruben, waren demoliert. Flüchtende, mit Säcken bepackte Silhouetten verschwanden zwischen den Häusern. Sie bewegten sich so unauffällig, als hätten sie Angst oder ein schlechtes Gewissen. Ein kurzer, scharfer Schrei drang aus einem Haus in der Nähe, dann folgte eine unheimliche Stille.

»Was ist hier los?«, fragte Nathan erschrocken.

»Dasselbe wie auf Réunion: ein Unwetter und das Verschwinden der sozialen Regeln. Die Leute stehen auf einmal vor einer schrecklichen Alternative: sich von ihrer besten oder ihrer schlechtesten Seite zu zeigen!«

»Das ist unmöglich«, regte sich Nathan auf. »Nicht innerhalb einer Woche. Es muss sich um ein Virus handeln, das Onjü in die Welt gesetzt hat. Eine Art Virus, das ...«

»Nein, Nathan«, unterbrach ihn Barthélemy. »Je komplexer eine Gesellschaft ist, je größer die Zwänge, die auf dem einzelnen Bürger lasten, umso fragiler wird das Sozialgefüge. Ein zehntägiger Schneesturm hätte in der Provinz lediglich Auswirkungen auf die Landwirtschaft. Aber in einer Stadt wie Paris hat er dramatische Folgen. Der Ausfall von Strom, von Kommunikations-

und Transportmöglichkeiten, Angst vor Lebensmittelknappheit, Wegfall der Ordnungskräfte, das macht die Pariser …«

Shaé bedeutete ihm mit einer Handbewegung, er möge schweigen.

»Redet ihr von Menschen, die zum Äußersten fähig sind?«, fragte sie in hartem Tonfall.

Sie zeigte ans andere Ende der Straße.

»Dort sind sie!«

2

Nathan hatte gezögert, bevor er sich das Masamune auf den Rücken schnallte. Er empfand noch immer eine echte Zuneigung zu seinem Schwert, aber er hatte keine Lust, es zu gebrauchen.

Wenige Worte von Barthélemy genügten, ihn zu überzeugen.

»Ich verstehe deine Zurückhaltung, Nathan, und ich respektiere deine Überzeugungen. Das musst du vor dir selbst verantworten. Aber Paris zu erobern und Onjü zu vernichten, das bedeutet kämpfen und töten. Wenn du dazu nicht in der Lage bist, bleib bei Rafi und Gino. Eine sensible Seele können wir nicht gebrauchen.«

Das Argument traf Nathan. Sein Onkel wusste, dass er sie nicht im Stich lassen würde. Er spielte mit Nathans Gefühlen und seiner Unfähigkeit, sein neues und noch vages Ideal der Gewaltfreiheit in die Tat umzusetzen.

Mit einem Kloß im Hals befestigte er die Tsuka seines Schwerts an einem Umhängegurt, so dass der Griff über die Schulter ragte und er es in Sekundenbruchteilen ziehen konnte. Er war wieder zum Krieger geworden.

Und er bereute es nicht.

Aus einer Querstraße war eine Gruppe aufgetaucht, die auf sie zukam. Ein Dutzend Männer, eingemummt in Hochgebirgskleidung, deren zur Schau gestellte Selbstsicherheit im krassen Gegensatz zur Ängstlichkeit der Menschen stand, die ihnen bisher begegnet waren.

Die einen hielten Baseballschläger in der Hand, andere hatten Stahlketten um den Arm gewickelt. Außerdem gab es welche, die mit Eisenstangen oder sogar mit Kavalleriesäbeln ausgerüstet waren.

»Wer sind die?«, fragte Anton und ließ sie nicht aus den Augen.

»Ich glaube, wir wären überrascht, wenn wir es wüssten«, brummte Barthélemy.

»Was willst du damit sagen?«

»Egal, wer sie sind und woher sie kommen – sie haben nur ein gemeinsames Ziel. Ein Ziel, das sie ohne den Sturm mit Sicherheit ihr ganzes Leben nicht gehabt hätten.«

»Welches?«

»Es sind Aasgeier.«

Die Gruppe war höchstens noch dreißig Meter entfernt. Shaé schnupperte.

»Sie haben keine Schusswaffen«, verkündete sie. »Doch, halt, der Dicke mit dem roten Anorak trägt eine. Er ist der Einzige, der nach Pulver riecht.«

Barthélemy nickte.

»Um ihn müssen wir uns als Erstes kümmern.«

»Wir könnten flüchten«, schlug Nathan vor.

»Das würden sie als Zeichen interpretieren, dass wir etwas Wertvolles besitzen, und würden uns jagen. Wir müssen ihnen gegenübertreten. Shaé, ich rate dir, deine Kapuze überzuziehen, damit sie zumindest nicht deine Haare und dein Gesicht sehen können.«

»Warum?«, fragte sie verwundert.

»Wir können eine Schlägerei nur vermeiden, indem wir sie davon überzeugen, dass ein Angriff auf uns ihnen mehr Nachteile als Vorteile bringt. Das klappt aber nicht, wenn sie entdecken, dass ein hübsches junges Mädchen unter uns ist.«

Shaé brummte bedrohlich, folgte aber der Anweisung.

Die Männer kamen näher.

Angesichts der zwölf feindlichen Blicke lief Nathan ein Schauer über den Rücken. Der Mann im roten Anorak blieb vor Barthélemy stehen und musterte ihn arrogant. Die anderen hielten sich einen Schritt hinter ihm und taten es ihm gleich. Der Abstand signalisierte deutlich die Machtverhältnisse innerhalb der Bande.

»Was habt ihr hier zu suchen?«, fragte der Chef schnippisch.

Die Frage war rein formal und diente nur als Test. Barthélemy ließ sich nicht aus der Ruhe bringen.

»Wir sind unterwegs zu einem Freund.«

»Das ist unser Viertel.«

»So.«

Ein einziges Wort, voller Gleichgültigkeit. Der Mann in Rot war irritiert und drehte sich zu seinen Kumpanen um, auf der Suche nach Unterstützung.

»Vielleicht haben sie Geschenke für uns«, sagte einer mit Baseballschläger.

»Damit wir sie durchlassen«, fügte ein anderer hinzu.

Der Chef nickte.

»Habt ihr gehört, was meine Kameraden gesagt haben? Wir suchen keinen Streit, aber die Zeiten sind hart. Als Zeichen eurer Freundschaft hätte ich gerne …«

Er verstummte. Soeben hatte er Shaé entdeckt und ihre eindeutig weiblichen Formen bemerkt. Ein Anflug von Lüsternheit zeichnete sich auf seinem Gesicht ab.

»… dieses Fräulein!«, beendete er seinen Satz. »Die

Straßen sind gefährlich, und bei uns wäre sie in Sicherheit.«

»Kommt nicht in Frage!«, widersprach Nathan, während Shaé sich versteifte.

Der Mann in Rot griff mit der Hand in seine Jackentasche.

Barthélemy trat in Aktion.

In dem Augenblick, als sein Gegner die Pistole auf sie richten wollte, schnellte sein Fuß nach oben. Sein Fuß traf das Handgelenk des Mannes, und die Pistole flog davon. In derselben Sekunde zog er sein Schwert und hieb zu.

Ein meisterhafter Hieb.

Tödlich.

Der Mann in Rot hatte nicht die geringste Chance.

Stahlklirren.

Nathans Masamune hatte Barthélemys Klinge abgewehrt.

»Nein!«, hatte Nathan geschrien.

Während Barthélemy wütend seine Waffe senkte, bewegte sich der Mann in Rot kurz. Ob Angriff oder Flucht, keiner hatte Zeit, das zu erraten. Nathans Fuß traf ihn am Kinn und schleuderte ihn halb betäubt auf seine Kumpane.

Nathan nutzte seinen Schwung aus, schwenkte herum und schlug mit der flachen Seite der Klinge an die Schläfe des Mannes mit dem Schläger, der zusammenbrach. Eine weitere Drehung, und derjenige, der vorgeschlagen hatte, sie nicht durchzulassen, spürte plötzlich die Klinge des Katana an seiner Kehle.

»Eine einzige Bewegung, und ich mache aus dieser Straße einen Schlachthof!«

Nathans Stimme klang so scharf wie sein Schwert. Die kleine Bande erstarrte.

»Und jetzt macht den Weg frei!«

Der Befehl duldete keinen Widerspruch. Die Männer stützten ihren Chef und denjenigen, dem Nathan einen Schlag an die Schläfe versetzt hatte, und wichen zurück. Als sie auf einmal kapierten, dass ihr Leben nur noch an einem dünnen Faden hing, türmten sie.

Nathan drehte sich um zu seinen Mitstreitern.

Auch wenn sie dieselbe kriegerische Haltung zeigten und bereit waren, ihn zu unterstützen, so konnte man doch in ihren Gesichtern sehr unterschiedliche Emotionen ablesen.

Verliebte Bewunderung bei Shaé.

Ruhiger Stolz bei Anton.

Wut bei Barthélemy, der sein Schwert mit einer fließenden Bewegung wieder in die Scheide steckte.

»Du bist schuld, dass ich mein Gesicht verloren habe«, fluchte er. »Komm mir bloß nicht noch mal in die Quere!«

»Pass du lieber auf, dass du mich nicht noch einmal zwingst einzugreifen.«

Nathan hatte, ohne zu zögern und ohne Furcht, geantwortet. Ihre Blicke kreuzten sich wie Säbelklingen. Zwischen ihnen herrschte eine unglaubliche Spannung.

»Diese Männer zu töten wäre ebenso dumm wie unnütz gewesen«, fuhr Nathan gefasst fort. »Sie haben für uns nicht die geringste Gefahr dargestellt.«

Barthélemys grüne Augen funkelten.

»Du hast mir nicht vorzuschreiben, was ich zu tun habe!«

»Keine Frage«, mischte sich Anton ein, »dennoch hat

Nathan in genau diesem Punkt recht. Diese Männer sind Aasgeier, aber vor allem sind sie Onjüs Opfer. Und wir müssen uns unsere Wut und unsere Schläge für Onjü aufheben.«

Er hatte mit Nachdruck geredet, und Barthélemy nickte zustimmend.

»Auf geht's«, sagte er nur, »auf uns wartet Arbeit.«

3

Eine lange Prozession bewegte sich in Richtung Place de la Concorde. Shaé deutete auf sie.

»Diese Leute wurden nicht durch den Sturm verändert«, sagte sie zu Nathan. »Dein Onkel hat mal wieder übertrieben.«

Nathan lächelte.

»Findest du, dass Barthélemy übertreibt?«

Shaé errötete und antwortete nicht.

Riesige Baumaschinen hatten den Platz leer geräumt, dabei den Schnee aber nur aufgetürmt und nicht abtransportiert. Militärhubschrauber hatten die Wetterberuhigung ausgenutzt und waren in der Mitte gelandet. Sie luden unglaubliche Mengen an Lebensmitteln aus und verteilten sie auf riesige Tische, die zu einem Karree mit einer Seitenlänge von fünfzig Metern aufgestellt waren. Hunderte von Menschen warteten geduldig auf dem Platz. Soldaten im Drillich verteilten die Nahrung.

Nathan entdeckte mehrere Kameraleute, die die Szenerie filmten, und auch Kinder, die im Schnee spielten, während ihre Eltern anstanden.

»Die Katastrophe hat nicht solche Ausmaße angenommen, wie wir dachten«, sagte er zu Barthélemy.

Der zuckte die Schultern.

»Noch nicht. Wenn der Schneesturm wieder einsetzt oder der Armee die Reserven ausgehen, werden die Leute wirklich hungern. Dann bricht das Chaos aus.

Logischerweise wird das eine oder andere Ereignis demnächst eintreten. Wahrscheinlich beide zugleich. Wenn kein Wunder geschieht, gebe ich Paris eine Woche, bis es zum Friedhof für die Aasgeier wird.«

Nathan sah seinen Onkel verwundert an. Er erkannte ihn nicht wieder.

Doch sehr schnell fing er sich wieder, denn er musste zugeben: Er kannte seinen Onkel gar nicht.

Wie soll man jemanden zu kennen glauben, der sich einerseits so warmherzig zeigen konnte und in der nächsten Sekunde eiskalt und schrecklich auftrat? Jemand, der, ohne zu zögern, einem Mann die Kehle durchschnitt und zugleich sein Leben für ein Familienmitglied riskierte? Der offen und vertrauensvoll und gleichzeitig ein absoluter Pessimist war?

Sie verließen die Place de la Concorde in Richtung Avenue Gabriel.

Die Temperatur war arktisch. Sie stapften durch tiefen Schnee, der ihnen teilweise bis zu den Oberschenkeln reichte. Ihre Kleider waren durchnässt und schützten sie nicht mehr.

Shaé war kurz davor, sich zu verwandeln, aber sie hielt sich zurück. Als Schneeleopard würde die Kälte ihr nichts mehr anhaben, und sie könnte ihren Freunden wirksamer helfen als in ihrer menschlichen, zähneklappernden Form.

Aber sie hielt sich zurück, weil sie wusste, dass zwei ihrer Freunde das gar nicht gut fänden.

Ihre Freunde.

Sie unterdrückte ein höhnisches Grinsen. Barthélemy und Anton waren nicht ihre Freunde, höchstens vorübergehende Gefährten.

Vor allem Barthélemy.

Die Lust, zu töten, die ihr auf Réunion beinahe den Verstand geraubt hätte, war verschwunden, aber den Anblick des Kogisten konnte sie immer noch nicht ertragen. Sie empfand für Barthélemy nur Hass und wusste, dass es auf Gegenseitigkeit beruhte.

Dann dachte sie über Anton nach.

Er sprach wenig, lief trotz seines Alters die ganze Zeit, ohne zu klagen, mit, und der Blick, mit dem er Menschen und Dinge betrachtete, war nicht mehr von dem Hochmut geprägt, der – Nathan ausgenommen – so charakteristisch für die Kogisten war.

Shaé erinnerte sich an das wunderbare Hochgefühl, das sie während ihrer Reise mit den Delphinen im Indischen Ozean empfunden hatte. Freunde. Dort hatte dieser Begriff zugetroffen. Wahre Freunde.

Sie hatten sie von Onjüs Gift befreit und eine Heiterkeit verströmt, die ihr immer gefehlt hatte. Mit viel Vertrauen und Klugheit hatten sie ihr die Augen geöffnet, und nur ihre Liebe zu Nathan hatte Shaé daran gehindert, für immer bei ihnen zu bleiben.

War es möglich, dass auch Anton sich durch seinen Kampf gegen Onjü verändert hatte? Ja, das war möglich, und auch wenn ihn das nicht gleich zu einem Freund machte, wollte sie nicht mehr an ihm zweifeln.

Jedenfalls nicht im Augenblick.

»Glaubt ihr, Onjü ist noch dort, wo ihr ihn zuletzt getroffen habt?«, fragte Barthélemy.

Er hatte »ihr« gesagt, meinte aber ganz offensichtlich Nathan. Also antwortete dieser:

»Wir haben keinen anderen Anhaltspunkt, wo wir mit der Suche beginnen könnten.«

»Das ist ein schwaches Argument …«

»Sicherlich. Trotzdem sprechen ein paar Dinge zu unseren Gunsten.«

»Ich bin ganz Ohr.«

»Ebenso wenig wie Jaalab kann Onjü ins Haus gelangen. Und da der Sturm, den er über Paris entfacht hat, die Transportmittel lahmgelegt hat, kann er auch die Stadt nicht verlassen. Weshalb sollte er dann sein Appartement in Montmartre verlassen?«

Barthélemy antwortete nicht sofort. Sein Gesicht war verschlossen. Gedankenverloren starrte er vor sich hin.

»Jaalab hätte das Haus eigentlich auch nicht betreten können. Aber es ist ihm trotzdem gelungen.«

»Ja, weil er von einem Verräter hineingeführt wurde. Er …«

Nathan hielt konsterniert inne. Wieso konnte er nur so grausam und ungeschickt sein? Natürlich war Jaalab ins Haus gelangt. Nicht weil er die Macht dazu besessen hätte, sondern weil ihn ein Verräter begleitet hatte. Eine Verräterin.

Enola.

Barthélemys eigene Tochter.

»Es … es tut mir leid«, stammelte er.

Barthélemy tat so, als habe er es nicht gehört.

***

Die Eingangstür zu dem Wohnhaus war verschlossen. Eine dicke Tür, zu dick, um sie aufzubrechen, außerdem geschützt durch ein Code-Schloss.

Barthélemy sah sich die Fassade an. Hinaufzuklettern war heikel, zumal sie bis ins letzte Stockwerk mussten.

»Ich werde durch ein Fenster im ersten Stock einsteigen«, verkündete er, »dann komme ich runter und mache euch die Tür auf.«

»Das kann ich machen«, erwiderte Nathan.

»Oder ich«, schloss sich Shaé an. »Im Fall einer unangenehmen Begegnung könnte ich mich leichter aus dem Staub machen.«

Sie erläuterte nicht genauer, wie sie vorgehen würde. Das war auch nicht notwendig, die anderen hatten verstanden.

»Am schlauesten wäre es, wir würden alle vier durch das Fenster im ersten Stock klettern«, schaltete sich Anton ein. »So würden wir Zeit gewinnen.«

»Glaubst du, du schaffst das?«, fragte Nathan beunruhigt.

Anton antwortete nur mit einem Augenzwinkern.

Ein paar Sekunden später schwangen sie sich hoch zum Balkon. Das Fenster gab problemlos nach, und schon standen sie in einer großen Wohnung, deren Mobiliar mit weißen Hussen überzogen war. Sie verließen sie durch die Wohnungstür.

Barthélemy drehte sich zu Anton um.

»Bist du sicher, dass du keine Waffe willst?«

»Ganz sicher«, antwortete der alte Kogist mit fester Stimme.

Er deutete nach oben.

»Gehen wir, das Herz erwartet uns.«

4

Als Barthélemy auf dem obersten Treppenabsatz angelangt war, zog er sein Schwert.

Nathan tat es ihm gleich und fragte sich zum ersten Mal, weshalb sein Onkel und er sich nie Handfeuerwaffen zugelegt hatten. Es wäre für Barthélemy ein Leichtes gewesen, sich eine zu beschaffen.

Und er hatte im Verlauf der Auseinandersetzungen in Saint-Louis bewiesen, wie furchterregend er mit einem Gewehr in der Hand sein konnte. Die Angst, von der Polizei erwischt zu werden, war gewiss nicht der Grund für seine Zurückhaltung.

Nein, es musste etwas anderes sein.

Etwas, das Nathan spürte.

Der Andere, der Urfeind der Familien, konnte nur mit Mitteln besiegt werden, die bereits die Männer in der Antike bei ihren ersten Auseinandersetzungen mit ihm benutzt hatten. Das wusste Nathan.

Außerdem spürte er noch intensiver, dass dem Masamune, das ihm von Sensei Kamata überreicht worden war, eine Kraft innewohnte, die jeglicher modernen Technologie überlegen war. Eine der wenigen Kräfte auf der Welt, mit denen man dem Anderen gegenübertreten konnte.

Barthélemy umklammerte den Griff.

Die Tür ging auf.

Die Wohnung war so, wie Nathan und Shaé sie in

Erinnerung hatten. Der schmale Flur mit rotem Ziegelboden, eine indische Wandbespannung, ein Tuch von Clarence Gagnon an einer anderen Wand, Grünpflanzen, warme Möbel, ein riesiger Flachbildschirm, der in einer Ecke hing, das rehbraune Ledersofa und auf dem Sofa …

»Herzlich willkommen, meine Freunde. Ich habe euch bereits erwartet.«

Eine feine Silhouette, gekleidet in einen eleganten grauen Anzug, Sonnenbrille und schwarzes, gewelltes Haar – Emiliano strahlte sie an.

Emiliano.

Onjü.

»Ihr seid nur zu viert? Wenn dies alles beendet ist, muss ich mich also noch auf die Suche nach diesem Rafi Ben Sowieso machen. Wo ich doch so viel zu tun habe. Sehr bedauerlich.«

»Was für eine geistreiche Bemerkung! Fast hätte ich Lust, zu sterben, um überprüfen zu können, ob sie auch stimmt.«

Barthélemy hatte den Raum, in dem der Kampf stattfinden würde, genau inspiziert. Er hatte ihn in Gedanken vermessen und sich den Platz von jedem einzelnen Möbelstück und jeder Tür eingeprägt. Er war bereit. Trat einen Schritt vor.

»Sieh an, sieh an«, höhnte Onjü, »sollte sich der große Barthélemy in Kampfeslaune befinden? Die wird er brauchen!«

Onjü machte ein Handzeichen in Richtung Anton und Shaé. Ein kurzes und scheinbar beiläufiges Zeichen. Ein Zeichen, das vor Macht vibrierte. Ein strikter Befehl, sich auf ihre Freunde zu stürzen.

Doch weder Shaé noch Anton rührten sich vom Fleck.

Onjü runzelte die Stirn und schien für einen Sekundenbruchteil verunsichert. Doch er fing sich sofort wieder.

»Ihr habt die Essenz, die ich euch eingeträufelt habe, verscheucht? Gute Arbeit, obwohl ich das nicht besonders schätze. Bei Anton erkenne ich die Spuren dieses Führers, der mich belästigt, aber bei dir, Shaé, entdecke ich nur bewegte und nichtgreifbare Formen. Wie hast du es geschafft? Du bist diejenige, in die ich die größten Hoffnungen gesetzt hatte. Was für eine Verschwendung!«

Barthélemy war auf der Hut und machte einen weiteren Schritt nach vorn, mit dem Schwert voraus.

»Ganz ruhig!«, trat Onjü ihm entgegen. »Ich bin sicher, dass wir eine Übereinkunft finden können.«

»Deine Manipulationsversuche sind lächerlich«, erklärte Nathan und machte ebenfalls einen Schritt vorwärts.

»Wer spricht denn von Manipulation? Ich kann euch ein Angebot machen. Ein sehr interessantes Angebot.«

»Nichts, was du uns anbieten kannst, interessiert uns!«

»Wirklich nicht?«

Als Barthélemy nur noch drei Meter von ihm entfernt war, nahm Onjü seine Brille ab. Sein vollkommen schwarzer Blick schweifte von Nathan zu Shaé, von Barthélemy zu Anton und wieder zurück auf Nathan. »Nun?«

Nathan antwortete nicht. Vor seinen Augen spielte sich eine Szene ab, die die Realität vollkommen verdrängte.

Eine einsame Hütte in den Bergen unter einer dicken Schneedecke. Innen verbreitete ein Kaminfeuer eine wohlige Wärme. Shaé lag ausgestreckt auf einem breiten Bett. Sie war nackt und ungeheuer lasziv. Unwiderstehlich. Sie streckte ihre Arme nach ihm aus und war bereit, ihm sämtliche Wünsche zu erfüllen, flehte ihn an um Zärtlichkeiten, wollte seinen Mund, seine Hände …

Mit einer energischen Willensanstrengung schüttelte Nathan den Kopf. Das war nicht Shaé, die sich ihm hingab, sondern ein Hirngespinst, geboren aus seinen ungestillten Bedürfnissen und aus seinen Ängsten. Die echte Shaé würde er vielleicht niemals berühren, doch er liebte sie.

Die Hütte verschwand. Was blieb, war Onjü, der ihn beobachtete. Aus seinen schwarzen Augen sprach Intrige.

»Nein«, erklärte Nathan und verstärkte den Griff um sein Masamune. »Deine Vorstellung von Liebe interessiert mich nicht.«

Barthélemy neben ihm schüttelte sich ebenfalls.

Für einen Moment hatte er auf einer Terrasse gestanden, hoch über der Welt, neben ihm Enola, die ihn anlächelte. Er legte zärtlich den Arm um die Schulter seiner Tochter, erinnerte sich an ihre gemeinsamen Pläne, an die Zukunft, die sich vor ihnen auftat, an ihre … Die Vision zersplitterte durch einen starken Willensschub und durch seine Wut. Niemand hatte das Recht, ihn zu manipulieren.

Hinter ihnen fauchte Shaé, die zum Panther geworden war; ihre einzige Möglichkeit, Onjüs Versuchung zu widerstehen. Ein kleines Haus in einem ruhigen Dorf, zusammen mit ihren Eltern und Nathan. Und auf einem nahe gelegenen Hügel lag, von wütenden Krallen aufgeschlitzt, Barthélemy im Sterben und dachte an sein Glück. Anton, der in der Tür stehen geblieben war, musste kurz lachen.

»Ich bin zu alt für deine Taschenspielertricks. Du findest nichts, was mich mehr verführen könnte als die Freude, dich zum Teufel zu jagen.«

»Das glaubst du, alter Starrkopf. Ich …«

Barthélemy griff an.

Blitzschnell überwand er die Entfernung zwischen ihm und Onjü und schlug zu …

… ins Leere.

Mit einem unglaublichen Satz war Onjü aufgesprungen und hatte sich in Sicherheit gebracht. Unter den ungläubigen Blicken seiner Gegner verschwammen seine Konturen.

Er verwandelte sich in einen dunkelhäutigen Mann, der wie ein antiker Krieger aussah. Von seinem muskulösen, perfekt proportionierten Körper ging die extreme Bedrohung eines todbringenden Wesens aus. Er schwang ein breites, zweischneidiges Schwert, als wöge es nichts, und sein makelloses Gesicht strahlte.

Das Lächeln des Siegers.

Barthélemy und Nathan griffen an, einer von links, der andere von rechts, so synchron, dass es aussah wie ein tausendfach erprobtes Ballett. Als ihre Schwerter niedergingen, schoss der mächtige Körper des Panthers dazwischen. Er drückte sich auf Onjüs Schultern ab, riss sie im Sprung auf, landete hinter ihm und schlitzte ihm den Rücken auf.

Er wollte sich umdrehen, da fuhren die Katanas furchtbar in seinen Bauch. Dann trennte jede Klinge einen Arm ab, sie kreuzten sich auf Höhe seines Halses, während sich die tödlichen Fangzähne des Panthers in sein Genick bohrten.

Onjü sank auf die Knie.

Barthélemys Schwert zischte ein letztes Mal durch die Luft.

Der enthauptete Körper desjenigen, der das Herz gewesen war, sackte zusammen, während sein Kopf bis zur Wand rollte. Es knisterte, eine widerliche Dunstwolke stieg auf, und dann waren die makabren Überreste verschwunden, ohne eine Spur zu hinterlassen.

»Es ist zu Ende«, murmelte Nathan.

Hinter ihnen erhob sich eine spöttische Stimme und ließ sie hochfahren.

»Zu Ende? Glaubst du wirklich?«

5

Onjü stand ihnen gegenüber, nicht als Krieger, sondern als das Wesen, das er besonders mochte.

Als Emiliano.

Er lächelte sie an. Beinahe zärtlich.

»Meine armen Freunde, wie berechenbar ihr doch seid. Dachtet ihr, ein paar beherzte Hiebe mit euren erbärmlichen Schwertern könnten mir etwas anhaben? Dachtet ihr das wirklich?«

Barthélemy stieß ein wütendes Gebrüll aus. Er sprang, so geschmeidig wie eine Raubkatze, und schwang sein Schwert. Die stählerne Klinge durchtrennte Onjüs Körper, als sei er Luft.

»Wie bedauerlich!«

Barthélemy hieb erneut zu.

Ohne dass seine Waffe den geringsten Widerstand spürte.

Onjü brach in Gelächter aus und legte seine Hand auf Barthélemys Stirn. Der wurde nach hinten geschleudert, als hätte er eine Starkstromleitung berührt.

Mühsam erhob er sich wieder und war halb betäubt.

Nun griff Nathan an. Genau in dem Moment, als sich Shaé auf Onjü stürzte.

Das Masamune durchstieß Onjüs Körper, ohne ihm die kleinste Verletzung beizubringen, und der Panther fand sich auf der anderen Seite seiner Beute wieder, ohne dass seine Krallen ihm auch nur einen Kratzer zugefügt hätten.

Nathan kniff die Augen zusammen.

Onjüs Umriss hatte sich verändert und schien nur noch teilweise real. Er war durchsichtig geworden, als wären die Stahlklingen zu einem Teil seiner Erscheinung geworden.

»Genau so ist es«, spottete Onjü. »Eure Schwerter waren nicht vollkommen unwirksam. Das heißt nicht, dass ihr hoffen dürft, sie würden euch noch nützen. Ich bin mit dieser Erde durch stärkere Bande verbunden als durch ein paar lächerliche Zentimeter vergängliches Fleisch. Durch Bande, die der schärfste Stahl nicht durchtrennen kann.«

»Die Bande des Herzens!«

Nathan wandte sich um zu seinem Großvater, der soeben mit ruhiger Stimme gesprochen hatte. Onjü brach erneut in Gelächter aus.

»Die Bande des Herzens? Warum nicht, alter Narr. Ich bin das Herz des Anderen. Treffender hättest du es kaum ausdrücken können.«

»Darauf habe ich nicht angespielt«, widersprach Anton, »sondern auf jene Bande, die viel zerbrechlicher sind, als du es behauptest, jene, die deine letzten Anker sind.«

»Anker?«, höhnte Onjü.

»Ja. Vier Anker. Wir.«

»Soso.«

»Du saugst deine Macht aus denjenigen, die du manipulierst. Und indem du ihnen dein Gift einflößt, sicherst du dir deine Unsterblichkeit. Eine relative Unsterblichkeit, denn es genügt, dir dein Existenzrecht abzusprechen, nicht nur, um sich selbst zu retten, sondern auch, um dich loszuwerden.«

»Nichts als Worte!«

»Jawohl, Worte, Onjü. Diese Worte, die du benutzt, um die Herzen zu verderben, dienen auch dazu, sie wieder zu heilen. Die Worte enthalten eine wunderbare Kraft, das weißt du besser als irgendein anderer, du Meister der Stürme. Du hast immer Worte gebraucht, um diejenigen, denen du dich angenähert hast, umzudrehen, so wie auch ich lange Zeit Worte gebrauchte, um meine Dominanz über meine Familie zu festigen. Kürzlich hat ein alter Berber-Freund andere Worte benutzt, um mich von deinem Gift zu befreien und um mir die Augen zu öffnen. Worte!«

Ohne seinem Gegner weitere Beachtung zu schenken, ging der alte Kogist auf Shaé zu, die immer noch ein Panther war.

Er kniete nieder vor ihr.

»Ich spreche zu dir, junges Mädchen, aber ich wende mich in meinen Gedanken durch dich hindurch an deine Vorfahren. Ich bitte dich demütig um Verzeihung. Für die Leiden, die meine Familie deiner zugefügt hat. Für meine Blindheit und meine Überheblichkeit. Für all das Blut, das geflossen ist, für die Tränen der Kinder und die getrübte Sonne. Nichts kann diese Fehler wiedergutmachen, es sei denn der entschlossene Wille, sie nie mehr zu begehen. Ich bitte dich um Verzeihung, Shaé, und ich verspreche dir, wenn sich dein und Nathans Leben miteinander verflechten, werde ich dich mit Freude als meine Enkeltochter betrachten. Mit Freude und Stolz.«

Die Luft vor Anton zitterte.

Anstelle des Panthers erschien Shaé. Sie warf ihre

schwarze Strähne aus dem Gesicht und sah mit ihren schwarzen Augen tief in die smaragdfarbenen des alten Mannes.

»Ich … ich …«

Seine Erklärung hatte Shaé so durcheinandergebracht, dass sie unfähig war, darauf zu reagieren. Sie rang nach Worten wie zu dieser verfluchten Zeit ihrer Einsamkeit. Der Zeit des Zweifels und des Leidens.

Anton half ihr aufzustehen. Er ergriff ihre Hand, und Shaé zuckte nicht.

»Du musst nichts sagen, Shaé, ich lese in deinen Augen. Du sollst wissen: Was auch immer die Zukunft für uns bereithält – du kannst auf mich zählen. Ich werde von nun an für dich da sein.«

Anton hatte einfach sein Herz ausgeschüttet, und es wirkte wie ein reinigendes Gewitter. Shaé fühlte in diesem Moment seine absolute Aufrichtigkeit. Sie konnte nicht länger schweigen.

»Danke, Großvater«, flüsterte sie.

Anton wandte sich an seinen Enkel, der leicht zitterte.

»Auch bei dir, Nathan, muss ich mich entschuldigen. Zu hart, zu fordernd und zu blind – so war ich als Vater und als Großvater. Man zieht niemals einen Schlussstrich unter das, was gewesen ist, und man beginnt auch kein neues Leben, das ist nicht gelogen. Ich vermisse deinen Vater, ich vermisse deine Mutter, und ich werde für immer die Verantwortung dafür tragen, dass sie nicht mehr da sind. Du sollst jedenfalls wissen, dass ich von jetzt immer für dich da sein werde, wenn du mich brauchst.«

Nathan spürte einen Kloß im Hals, aber auch gleichzeitig ein wunderbar friedliches Gefühl, das in ihm aufstieg. Er machte den Mund auf, um seinem Großvater zu danken, wollte ihn in die Arme schließen, als Onjüs Lachen ihn unterbrach und innehalten ließ.

»Unglaublich rührend! Vor allem von einem Kogisten, der seine Existenz dem Morden und der Doppelzüngigkeit gewidmet hat!«

Seine scharfen, bitteren Worte prallten an dem Panzer ab, den Antons Erklärung um seine Familie gelegt hatte. Ein Panzer, dessen Verwundbarkeit Nathan jedoch erkannte. Er spürte sogar, wie er bereits Risse bekam.

Ohne es zugeben zu wollen, bezweifelte er, dass die Liebe in der Lage war, den Anderen aufzuhalten.

Da trat Shaé vor.

6

Noch nie hatte sie eine solche Mischung aus Kraft und Schwäche, aus Gewissheit und Zweifel in sich verspürt. Sie war verloren.

In ihrem Herzen herrschte ein Gefühlschaos, durch das sich ihr Verstand vergeblich einen Weg zu bahnen suchte. Ein Chaos, das Antons Worte und seine Geste erzeugt hatten. Ein Chaos, das sie überwinden musste, um nach vorne blicken zu können, um die Dunkelheit endlich hinter sich zu lassen. Um zu leben.

Sie wurde von einem Schluchzen geschüttelt. Es gelang ihr nicht, ihren Platz zu finden. Sie konnte sich nicht entscheiden. Konnte keinen Strich unter die Vergangenheit ziehen, um sich vorwärtszubewegen. Doch als ihre inneren Tränen sie zu ersticken drohten, war der Weg plötzlich frei.

Da begriff sie.

Die Kraft des Verzeihens, erbeten oder gewährt. Die unnützen Vorwürfe, die Freiheit beschränken. Die Macht der Hoffnung.

Zögernd ging sie auf Barthélemy zu.

»Es tut mir leid wegen Enola«, sagte sie mit brüchiger Stimme. »Dass ich zu dem gezwungen wurde, was ich getan habe, ist keine Entschuldigung. Mit deiner Tochter habe ich nicht nur einen Teil von dir getötet, sondern auch einen Teil von mir. Ein Teil, der uns für immer fehlen wird. Die Gründe, die mich getrieben haben, sind dabei kaum von Bedeutung, Tod bleibt Tod. Ob man tötet oder getötet wird oder den Tod akzeptiert – es ist ein Scheitern. In jedem Fall. Ich bitte dich um Verzeihung.«

Sie senkte den Kopf und sah nicht, wie Barthélemy Tränen in die Augen stiegen. In ihm stürzte eine Mauer ein. Eine Mauer, die er für unzerstörbar gehalten und hinter der er sich seit Jahren verschanzt hatte.

Jenseits dieser eingestürzten Mauer eröffnete sich ihm ein neuer Weg, ein Weg, den er einzuschlagen bereit war und der ihn dennoch erschreckte. Wenn er nur einen Fuß daraufsetzte, gäbe es kein Zurück mehr. Ein Schritt, der ihm nicht gelingen wollte. Weil ihm dazu nicht die richtigen Worte einfielen.

Worte, immerzu Worte.

»Es tut mir leid«, sagte er. »Ich kann nicht reden wie Anton oder wie du. Ich … ich kann nicht ausdrücken, was ich empfinde.«

Er verkrampfte sich. Konnte er wirklich schweigen, während Shaé den Mut gefunden hatte, sich zu öffnen?

»Nein!«, rief er. »Ich muss es schaffen. Ich fühle mich unendlich traurig angesichts dieses Elends, für das ich zu großen Teilen selbst verantwortlich bin. Ich schäme mich. Ich schäme mich schrecklich. Und ich verspüre das unglaubliche Gefühl, dass wir zusammen …«

Er holte Luft, bevor er fortfuhr:

»Ich habe deine Eltern ermordet. Du hast meine Tochter getötet. Glaubst du, wir könnten …«

Er verstummte, unfähig, weiterzureden.

Shaé sah ihn eine Sekunde lang an, bevor sie auf die Frage antwortete, die er nicht aussprechen konnte. Eine Frage wie ein stilles Echo auf ihre eigenen Fragen.

»Ja, das können wir.«

Ein gehässiger Applaus war die Resonanz auf ihre Zustimmung.

»Jämmerlich! Ist euch bewusst, wie komisch ihr seid?«

Onjüs Worten fehlte es an Überzeugung. Daher war Nathan kaum überrascht, zu beobachten, dass Onjüs Körper immer transparenter wurde. Als fiele er auseinander, als …

Plötzlich verstand er alles, während ihm Ginos letzter Satz ins Gedächtnis schoss:

»Jaalab war die Kraft und wurde durch die Kraft getötet. Onjü kann nur durch das Herz vernichtet werden.«

Sie hatten die fleischliche Hülle Onjüs getötet, aber sein Geist blieb durch die Verästelungen, die er in den Herzen seiner Opfer gebildet hatte, präsent. Herzen, die Anton, Barthélemy und Shaé zu befreien begonnen hatten!

Nathan fühlte sich auf einmal hilflos. Auch wenn es selbstgefällig klang, er war davon überzeugt, er hätte sich nichts vorzuwerfen. War er dazu bestimmt …? Er ohrfeigte sich innerlich. Sein Herz zu öffnen bedeutete nicht zwangsläufig, den ein oder anderen um Verzeihung zu bitten. Es konnte auch ganz einfach sein.

»Ich muss euch auch etwas sagen!«, rief er laut und deutlich. »Ich sehe euch so, wie ihr seid, mit euren Fehlern und euren Qualitäten. Ich sehe euch, wie ihr seid, und ich liebe euch.«

Die beinahe fröhlich vorgebrachte Erklärung klang im Raum, als sei sie unangebracht, und Nathan zog die überraschten Blicke seiner Begleiter auf sich, vor allem aber den misstrauischen Blick Onjüs. Nathan blieb standhaft.

»Wir alle haben tragische, grausame oder absurde Momente durchlebt. Momente, die uns zweifeln ließen, die uns zerstörten, die uns zu Hass oder zu Tränen getrieben haben. Diese Momente, so schrecklich sie auch gewesen sein mögen, ändern nichts am Wesentlichen. Ich sehe euch so, wie ihr seid, und ich liebe euch. Dich, Anton, weil du über dem stehst, was uns zu Gegnern gemacht hat. Du bist mein Großvater und wirst es immer sein. Dich, Barthélemy, weil du uns gerettet hast, weil du loyal bist, weil mein Vater an dich glaubte und mir den Weg zu deinem Haus gewiesen hat.«

Nathan wandte sich nun Shaé zu.

»Und dich, Shaé. Ich liebe dich, weil ich dich immer geliebt habe. Ich liebte dich sogar schon, bevor ich dich zum ersten Mal gesehen hatte.«

Onjü brummte wütend und gequält. Seine Umrisse flimmerten, schienen sich dann aber durch enorme Willensanstrengung wieder zu stabilisieren. Er ähnelte nun eher einem schemenhaften Gespenst als einem teuflischen Wesen. Dennoch, als er das Wort ergriff, hatte seine Stimme nichts von ihrem Hochmut verloren.

»Ist das alles?«, erkundigte er sich. »Schade, das wird nicht reichen. Ein Teil von mir ist für immer in euch. Und so rührend eure Liebe auch sein mag, euch ist nicht bewusst, dass dieser Teil eines Tages die Kontrolle übernimmt. Glaubt ihr, ihr hättet mich geschwächt? Glaubt ihr, ihr seid in der Lage, mich zu besiegen? Hört mir zu! Hör zu, Shaé!«

Vier Augenpaare richteten sich auf ihn. Siegessicher fuhr er fort:

»Du hast mit Barthélemy Frieden geschlossen, du hast mit Anton Frieden geschlossen, Nathan liebt dich, und du bist glücklich, nicht wahr? Sag mir, Shaé, bist du sicher, dass dir die Gefühle, die du in meinen Armen empfandst, nicht fehlen? Meine Lippen auf deinen, meine Hände auf deinen Kurven und deinen geheimen Stellen, erinnerst du dich, Shaé? Erinnerst du dich an meinen Mund, der dich küsste, an meine Finger, die dich streichelten? Weiß Nathan, dass ich deinen Körper besser kenne, als er ihn jemals kennen wird? Wagst du zu behaupten, dass du das vergessen hast?«

Shaé hatte den Blick gesenkt. Ihre langen schwarzen Haare verbargen ihr Gesicht.

»Nein«, sagte sie mit leiser Stimme, »ich habe nichts vergessen.«

7

Nathan hatte das Gefühl, als durchbohrte eine Eisspitze sein Herz. Anton und Barthélemy erschauerten, und Onjiis Umrisse nahmen wieder feste Formen an.

»Man wird mich niemals los«, sagte er scheinheilig, »und wisst ihr, warum?«

Ohne eine Antwort abzuwarten, fuhr er fort:

»Weil ich euch gehöre und ihr mir. Ich bin der schwarze Teil, der in den versteckten Winkeln eurer Herzen wohnt. Ich bin eure Mordlust, eure Eifersucht und eure Hinterlist. Ich bin der dunkle Schwung, der euch antreibt zu Verrat, Lüge und Betrug. Ich gehöre euch und ihr mir.«

Nathan hörte ihm nicht mehr zu.

Die Bilder, die in seinen Alpträumen herumgespukt hatten und die er verjagt zu haben glaubte, brachen wie ein Orkan über ihn herein.

Shaé hat sich Emiliano hingegeben, ihn geküsst, ihn umarmt. Ihr graziler Körper biegt sich zu ihm, verschwommener Blick, zerwühltes schwarzes Haar, offener Mund, Stöhnen, blass schimmernde, schweißnasse Haut …

Nathan kämpfte.

Mit jedem Bild und jeder furchtbaren Welle des Schmerzes, die über ihn schwappte und ihn mitzureißen drohte.

Er kämpfte gegen die schreckliche Eifersucht, gegen den Groll, gegen den Verzicht.

Gegen Onjüs Gift.

Er kämpfte darum, Shaé weiterhin zu lieben.

***

Er liebte sie.

Vielleicht sogar noch stärker, als er es für möglich hielt.

Seine Liebe war so stark und so unerschütterlich, dass sich Onjüs Gift in mikroskopisch kleine Partikel zersetzte, die ein Hauch der Hoffnung davonwehte.

***

Nathan drehte sich zu Shaé um.

Sie sah ihn regungslos an und wartete auf seine Reaktion, um mit dem Kampf fortzufahren. Sie spürte das totale Vertrauen, das sie in ihn hatte, und war dennoch entschlossen zu sterben, wenn er sie verließ.

Er verließ sie nicht.

»Ich liebe dich.«

Nathans Worte waren nur gehaucht. Shaé atmete wieder.

Eine außergewöhnliche Kraft pochte in ihr. Eine Kraft, die Berge versetzte, um die alten Dämonen zu vertreiben und sich die neuen vom Hals zu halten.

Entgegen aller Erwartung brach sie in Gelächter aus.

»Onjü!«, rief sie. »Du legst niemanden rein.«

Sie ging einen Schritt auf ihn zu, damit er ihr zuhörte. Um ihm zu zeigen, dass sie sich nicht vor ihm fürchtete.

»Du warst unfähig, in mir etwas anderes als einen Körper zu sehen, armer Onjü. Würdest du es wagen, das Gegenteil zu behaupten? Und es ist eine so lächerliche Vorstellung im Vergleich zu dem, was ich demjenigen, den ich liebe, geben kann. Du hast niemals meine Seele oder mein Herz berührt, Onjü. Niemals. Du behauptest, du hättest mir deinen Stempel aufgedrückt? Mich besessen? Mich erfüllt?«

Sie musterte ihn gründlich.

»Du Klugscheißer! Du bist nur ein elender Voyeur, der lügen muss, um sich mit seinen obszönen Wünschen an mich heranzumachen. Sogar deine Phantasien hast du geklaut!«

Bei jedem Satz war Onjü zusammengezuckt und tiefer getroffen als von jedem Schwerthieb.

Doch Shaé war noch nicht fertig mit ihm.

»Ich muss mich bei dir noch bedanken. Du hast uns vorgespielt, du wärst blind, und dabei nicht geahnt, dass du es tatsächlich bist. Und du hast mir ein Geschenk gemacht, das ich mir in meinen verrücktesten Träumen nicht gewünscht hätte. Du verstehst nichts von menschlichen Gefühlen, armer Onjü. Ich liebe Nathan. Ich liebe ihn mehr als alles auf der Welt. Ich habe es ihm schon oft gesagt, aber heute kann ich es ihm, dank dir, beweisen.«

Sie ging auf Nathan zu, der sie anstarrte.

Sie blickte ihm tief in die Augen und schob ihre Hand ganz zärtlich um seinen Hals. Daraufhin umarmte er sie und spürte zum ersten Mal die Sanftheit ihrer Haut. Ihre Körper berührten sich und drückten sich fest aneinander. Sie küssten sich.

Ein zärtlicher und leidenschaftlicher Kuss, ein leichter und wilder Kuss, ein nicht enden wollender Kuss, ein magischer Kuss.

Ein Kuss, der wie ein ewiges Versprechen für ihre Zukunft war.

Als er zu Ende ging, war Shaés Gesicht verklärt.

Sie fuhr zu Onjü herum.

»In was für eine verfluchte Dimension du auch verschwinden wirst, denke immer daran, zu welchem Glück du mir verholfen hast.«

Ein letztes Mal betrachtete sie die durchscheinende Silhouette des Meisters der Stürme.

»Danke, Onjü«, sagte sie, bevor sie sich endgültig von ihm abwandte. »Danke, aus tiefstem Herzen!«

Sie schmiegte sich an Nathan. Ihre Lippen trafen sich. Wovon sie so oft geträumt hatten, wurde jetzt endlich wahr. Ihr Kuss wurde ein Ozean, in dem sie versanken.

Vollkommen.

Sie hörten weder den stummen Schrei Onjüs, noch sahen sie, wie er sich in nichts auflöste. Sie sahen auch nicht Anton und Barthélemy, die auf Zehenspitzen hinausgingen.

Draußen erhellte ein Sonnenstrahl Paris.

Der Schnee begann zu schmelzen.

8

»Noch ein wenig Tee?«

Ohne eine Antwort abzuwarten, füllte Rafi die Gläser seiner Gäste. Dabei goss er die heiße Flüssigkeit in hohem Bogen aus der Teekanne.

Sie saßen im Schneidersitz auf bunten Teppichen und hatten soeben ein köstliches Hühnchen-Curry zu sich genommen, das Gino zubereitet hatte.

»Ich liebe die Küche der Berber«, hatte er gesagt, »aber stellt euch vor: Rafi hat bis letzte Woche noch nie etwas von einem Massalé, Combava oder Boucané gehört. Diese Bildungslücke musste dringend geschlossen werden!«

***

Am Vormittag waren Nathan und Shaé, zusammen mit Anton und Barthélemy, in Ouirzat angekommen.

Die sechs Tage, die seit Onjüs Niederlage verstrichen waren, hatten sie damit verbracht, die letzten Imse aus den Straßen von Paris zu vertreiben. Die seltsamsten Gerüchte kursierten über die kleinen schwarzen Affen, über ihre Wildheit, aber vor allem über ihre unglaubliche Art, zu verschwinden, nachdem man sie getötet hatte.

Anton und Barthélemy hatten beschlossen, dieses Problem zu regeln, bevor sich die Medien seiner annahmen und einen Sturm der Panik auslösten. Der Schnee schmolz langsam. Bald würde das Leben wieder seinen gewohnten Lauf nehmen. Es war nur eine Frage von Tagen, vielleicht von Stunden. Man musste schnell handeln.

Unterstützt von einer Gruppe gutausgerüsteter Milizionäre, hatten sich Barthélemy, Nathan und Shaé auf die Jagd gemacht. Bei einer dieser Treibjagden waren sie auf die Spuren des Kharx gestoßen. Frische Spuren. Ihre Hoffnung, es sei derjenige, den Shaé auf Réunion besiegt hatte, bewahrheitete sich nicht.

Nach einer kurzen Diskussion mit Barthélemy hielt man seine Zerstörung für absolut vorrangig. Der Kharx war eine intelligente Kreatur und dem Anderen zur Treue verpflichtet. Darüber hinaus stellten seine Wildheit und seine Fähigkeit zur Regeneration eine außerordentliche Gefahr für jeden dar, der seinen Weg kreuzte.

Shaé hatte ihn als Panther verfolgt, zuerst durch Paris, dann in südliche Richtung. Sie hatte strikte Anweisungen: sich nicht auf einen Kampf mit ihm einzulassen, ihn lediglich aufzuspüren und eine Eingreiftruppe zu alarmieren, die sich mit ihm befassen würde.

Der Kharx war mit einer beachtlichen Geschwindigkeit entlang der Autobahn A6 gelaufen, und Shaé folgte ihm mit knapp zwei Stunden Abstand. Dann war er abgebogen in den Wald von Fontainebleau. Shaé war davon überzeugt, dass dort die letzte Schlacht stattfinden würde. Sie irrte sich.

Die Fußabdrücke des Kharx endeten abrupt auf einer Landstraße, in der Nähe von Milly. Als Nathan und Barthélemy dort ankamen, glaubten sie, das Monster wäre wieder zurückgekehrt in sein Universum, als Shaé ihnen an dem Ort, wo sich seine Spur verlor, nichts als Reifenspuren im festgefahrenen Schnee zeigen konnte.

»Ein Lastwagen hat angehalten und ihn aufgeladen«, lautete ihre Schlussfolgerung. »Es gibt keine Anzeichen eines Kampfes, was bedeutet, dass der Fahrer und der Kharx sich kannten. Sie sind unverzüglich losgefahren.«

»In welche Richtung?«

Sie zeigte in Richtung Süden, zuckte dann aber die Achseln.

»Dorthin vielleicht. Unmöglich, es mit Gewissheit zu sagen. Auf der Autobahn oder den Landstraßen ist der Schnee nicht mehr dick genug, um ihre Spur verfolgen zu können.«

Sie waren nach Paris zurückgekehrt, ebenso enttäuscht wie beunruhigt.

Die Nachrichten im Fernsehen hatten sie dann wieder heiter gestimmt. Überall in der Welt besserte sich die Situation. Die Regenfälle in Südeuropa hatten nachgelassen, und auch wenn die Pegelstände nur langsam sanken, rissen die Flüsse jetzt nicht mehr ganze Häuser und ihre Bewohner mit.

Eine Gruppe brasilianischer Forscher hatte ein wirksames Medikament entwickelt gegen die Cholera, die in Amerika wütete. Man war dabei, die Epidemie einzudämmen. Ebenso die fürchterliche Meningitis in Italien; das Virus hatte sich verändert und wurde weniger aggressiv.

Die Orkane, die seit mehreren Wochen unablässig über Ostasien tobten, beruhigten sich, und auch die vulkanischen Aktivitäten im Südpazifik ließen nach und erloschen schließlich.

***

»Das ist noch nicht alles«, fügte Nathan hinzu. »Die Seuche, die sich von Réunion aus bis an die Ostküste Afrikas ausgebreitet hatte, ist verschwunden.«

»Wie das, verschwunden?«, fragte Gino verwundert.

»Es hängt offensichtlich mit Onjüs Tod zusammen, aber die Mediziner wissen es nicht. Sie haben nur festgestellt, dass die Leute, die von der Krankheit infiziert waren, nicht mehr die geringsten Symptome aufweisen. Und da sie nicht in der Lage sind, dieses Mysterium zu erklären, ergehen sie sich in wilden Vermutungen. Es wäre beinahe amüsant – wenn die Seuche nicht so viele Opfer gefordert hätte.«

»Und die Menschen in Paris?«

»In Paris, wie in den meisten großen Städten, die eingeschneit waren, verläuft alles wieder in geordneten Bahnen«, antwortete Barthélemy. »Heerscharen von Soziologen haben begonnen, die Ereignisse zu analysieren, das regressive Verhalten eines Teils der Bevölkerung und die Konsequenzen der Katastrophe im kollektiven Unbewussten. Die Politiker schieben sich gegenseitig die Verantwortung zu, während die Klimaforscher und Geologen begeistert darüber sind, dass man ihnen endlich Gehör schenkt. Vergessen wir nicht die Entstehung zahlreicher Sekten, wie zum Beispiel die Verehrer der Schwarzen Flocken oder die Speichellecker des Erlösenden Eises. Kurzum, alles kommt wieder in Ordnung. Die Mehrzahl der Unternehmen funktioniert, die Metro fährt, ebenso fahren Autos und Züge. Die Bürger gehen wieder ihren Tätigkeiten nach. Fast so, als sei nichts geschehen.«

»Und wo stehen die Kogisten jetzt?«, fragte Rafi.

Nathan lächelte, als er hörte, mit welcher Selbstverständlichkeit der alte Berber den Männern, denen er noch vor wenigen Tagen größtes Misstrauen entgegenbrachte, Fragen stellte. Und seine Furcht war berechtigt gewesen, denn hätten sie ihn früher aufgestöbert, hätten sie keine Sekunde gezögert, ihn umzubringen.

Anton hatte wohl den gleichen Gedanken, denn auch er lächelte angesichts der veränderten Situation.

»Die verschiedenen Zweige der Familie haben in ihren jeweiligen Ländern schnellstmöglich reagiert. Alle sind über die letzten Ereignisse informiert und wissen nun, mit wem sie es zu tun haben. Wir treffen uns morgen Abend, um herauszufinden, wo die Schwachstellen unseres Gegners liegen.«

»Eqkter?«, fragte Nathan.

»Jawohl«, antwortete Anton, »Eqkter, die Seele. Der gefährlichste Teil des Anderen. Wenn ich unseren Informanten glaube, hat er sein Werk bereits in Südamerika begonnen, aber ich zweifle nicht daran, dass …«

»Du hast uns deine Informationen über Eqkter nicht weitergegeben«, unterbrach ihn sein Enkel.

»Ich hatte noch keine Zeit dazu.«

»Wenn Eqkter tatsächlich der gefährlichste Teil des Anderen ist, weshalb hat er sich dann nicht schon früher gezeigt?«, hakte Shaé ein.

»Er hat sich gezeigt, aber das Netz, das er webt, ist noch subtiler als jenes von Onjü«, erklärte Anton. »Während ihr den Kharx gejagt habt, habe ich in alten Dokumenten recherchiert, die ich zu Hause aufbewahre, und das, was ich dort entdeckte, mit dem verglichen, was wir gerade erleben. Die Spaltung des Anderen durch unsere Vorfahren war nur deshalb möglich, weil der Andere von Beginn an aus drei Prinzipien zusammengesetzt war.

Der Gröbste ist Jaalab, die Kraft. Seine Aufgabe war es, euch zu suchen, Nathan und dich, und euch dann umzubringen. Er ist gescheitert und hat unser Universum verlassen, ohne dass dies Auswirkungen auf die Macht des Anderen gehabt hätte. Onjüs Mission bestand darin, die Welt durch Stürme und Epidemien zu destabilisieren. Zusätzlich war er damit beauftragt, euch zu töten, da Jaalab dies nicht gelungen war. Onjüs Niederlage wird zweifelsohne bedeutendere Auswirkungen auf die Pläne des Anderen haben.«

»Aber es ist noch nicht klar, welche Rolle Eqkter spielt«, bemerkte Shaé.

»Alles lässt darauf schließen, dass er die Regierungen mehrerer Länder, darunter drei Großmächte, infiltriert hat. Das Aufflammen von Terrorakten, die Erhöhung der Spannungen im Mittleren Osten, die letzten Staatsstreiche in Afrika gehen wohl teilweise auf sein Konto, ebenso wie die Völkermorde in Südostasien und der aufkeimende Nationalismus in Europa oder auch die Integrationsprobleme, die es überall auf der Welt gibt.«

»Diese Fakten sind beunruhigend, da stimme ich dir zu«, warf Nathan ein, »aber sind sie noch beunruhigender als die Katastrophen, die Onjü verursacht hat?«

»Weitaus mehr«, entgegnete Anton. »Denn das endgültige Ziel bleibt das gleiche: die Menschheit auszulöschen. Aber Eqkter lässt ihr, lässt uns, keinen Ausweg. Wenn er sein Ziel erreicht, wird eine Ära des Schreckens und des Todes über uns hereinbrechen.«

Shaé reagierte als Erste.

»Dann bleibt uns nur eines zu tun«, verkündete sie mit fester Stimme. »Diesen Eqkter finden und ihn eliminieren, wie wir Jaalab und Onjü eliminiert haben!«

»Nein.«

Alle Blicke wandten sich zu Rafi, der dieses einzige Wort mit der ruhigen Kraft des Wissenden ausgesprochen hatte.

»Warum nein?«, fragte Shaé.

»Weil ihr gegen Eqkter keine Chance habt.«

9

Rafi beobachtete reihum seine Gefährten.
Sie warteten auf eine Erklärung, aber zum ersten Mal seit langer Zeit wusste er nicht, was er mitteilen und was er verschweigen sollte.

Die Vorsicht mahnte ihn, nur ein Minimum dessen, was er wusste, zu enthüllen, während die besorgten Gesichter von Nathan und Shaé ihn zum Reden drängten.

»Es gibt Teile der Zukunft, die die Führer erraten, andere wiederum, die sie erahnen, und schließlich einige wenige, die sie sehen«, hob er nach einem kurzen Zögern an. »Letztere sind so prägnant, dass sie die Unendlichkeit der Wege, die von der Gegenwart ausgehen, anzuziehen scheinen. Ein wenig so, als würde das Universum – welches zu klein ist, um die Gesamtheit aller Möglichkeiten zu erfassen – sie konzentrieren und sie zwingen, bestimmte Kreuzungspunkte zu markieren. Diese Kreuzungspunkte oder Knoten, wie wir sie nennen, unterliegen nicht den Fluktuationen der Möglichkeiten, sondern verdichten sich quasi zu Gewissheiten. Sie zu umgehen ist oft eine vergebliche und immer eine heikle Aufgabe.«

»Ich bin nicht sicher, dass ich dir folgen kann«, wagte Nathan zu gestehen.

»Ich werde es anders formulieren: Du bist ein freies Wesen, Nathan. Doch auch wenn du frei bist, beeinflusst jede deiner Handlungen deine Zukunft und auch die der anderen. Und selbst wenn die Führer es versuchen würden, könnten sie diese Zukunft doch nicht voraussagen. Das ist beinahe eine feststehende Regel.«

»Beinahe?«

»Jawohl. Aber gewisse Punkte der Zukunft scheinen fixiert. Das sind die Knoten, von denen ich sprach. Da sie also von Anfang an festgelegt sind, haben deine, meine oder die Handlungen von irgendjemand keinen Einfluss auf sie. Sie bleiben unverrückbar.«

»Und?«, hakte Nathan nach.

»Dass Eqkter euch, Shaé und dir, entgegentritt, ist einer dieser Knoten. Was auch immer ihr beschließt, wohin ihr auch geht – eure Wege werden sich kreuzen.«

»Wo ist das Problem?«, fragte Shaé verwundert. »Du hast uns schon vor langer Zeit erklärt, dass wir die Einzigen seien, die den Anderen besiegen können.«

»Eure Konfrontation mit Eqkter ist nur die Hälfte des Knotens, Shaé.«

»Die Hälfte? Und worin besteht die andere Hälfte?«

»Aus eurem Tod.«

Shaé zuckte zusammen. Sie drehte sich um zu Nathan, der ihre Hand ergriff. Er drückte sie sehr fest.

»Was soll dieses Larifari?«, empörte sich Barthélemy. »Warum sollten diese Kinder …«

»Warte!«

Nathan hatte ihn unterbrochen und wandte sich an Rafi:

»Was du erzählst, ist unlogisch. Wir haben Jaalab und Onjü besiegt. Und du hast uns gesagt, dass …«

»Ich habe gesagt, dass das Blut der sieben Familien unabdingbar ist, um den Anderen zu besiegen, aber vielleicht nicht ausreichend. Ich habe euch gesagt, dass ihr dazu bestimmt seid, gegen Jaalab und Onjü zu kämpfen, dass ich aber keine Gewissheit über den Ausgang der Auseinandersetzung habe. Heute sage ich euch: Wenn ihr gegen Eqkter kämpft, werdet ihr dabei euer Leben lassen.«

»Und diese Konfrontation ist unvermeidbar«, unterstrich Shaé. »Vielleicht finden wir ja noch jemanden, der uns mehr Mut macht.«

Rafi seufzte. Er hatte Mühe, die Zukunftsvision der Führer begreifbar zu machen. Gino, der das Gespräch aus dem Hintergrund verfolgt hatte, legte Rafi angesichts von dessen Ratlosigkeit beruhigend eine Hand auf die Schulter.

»Ich habe einige Tage gebraucht, um das zu verstehen, was Rafi euch gerade erklären wollte«, sagte er in einem versöhnlichen Ton, »aber heute sehe ich es klar. Ich kann es euch verdeutlichen.«

Auf ein Zeichen von Rafi hin fuhr er fort:

»Nathan und du, Shaé, ihr wart die Einzigen, die Jaalab und Objü aufhalten konnten. Eure Chancen, dabei erfolgreich zu sein, waren gut, aber nicht sicher, und Rafi hat alles getan, euch zu führen. Durch die Eliminierung von zwei Dritteln des Anderen habt ihr jedenfalls einen Zukunftsknoten konkretisiert. Eure Begegnung mit Eqkter steht damit so gut wie fest, und wenn sie stattfindet, wird ihr dramatischer Ausgang zur absoluten Gewissheit. Also müssen wir nach Möglichkeiten suchen, um diesen Knoten zu umgehen.«

»Ich verstehe«, sagte Nathan. »Die Chancen stehen neunundneunzig zu eins, dass wir in naher Zukunft Eqkter begegnen, und hundert zu null, dass wir in diesem Kampf unser Leben verlieren.«

»So ist es, nur dass dabei die Wahrscheinlichkeit, ob es zur Auseinandersetzung kommt, das Wichtigste ist.«

»Unser Status ändert sich also: von den Rettern der Welt zum Opferlamm.«

»Lamm ja, Opfer nein. Man kann einen Knoten immer umgehen.«

»Und wer setzt sich dann mit Eqkter auseinander?«

Rafi ergriff wieder das Wort:

»Die Kogisten. Sie haben zwar nicht die Fähigkeiten, ihm Einhalt zu gebieten, können ihn aber ausreichend stören, damit die Hoffnung wieder keimen kann.«

»Ich dachte, man bräuchte das Blut der sieben Familien vereint, um gegen den Anderen erfolgreich zu sein«, warf Shaé ein.

»Das braucht man.«

»Aber …«

»Man braucht es, Shaé, und genau darin besteht unser Problem. Niemand kann damit prahlen, unter seinen Vorfahren Mitglieder aus sieben Familien zu besitzen. Du und Nathan, ihr habt noch die meisten Vorteile, obwohl auch jeder von euch nur auf drei unterschiedliche Linien verweisen kann. Es ist eine Heldentat, mit diesen Genen Jaalab und Onjü besiegt zu haben. Aber für Eqkter wird es nicht genügen.«

»Die Situation, die du schilderst, klingt stark nach einer Sackgasse«, bemerkte Barthélemy.

»Weil es eine ist.«

»Deiner Ansicht nach reicht die ganze Macht unserer Familie nur aus, um Eqkter zu stören oder ihn ein wenig zu bremsen?«

»Ja.«

»Und deiner Ansicht nach ist momentan niemand in der Lage, ihn zu besiegen?«

»Momentan niemand.«

Diese letzten Worte waren wie ein unwiderrufliches Urteil und brachten Barthélemy aus der Fassung. Daraufhin schwieg er. Nathan und Shaé hielten sich immer noch fest an der Hand. Sie tauschten lange Blicke aus, dann wandte sich Nathan an Rafi.

»Unseren Tod zu verkünden ist eine seltsame Art, unseren Sieg zu feiern«, hob er an, mit spürbarer Angst in der Stimme. »Wozu rätst du uns?«

Auf Rafis Gesicht legte sich ein strahlendes Lächeln, und sogleich verflog die trübsinnige Stimmung.

»Ich habe nicht euren Tod vorausgesagt«, rechtfertigte er sich, »ich habe euch eingeschärft, nicht die Konfrontation mit Eqkter zu suchen. Und da du mich nach meiner Meinung fragst, rate ich euch zunächst, eure traurigen Gesichter abzulegen und dann – und das ist das Wichtigste – eure Jugend zu genießen. Ihr habt das Recht, nein die Pflicht, an euch zu denken.«

»Nur an uns?«

»Nur an euch!«

»Keine Treibjagden mehr?«

»Keine Treibjagden mehr!«

»Kein Blutvergießen mehr?«

»Kein Blutvergießen mehr, keine überstürzten Fluchten, keine Kämpfe gegen entsetzliche Kreaturen, kein Verrat, keine Ängste oder Tränen.«

»Aber du sagtest, dass …«

»Vergiss es. Niemand kann die Zukunft voraussehen. Schon gar nicht ein alter, halb vertrottelter Berber.«

Anton hatte noch nichts gesagt. Er lächelte Rafi komplizenhaft zu und hob dann sein Glas Tee, um einen Toast auszubringen.

»Auf euch, meine Kinder! Auf die Heldentaten, die ihr vollbracht habt, und die Jahre des Glücks, die vor euch liegen!«

Seine Freunde taten es ihm nach, und unter donnerndem Applaus tauschten Nathan und Shaé leidenschaftliche Küsse.

Epilog

Die junge Frau beobachtet den Adler, der zwischen Himmel und Erde schwebt.

Der Himmel ist so tiefblau, dass man darin ertrinken könnte, die Erde ockerfarben, von der Sonne ausgedörrt, und mittendrin, wie grüne Punkte, ungewöhnliche Oasen.

Durch eine winzige Korrektur mit den Flügelspitzen ändert der Adler seinen Flug und nimmt Kurs auf die Berge, die hinter dem Dorf emporragen.

Er jagt.

Die junge Frau sieht ihm hinterher, bis er, ohne einen einzigen Flügelschlag gemacht zu haben, hinter einer Felsspitze verschwindet.

Wie lange ist sie nicht mehr geflogen? Seit wann hat sie sich nicht mehr verwandelt? In einen Adler oder einen Panther?

Seit vier Jahren? Seit fünf?

Seit sechs Jahren. Sechs Jahre ist es her.

Seit sechs Jahren wohnen sie in Ouirzat. Sechs lange und doch so kurze Jahre. Sechs sanfte und so schöne Jahre.

Sechs Jahre des Glücks.

Ein Ruf dringt zu ihr nach oben. Ein Ruf, in dem ein Hauch von Besorgnis mitschwingt – seit sieben Monaten jedes Mal, wenn sie sich von zu Hause entfernt.

Sie antwortet ihm mit einem fröhlichen Schrei, und

ihr feines Gehör nimmt sofort das Geräusch seines Laufs wahr. Seit sechs Jahren läuft er immer noch, wenn er sie wiedersehen will.

Vorsichtig steigt sie hinab, um ihn zu treffen, und streichelt dabei mit dem Handballen über die sanfte Wölbung ihres Bauches.

Noch nie ist sie so glücklich gewesen.

***

Eingehüllt in eine weiße Dschellaba, sitzt Rafi auf einem Felsen und beobachtet Nathan und Shaé, die zurückgehen ins Dorf.

Er würde alles dafür geben, damit diese beiden in Frieden den Weg weitergehen können, den sie eingeschlagen haben.

Doch diese Möglichkeit hat er nicht.

Seine Tage sind gezählt.